催馬楽表現史

――童謡《わざうた》として物語る歌

山田貴文
Yamada Takafumi

笠間書院

催馬楽表現史

——童謡《わざうた》として物語る歌

目次

凡例

一、鍋島家本『催馬楽』及び天治本『催馬楽抄』を引用する際には、藤原茂樹『催馬楽研究』の翻刻より百拍子・符号・朱書き部分・脇付け記号・音声の長短を示す「引」「火」などを適宜排除し、歌詞自体を確認できるよう私に歌詞を記載する。また、歌詞記載の左に〈　〉で訳を記載。

（例）鍋島家本『催馬楽』

〈目録〉竹河　拍子十四　二段各七

〈本文〉竹河　拍子十四　二段各七

太介加安々々　波乃於々々　波之乃川宇　女名留也安々々　波之乃於々々　川宇　女名安々々　留也波奈安々々

曽乃於　尓以々々　波礼

波名曽乃尓以々々　和礼乎波安　波奈天也々々々　和礼乎於々々　波安波名安々々　天也リ　女左安々々　之多

安々　久宇々々　戸天

↓

鍋島家本『催馬楽』

〈目録〉竹河　拍子十四　二段各七

〈本文〉竹河　拍子十四　二段各七

太介加　波乃　波之乃川　女名留也　波之乃　川宇　女名　留也波奈　曽乃　尓　波　礼　波名曽乃尓　和

礼平波　波奈天也　和礼平　波名　天也　女左　之多　久　戸天
〈伊勢の国にある竹河の　橋の詰めにある　橋のたもとにある　花園に　はれ　花園に　我を放しなさい　我を放しなさい　処女《おとめ》をつれていこう〉

二、『源氏物語』本文を引用する場合には、岩波新日本古典文学大系（飛鳥井雅康等筆本五十三冊・東海大学附属図書館蔵明融本）を記す。
「（『源氏物語』　一―〇〇頁）」とある場合には、岩波新日本古典文学大系『源氏物語』一の〇〇頁を指す。

また、歴史的仮名遣いになおさず岩波新日本古典文学大系『源氏物語』の本文ままを記す。

三、『源氏物語』以外の作品を引用する場合には、使用本文の文献名・巻数を記し、各章末尾の注において使用本文について明記する。

四、引用文献については、引用文の後に引用文献名を（　）内に記す。

五、引用本文には適宜傍線を付し、表記、用字、送り仮名、常用漢字などもまた適宜変更する。

はじめに　物語に引用される音楽

物語にはなぜ音楽が書かれるのか。現在、我々が読む小説や漫画、映画やテレビドラマなどで、物語には音楽が必ず記載される。また、映像作品であればバックミュージックや音声、キートンであれば演奏描写などが登場する。人は意識的か、もしくは、無意識に音を求めているか、空気の振動を求めているのであろう。それは、無の空間に有を生み出すことと同じかもしれないが、人は、生まれたときより音を耳で聞くもしくは振動を体に感じ、そこに感情を求めていることが多分にあるのであろう。それは、意識的か無意識かはわからないが、何かをそこから受け取ろうとしている。自然界での変化を知るすべとして、音というものを多角的に使い、さらにコミュニケーション手段として複雑な音を認識し文明社会で活用している。

この音に意味が附属すると、人はその音に注意を向け、さらに音を中心とした伝達が発信者と受信者の間で固有の情報として共有することになり、社会という単位でも意味を持つこととなる。物語という語りの中に音という情報が含まれることで、聞き手または、読み手にとって、より場面を具体的に想像させ、その場面に多重な情報を提供することとなる。そのため、音楽が物語の中で語られたり記載されたりする。

物語と音楽の関係は、音楽の曲名や章節、歌詞などが記載されることで記号として固定化されるように感じられるが、実際は読み手の文化享受の度合いや社会によって変化する。書き手の意思、もしくは、共同幻想のような何かが書かせていたとしても読み手の変化により多重な解釈が生まれる。

ある一定の文化が固定した社会の中では、同じ解釈を最低限の了解として享受し、お互いに評価し合うことが可能であると考える。そのため、音楽は、聞き捨てられるものでは無く、前提として、暗黙の了解として、聞き手に対し演奏または、歌われている場が祝福されていることが、共同体としてのある限定された社会内で了解されていると考える。このことは、先行研究などでも語を変えて説明されてもいる。共同体内での了解の上で成立している一種の記号として音楽が存在しているが、それは、音楽が惹き起こす情動的な反応と乖離しない。もちろん了解がなされているため共同体内では解釈が一部限定されるが、そこには、依然として音楽本来の持つ感動、情動という心を動かす何かは存在している。

ここで指摘する限定部分は、お互い発信者と受信者の最低限の約束事としての解釈である。そのため、音楽を聴く際は、それを味わうための暗黙の反応ともいえるモード・体勢が聞き手に求められ、その反応は固有の社会で形成された共同体としての反応がそこに表れる。

本来、現在日本とされ国境を引いた中で、平安時代当時、展開されていた音楽文化は、もちろん土着の国風と後に定義づけされる音楽と大陸などよりもたらされた唐風とも言われる音楽が中心となって特に宮中を中心に収集され整理され、行事などと共に再発信されていたが、そこには新たに日本化、和風化、和様化、国風化ともいえる外来文化の吸収とそこから独自の文化を形成し発信しようとするいわゆる国風文化生成の動きが表出している。

この文化形成の記録が、物語の中には多分に含まれ、その変化自体を記載することが、物語の中で物事に意味づけする表現として確立していく。

この外来文化の国風化の変化過程を追うことで、同時に物語が獲得して表現として成熟する動態が確認できるであろうと考える。その動態を追う為には、外来文化であり、そこから国風化し、国風文化としてその後認識された事物を対象に物語での記載表現を追う必要がある。そのため、本書では、唐楽という外来曲を持ち、日本の歌詞を持ち、大陸行事でも国家行事でも採用される『催馬楽』という歌謡を軸に物語を考察する。

物語を軸にこの『催馬楽』の記載を確認することは、物語の表現ないし伝える情報をどのような社会的体勢、モードが求められていたかを解き明かすことともいえる。物語が享受されていた社会において、どのような了解、解釈があるのか、そこに時代的な変化はあるのか、などもまた同時に確認をする。

第一章　物語における音楽表現

第一節　物語と歌謡

平安物語文学における古代歌謡表現を論じることは、平安物語文学を指標にして、そこから逸脱する（前後の時代を視野に入れる）ことも許容しながら、物語という在り方自体を考えること。そして、物語が、時代を越えて人々の心に、あくまで言語的経験として生き続ける動態や、それらの作品を成り立たせる諸条件を歌謡表現もしくは、音楽表現（歌謡表現には、うたう行為および曲および舞が付随し、音楽表現としての側面もある）の中から把握できないか、とする試みである。

物語文学において、音楽表現は、『古事記』『日本書紀』にすでに叙述されており、物語の発生とともにおそらく同時に発生した事象である。それは、口承文学の時代から存在し、文学のもとに「うたう」ことが始原にあったことからの推測であるが、「語る」ことの始原に「うたう」ことがあり、そこに律というリズムが存在し、このリズムとともに伝承が行われる。もしくは、共同幻想、共同体験としての記憶として継承されていたことは、想像に難くない。

三浦佑之は、『古代叙述伝承の研究』において次のように書いている。

〈語り〉という概念を音声言語に支えられた表現と規定していえば、それは叙事的な筋立てと韻律性に支えられた言語表現である。ある出来ごとを順序だてて述べてゆくという意味（叙事）的な展開と、比喩や定型性やリズムなど韻律（音楽）的な要素とをもつことによって、古代の〈語り〉は表現を獲得したのである。

そこでは、その表現はいわゆる〈うた〉の表現と重なるから、うたと語りは始原的にみれば未分化な表現だとも言えるのである。
（『古代叙述伝承の研究』[*1]）

「もの」を「語る」という行為は、そこに伝達という意識が含まれ、そこには、口承の場合は「記憶」、書くことでの伝承は「記録」という行為とともに存在する。それは、ある人物が発した意識的な音が、特定の人物ないし無意識の他者の耳に影響を与え、その音が意味付けされ、個々の人物に記憶される。または、目という媒体を通して記録もしくは記載された物による記憶が行われる。

つまり、「語り」を聞いた人物は、記憶することで記録媒体として存在をする。そして、さらにその記憶を伝えることで新たな発信者として存在する。その人物は、伝達者として、仲介役として、意識ないし無意識の上に存在している。そこでは、伝えるという意識と記憶する意識という関係（書き手と読み手という関係に還元できる）の上に伝承がおこなわれる。そして、伝承が物語という形を形成する際には、オリジナルの語りの内容に無い新たな話の要素や外的な要素が含まれて語られ形成する。この過程の結果として、物語作品は構成されていると考える。この外的な要素の中には、歴史性や権力構造など時代の流れの中で生み出された意識的・無意識的な力、いわゆる社会的な力、吉本隆明に言わせれば共同幻想のような力がある。その社会的な力は、その時、その時代によって変化はあるが、物語へさまざまな形で作用をしている。

権力と語りの関係として次の視点があげられる。

王権の成立は、共同体のなかに王となるべき特別の存在を誕生させる。そして、その存在が王権のなかで王としての専権的な地位を確保するためには、それを可能にするさまざまな装置が要請されなくてはならない。

その一つが語部という存在である。従って、語部という存在は王権の成立とともに必要になったといえるのである。

（『古代叙述伝承の研究』）

右は、催馬楽が一子相伝として特定の一族を中心に伝承されていくこととも関係が深いが、ここでは、「語る」行為が権力構造の中で展開されていくことを確認したい。

この物語文学に与えられた外的要素は、物語上では叙述という行為から確認でき、その中では、表現として特徴的に表出している。

物語文学の成立について藤井貞和は、

〝物語文学の成立〟を、埋没した歴史のなかから取りだすために、『古事記』『日本書紀』『万葉集』などの作品たちは一旦、解体される。そしてコト（言語、事象）、コトノモト（起源譚）、モト（同）、ムカシ、フルコト（古語、古事、古伝承）とその文体、語り、歌謡、歴史叙述、語部の存在、そしてモノガタリが、逐一、洗いだされる。それらによって再構成される。〝形成〟の歴史こそは〝物語文学の成立〟にほかならなかった。叙述ということはまさにこの〝形成〟の延長にある、ということではないか。

（『平安物語叙述論』[*2]）

と書いている。つまり、物語作品を形成する要素を見るためには、その叙述を解体し、洗い出されたものを見る必要性がある。その中で本書では、この要素の一つである歌謡に焦点を当て考察していきたいと考える。

本書で論じる中心となる対象は物語に書かれた歌謡表現である。その歌謡のなかで、古代歌謡とされる催馬楽をとりあげるが、催馬楽は、先行研究のなかでさまざまな指摘はなされているが、依然としてその歌の性格および名称についても謎が多く残されている。そのため、催馬楽を研究することにより、従来の解釈が正しかったのか、そこに時代を経た意味付けがあると考えた場合、どのような解釈が可能か、そして催馬楽が登場している場面の読みはどう変わるのかなどを考察したい。

また、語り手あるいは書き手たちを物語の作られる過程に従属する存在、つまり、書き手という存在の奥に時代性や権力構造などの多くの要素が含まれている存在として捉え、時代性を中心とした個という意識以上の共同体の中での書き手という存在が書いた資料の表現から何が見えるのかを考察する。

本書では、あくまで物語の中でなぜ、催馬楽という歌謡が選択され、表現としてそこに記載されるのか、そこに何を求めているのか、さらにその行為の裏には、どのような外的影響があり、そして催馬楽がどのような影響を与えたのであろうか、までを視座として据えて考察をおこなう。

この考察によって、催馬楽という歌謡の時代ごとの意味、存在価値などの評価、そこにどのような社会的影響があるのか、文学に対して社会がどのように作用し、文学がどのように時代を経て変容するのかを平安時代という日本文学の変化が活発であった時代を中心に据えることで、その時代の変化から、その全容の一部が解明できると考える。

【注】

1　三浦佑之『古代叙述伝承の研究』勉誠社、一九九二年

2　藤井貞和『平安物語叙述論』東京大学出版会、二〇〇一年

第二節　唐楽から雅楽へ

この節では、物語における音楽表現を考えるために、まず、物語で演奏されている雅楽について確認をする。平安時代、物語において演奏描写の中心は、雅楽である。雅楽は、奈良時代以前の日本独自の音楽と当時の中国の王朝である隋や唐などから伝来した音楽とが融合して成立した音楽の総称である。では、雅楽は、具体的にはどのように成立し、日本の中で形成していたのであろうか。

日本の雅楽は、古代中国からの影響が多くあるといわれる。古代中国の楽器に目を向けると多くの古代中国の遺跡から様々な楽器が出土されていることが指摘され、日本でも博物館などで展示されているものを見ることはできる。例えば、紀元前五世紀の遺跡である曾侯乙墓からは、十二律（十二の半音）を備えた編鐘や笙など各種の楽器が発見されている。楽器があることから、この頃にすでに楽器が作られ演奏されていたことがわかる。ここで発見された楽器は、（形の似たものが土壌の年代は違うが日本でも発掘されているが、）日本の楽器より洗練された楽器であることが指摘できる。それは、ここで提示した楽器が、単純な一音の楽器ではなく、音階を持っているためである。ここから、この楽器が使われていた時代には、地域ごとに曲や音楽が独自の発展をとげていたことが予想できる。これは、春秋時代の孔子（紀元前五五一～四七九年）の頃に「雅楽」という観念が発生し、礼楽の思想が発達したことが資料として残っていることから確認ができる。春秋時代、地域ごとの歌謡が収集され国風というように日本で言えば風俗歌のような形で詞が収集されていることが記録で残されている。ここで「雅楽」という語が登場するが、ここでの「雅楽」は、日本の雅楽とは性格が違うものである。春秋時代、礼楽思想の「礼」は社会の秩序をなす儀礼、「楽」は、人心を調和する音楽を指し、礼楽思想は、国家が理想の礼楽を行うことで、自ずと民衆に秩序と調和が生まれるとする思想として、礼と共に音楽である楽が国家の政として重要視されていた。このことは『論語』などでもよく知られていることである。春秋時代に孔子や孟子の思想が登場し、漢代（紀元前二〜二世紀）には、礼楽思想に基づいた天地宗廟のための儒教の祭祀楽である雅楽が、制度として確立し、漢代では、すでに三十種を超える雅楽器が用いられるようになった。また、舞人は八佾舞（八行八列の六四人の舞）となり、「雅楽」は大規模なものとなっていった。

春秋時代に成立した「雅楽」は、三世紀〜六世紀にかけての三国時代・南北朝時代にシルクロードを経て中国に流入してくる「胡楽」と称される西域の舞楽によって一変する。この西域の舞楽には、遠くペルシャやインドの音楽舞踊を淵源とする要素も含まれた。ここでは、琵琶や篳篥などが登場しているが、これらの楽器は、日本の雅楽にも用いられることになる。日本の雅楽楽器の多くは、この時期に西域を経て中国へもたらされた楽器であることがここから確認ができる。以上のような経過をたどっているため、日本の雅楽は、楽器とともに西域の曲も多く受容しているのである。

唐代（六一八〜九〇七年）になると舞楽が大成され、一つの頂点を迎えることになる。唐代には、儒教の祭祀楽である「雅楽」に加え、西域から伝来した「胡楽」が大きな位置を占めるようになり、これに古来の中国固有の音楽である「俗楽」も加えられて宮廷舞楽の最盛期を迎える。

日本に伝来した雅楽の中心は、儒教の祭祀楽である「雅楽」ではなく、西域から伝来した「胡楽《こがく》」と古来の中国固有の音楽である「俗楽」が融合して唐代宮廷で大成された饗宴用舞楽（燕楽《えんがく》）であった。

唐の律令には「楽令」があり、各伎で用いる楽器編成や装束などは細かく規定されていた。規定されたものの中には十部伎の制があり、これは、燕楽伎・清商《せいしょう》伎・西涼《せいりょう》伎・天竺伎・高麗伎・亀茲《きじ》伎・安国《あんこく》伎・疎勒《そろく》伎・高《こう》昌《しょう》伎・康国伎《こうこく》からなる国際色豊かな楽伎で宮廷の大燕会《だいえん》の折に盛んに奏された楽舞である。[*1] この十部伎の制の成立は、唐の貞観十四年～十六年（六四〇～六四二年）までの間とされ、これは、遣唐使の時期とも重なる。

また、二十八調の知識も吉備真備のころに伝わったとされる。これは、日本の雅楽（唐楽）の調子の大半が二十八調と一致していることから解る。そして唐楽以外の楽も遣唐使により、古代朝鮮からは、百済楽・新羅楽・高麗楽が伝わり、ベトナムから林邑楽《りんゆう》、度羅楽《とら》（地域不明、ミャンマー説・済州島説・中央アジア説などがある）渤海楽《ぼっかい》なども同時期に伝来している。そして、以上の伝来した楽器や楽や曲と日本在来の楽器や楽や曲が融合して出来たのが、平安時代に雅楽寮の中で整理された日本版「雅楽」である。日本では、楽を唐から伝来したまま曲の形を保存して演奏せず、在来の奏法や曲や歌詞などと融合させたため、唐楽と同じ名前であっても違う曲や歌になっているものが存在するのである。

では、日本在来の曲や楽器や楽は、どのような楽であったかであるが、曲や楽は成立後に内外の変化などで融合し、形を変えていることが予想され追うことは難しいが、楽器については残存資料から確認することができる。例えば、日本独自の古代祭祀を考えた際、琴が思い浮かぶ。それは、弥生時代の遺跡からの埴輪などの出土品により確認が出来る。これはおそらく大陸の琴と弦の数などが違うため日本独自の琴であると考える。この日本独自である可能性が高い琴は和琴として残されていくが大陸伝来の琴に押されてその姿を見ることは少ない。平安時代の『うつほ物語』が和琴の様子と中国由来の琴や箏などが奏法とともに伝来するという様子を物語に描いている。

以上のような歴史をたどり日本に伝来し、日本在来の和琴などと融合して構成された雅楽であるが、日本においては、雅楽寮の成立とともに音楽としての固定化が行われ、固定化された曲や奏法が中心となり伝承されることとなる。

日本においての雅楽と歌謡の歴史的流れは次の通り。

四五二年　允恭《いんぎょう》天皇時、新羅王が天皇崩御を聞き殯宮《ひんきゅう》に種々楽人八十人を貢上。

五五八年二月　欽明天皇時に百済楽人四人を貢る。

六一二年　百済人味摩之、帰化して、呉の伎楽舞を櫻井に安置して少年に習わせたいと言い、真野首弟子・新漢斉文の二人が習ってその舞を伝える。

六七一年五月五日、西小殿にて田舞が奏される。

六七五年　天皇、大和らの諸国に「所部の百姓の能く歌ふ、男女、及び侏儒・伎人を選びて貢上れ」と命ず。

六八三年正月一八日、大安殿にて、小墾田儛、高麗・百済・新羅の三国の楽が奏される。

六八五年九月一五日、天皇、歌男・歌女・笛吹に対して子孫に歌笛の伝習を命じる。

六八六年（朱鳥一年）三年余の天皇の殯宮で種々の歌舞・楽官による楽・楯節舞が奏される。

六九三年正月一六日、漢人ら、踏歌を奏す。

七〇一年（大宝一年）雅楽寮が設置される。

七一〇年（和銅三年）天皇、重閣門に御して宴が行われ、隼人・蝦夷ら諸方の楽を奏す。

七一七年（養老一年）天皇、西朝に御し、大隅・薩摩の二国の隼人ら風俗の歌舞を奏す。

同年　天皇の近江国・美濃国行幸の時、諸国司が土風の歌舞・風俗の雑伎を奏す。

七二三年　大隅・薩摩の二国の隼人ら六二四人朝貢し、風俗の歌舞を奏す。

七二九年正月一四日、男踏歌が催される。（『河海抄』による）

七三〇年正月一六日、皇后宮で百官主典已上陪従が踏歌を催す。
七三一年　雅楽寮の雅楽生の定員が改定される。
七三四年　天皇、朱雀門に御し、男女二四〇人による歌垣が行われ、長屋王らを頭として、難波曲・倭部曲・浅茅原曲・広瀬曲・八裳刺曲の本末が唱和される。
七三五年　吉備真備が唐より、銅律管、『楽書要録』を持ち帰る。
七三六年　歌儛所の諸王臣子ら、葛井連広成の家の宴で古歌を詠む。
七三九年　漢人ら踏歌を奏す。
七四〇年　天皇、美濃国巡幸の折、不破頓宮に至る時、新羅楽とともに飛騨楽が奏される。
七四二年　天皇、正月一六日に御し、五節田儛が奏され、さらに少年・童女の踏歌が行われる。この宴で、「新年」の寿歌が琴の伴奏で歌われる。
七四三年五月五日　内裏の宴で皇太子であった孝謙天皇が五節を儛う。右大臣橘諸兄、天皇賛美の歌を奏上する。
七四九年（天平勝宝一年）天皇、太上天皇と皇太后とともに東大寺に行幸の時、大唐渤海の呉楽・五節田舞・久米舞が奏される。
七五一年正月十六日、天皇、大極殿の南院に御し、歌頭の女孺忍海伊太須らが踏歌を奏す。
七五二年四月八日　東大寺大仏開眼供養の儀式に雅楽寮や諸寺の音楽が披露され、また王臣諸氏の五節・久米舞・楯伏・踏歌・袍袴などの歌儛が奏される。
七五九年　天皇、朝堂の宴で女楽を舞台に作し、内教坊の蹋歌を庭に奏させる。
七六三年　天皇閤門に御し、唐・吐羅・林邑・東国・隼人らの楽を作さしめ、内教坊に踏歌を奏させる。

七六六年　　　　　太政官符により、両京畿内の歌垣が禁止される。
七七〇年三月二八日　天皇、由義宮に行幸の時、葛井・船・津文・武生・蔵の六氏の男女二三〇人による歌垣が行われ、男女相並んで古歌が歌われる。
七七七年　　　　　天皇、射騎を観る時、田儛を舞台に作さしめ、蕃客に本国の楽を奏す。
八〇九年　　　　　雅楽寮の雅楽師を定めた。
八三九年　　　　　藤原貞敏帰朝、唐にて琵琶を習得し、琴・箏の新曲、琵琶譜数十巻を伝える。
八五九年　　　　　大嘗祭、清暑堂にて琴歌神宴が行われる。
　　　　　　　　　広井女王薨ず。（『催馬楽』初出の記事がある）
九〇五年　　　　　古今和歌集巻二十の大歌所御歌・神あそびの歌に神楽・催馬楽・風俗歌が含まれる。
九〇六年　　　　　天皇、廃絶しつつある大歌所琴歌の伝習を多安邑に命ずる。
九二〇年　　　　　『催馬楽笛譜』（藤原忠房）が成立。天皇、東遊を撰定。[*2]

と以上のような流れで日本では、雅楽の歴史にそって歌謡が奏されうたわれている。以上からは、歌垣が禁止された時期があったことと、踏歌が行われた記録を多く確認することができる。そこから、少なくとも歌謡の一部が歌垣や踏歌とともにあり、継承されていた可能性が推測できる。

このような状況のもとにおいて、他の楽と共に雅楽寮の成立の中、神楽・催馬楽・風俗歌は、郢曲というジャンルの中で収取され成立した。そして、郢曲は、『尊卑分脈』などで確認できるが、決まった一族を中心とした中で一子相伝の形を中心に伝承されていくことになる。

また、ほかの雅楽もそれぞれ一子相伝という形を中心にしながら伝承されている。一子相伝を中心に伝承された雅楽であったが、その様子は、資料として儀式記録の中や、物語の中で確認ができる。

雅楽は、宮廷音楽として享受されていくが、それは、貴族社会の中での享受が中心である。その理由は、一子相伝という伝承形態をとったためである。この雅楽の多くは、貴族社会の衰退とともに記録の中から消えていくことになり、貴族社会の復興の動きと共にその音楽も歴史の中で登場したり消えたりしていくことになる。

その様子は、次の『閑吟集』の催馬楽の記載部分から確認することができる。

> 熟思本邦昔、伊陽岩戸而歌七昼夜曲、大神面于罅隙、神戸擘開而霄壌明白也。地祇之始、已有神歌。次催馬楽興也。催馬楽再変而成早歌。其間有今様・朗詠之類。数曲三変而有近江・大和等音曲。或徐々而困精、或急々喧耳。奏公宴慰下情者、夫唯小歌乎。
>
> （『閑吟集』真名序）[*3]

『閑吟集』では、催馬楽は、神楽の後に出来、その後、早歌の時代と変わると書かれている。その間の時代には、朗詠などがあったとしている。『閑吟集』の作者の中には、歌謡の歴史的流れの中に神楽の次の時代が催馬楽の時代で、その後、朗詠などを経て早歌の時代になっているという意識がある。この記述からは、儀式的政治色の性格の強い神楽から、催馬楽という時代を経て、早歌という民間的な歌謡へ歌が移動しているという流れが時代の中であったと意識していたのではないかと読みとれるのである。

【注】

1　遠藤徹『平安朝の雅楽―古楽譜による唐楽曲の楽理的研究』東京堂出版、二〇〇五年
寺内直子『雅楽のリズム構造―平安時代末における唐楽曲について―』第一書房

一九九六年、遠藤徹構成『別冊太陽　雅楽』平凡社、二〇〇四年

2　臼田甚五郎監修『日本歌謡辞典』桜楓社、一九八五年、日本歌謡史年表部分を利用し私に整理。

3　小林芳規　武石彰夫　土井洋一　真鍋昌弘　橋本朝生校注『梁塵秘抄　閑吟集　狂言歌謡』新日本古典文学大系56、岩波書店、一九九三年

第三節　物語と音楽

物語と音楽の関係を具体的に、雅楽と催馬楽の関係を気にしながら『源氏物語』における音楽の登場例を見てゆく。

『源氏物語』における音楽の描き方について、山田孝雄[*1]は、「吾人の耳には延期天暦の御世の音楽とのみ聞えて、一條天皇の御世の音楽としては聞えざるを如何にせむ。更に、この源氏物語を以てパノラマとして見ても、その用ゐる楽器は延喜天暦の御世のものと見えて寛弘の御世のものとしては見られざるを如何にせむ。」と書いている。

森野正弘は、「素材としての音楽が、物語の主題的な状況の展開に与えるかたちで、言語化されて、登場人物のスタンスを表象し、と同時に、そのような音楽を奏でることを通して物語は世界を紡いでいく。[*2]」と書いている。

山田孝雄の書いているとおり、『源氏物語』と実際の醍醐天皇の時代の出来事を照らし合わせると、天徳四年（九六〇）内裏歌合の楽宴の記録、左方（勝）催馬楽「安名尊」・「葦垣」・唐楽「春鶯囀」、右方（負）「桜人」・「山城」・「柳花苑」の対決があり、女御、更衣が、あまたいた時代で、『源氏物語』に一番近い過去の時代と考えると、醍醐天皇の時代か村上天皇の時代となる。源氏姓をうけ、臣籍降下した皇子がいる点でも一致する。このことから、紫式部が、執筆している時代の風俗というよりは、紫式部の祖父の時代に耳にすることが出来た音楽を『源氏物語』に登場させていることがわかる。

『源氏物語』に登場する舞楽や管絃曲は、「青海波・秋風楽・保曽呂倶世利・春鶯囀・柳花苑・皇麞・喜春楽・

鳥〈迦陵頻〉・胡蝶・打毬楽・落蹲〈納蘇利〉・想夫恋・賀皇恩・万歳楽・仙遊霞・陵王・太平楽・酣酔楽・海仙楽[*3]」の以上十九曲がある。さらに、河内本にのみ「輪台」という舞楽が載っている。

まず、舞楽は、どのように登場をしているかであるが花宴巻を例にして見ていく。

> 楽どもなどは、さらにも言はず調へさせ給へり。やう〳〵入日になるほど、春の鶯囀といふ舞いとおもしろく見ゆるに、源氏の御紅葉の賀のおりおぼし出でられて、春宮、かざしたまはせて、せちに責めのたまはするにのがれがたくて、立ちて、のどかに、袖返すところを、一折れ、けしきばかり舞ひ給へるに、似るべきものなく見ゆ。左のおとゞ、うらめしさも忘れて涙をとし給ふ。「頭中将、いづら。遅し」とあれば、柳花苑といふ舞を、これはいますこし過ぐして、かゝる事もやと心づかひやしけむ、いとおもしろければ、御衣給うはりて、いとめづらしき事に人をもへり。
>
> （『源氏物語』一―二七五頁）

花宴巻の内容は、春二月、南殿の桜の宴。様々な遊びが催され、春宮に求められて、源氏は「春鶯囀《しゅんのうでん》」、頭中将は「柳《りゅう》花苑《かえん》」を舞う。その後の宴会では、春宮の存在を忘れているかのように源氏を多くの人がたたえる。その源氏を眺め、藤壺が心中を複雑にする。その夜、後宮を歩いていた源氏が、朧月夜を見つけ関係を持つ。その後、お互いに扇を交換して別れる。源氏は、翌日、葵上にあったが、取りつきようがなかった。三月下旬、右大臣の藤の宴において朧月夜が、春宮へ入内すると噂される弘徽殿の妹であることを源氏は知るという展開をとっている。

花宴巻の前半は、行事と宴の場面、後半は、朧月夜と源氏の場面である。『源氏物語』において、花宴巻は、源氏の主人公としての人間性を決定づけ、そこから後半に向けて展開していく最初の部分である。そこからは、源氏と藤壺との子供が生まれるという、前半の山場が完了し、この後、源氏がどのように位を上がっていくか、という期待を持たせている場であることがわかる。

花宴巻の前半部分である行事と宴が展開される場面で、天皇の息子である源氏が、ほぼないとは言え春宮という自分にもなる可能性があった存在の前に出て舞を舞うという場面が出てくる。ここで源氏が、舞っているのは、「春鶯囀」という雅楽の舞である。ここで疑問が生ずる。なぜ、他の舞ではなく「春鶯囀」という舞を選んだのかということだ。本来なら、単純に春宮に命令されたから、行事にそった「春鶯囀」という舞を舞っていると考える。それは、頭中将が、「柳花苑」という舞を舞っているからである。源氏もこの舞を舞っていても物語の流れを狂わすことはない。なぜ、紫式部は、「春鶯囀」という舞をこの場面で源氏に舞わせたのか。この舞の選択は、物語にとってどのような意味があるのか。

『源氏物語』に出てくる行事は、物語として脚色されているとしても、多くが、実際に平安時代に行われた行事であり、そのため、雅楽の持つ意味も一緒であろうと推測する。多くの雅楽は、遣隋使や遣唐使によって伝わり、平安後期には、嵯峨天皇などの命令で日本でも作られるようになった。雅楽は、行事と共に唐から伝わった風俗で、行事とともに存在する。それぞれの雅楽は、陰陽五行説により、使用される行事や時期や場面が決められていることが多い。陰陽五行説は、西暦六〇二年の推古朝の時、朝鮮半島経由で伝わったことが『続日本紀』に書かれている。そして、陰陽五行説によりそれぞれが、行う状況も決まっている。多くは、民衆のためではなく、宮中でのみ演奏または舞はおこなわれてきた。そのため、貴族達にとって雅楽の演奏や舞は、出来て当然の嗜みであり、宮中にいた女性達もまた、雅楽について見聞きしており、そのいくつかは演奏も出来たはずだ。雅楽は、多くの平安文学に登場しており、いかに貴族にとって関心を集めたかが解る。

では、「春鶯囀」と「柳花苑」とは、どのような舞かについて確認をしたい。本文で登場する「春の鶯さへづるといふ舞」は、雅楽の一つで、「春鶯囀」と呼ばれる舞であるとされる。壱越調（レ）（西洋では、D）の舞楽曲で、雅楽の四大曲の一つとして「遊声、序、颯踏、入破、鳥声、急声」の六楽章を備えた形で今日まで伝承された舞曲である。現在、「序、破、急」以外の楽章名を残しているのは、この曲だけで、この舞曲は、唐の高宗（西暦六二八〜六八三年）が鶯の声を聞き、楽工の白明達に命じてその声を楽に作らせたとも、合管青という人の作曲で、唐では、春宮の立つ日にこの曲を奏すれば、必ず、鶯が集まり盛んに囀ったとも伝えられる。日本では、尾張浜主という舞の名手が（西暦八四五年）百十三歳で自らこの舞を作り、舞ったという記録がある。四、六人の優雅な平舞で唐楽である。清少納言が、この曲の琵琶の音が好きであると『枕草子』に書くぐらいよく宮中で知られていた舞楽曲である。

「春鶯囀」の舞の構成は、次にあげる通りである。

1、壱越調　調子、品玄2、遊声3、序（序吹、拍子十六）4、颯踏（早八拍子、拍子十六）5、入破（早六拍子、拍子十六）6、鳥声（序吹、拍子十六）7、急声（早六拍子、拍子十六）8、壱越調　調子、入調[*4]

雅楽では、「春鶯囀」の舞の性格は、「季節は、土用。方位は、中央。五行は、土。五音は、宮（ドの音）。国家は、君。」とされている。以上のことから、「春鶯囀」は、春宮をたたえるとも言うべき土用＝変化、中央、土＝生み出すもの、宮、君という新しい王・春宮を意味している雅楽であり舞である。

「柳花苑」という舞は、西暦八〇四年に空海と最澄らと共に遣唐使として舞を学ぶために派遣された久礼真蔵が、「春庭楽」と共に日本に持ち帰った舞楽である。[*5]唐楽であり、双調（ソ）（西洋では、G）の舞楽曲で、今では、舞が消滅している。「柳花苑」の舞の性格は、「季節は、春。方位は、東。五行は、木（陽）。五音は、角（ミの音）。国家は、民。」とされる。「春鶯囀」よりも早く日本に伝わった舞である。文献にほぼ登場しない春を祝う舞の一つである。以上から二つの舞に性格の違いがあることが確認できる。

ではなぜ、源氏は春宮をたたえる「春鶯囀」をここで舞っているのであろうか。言い換えると物語としてなぜ舞が、春宮ではなく源氏の独り舞台をつくるための導入になっているのか。先に書いたとおり『源氏物語』と実際の醍醐天皇の時代の出来事を照らし合わせると、天徳四年（九六〇年）内裏歌合の楽宴の記録、左方（勝）催馬楽「安名尊」・「葦垣」・唐楽「春鶯囀」、右方（負）「桜人」・「山城」・「柳花苑」の対決があり、この場面の楽の選択と一致するが、紫式部は、舞台設定を醍醐朝の時代に採っていたからという単純な理由でその宴会に当てはめたのではないと考える。

源氏は、舞や詩歌の披講によって春宮から自分へと人々の関心を奪い、平然としている。そのため、春宮をたたえているとは考えられない。物語上春宮をたたえさせるのなら、あえて源氏に「春鶯囀」を舞わせる必要はないと考える。なぜなら、頭中将が舞った「柳花苑」のように春を祝う双調の雅楽を舞えばよいのである。あえてここで「春鶯囀」を舞っているのには理由があるにちがいない。

理由を考えるにあたり、舞が、藤壺の見ている所、藤壺の視線がある場で舞われるという点に着目したい、そこから浮かぶ点は、「春鶯囀」という舞が、この場で本来祝福されるべき春宮ではなく、藤壺の子供、つまり、現在の春宮ではなく、未来の春宮になるべく誕生する源氏の隠された子供への舞であるのではないかという考えである。それは、この場面の後に、春宮と後に結ばれる予定の朧月夜と関係を持つことからも、源氏が春宮をたたえて舞っているとは考えられないからである。物語の後半で、春宮の后になる人と関係を持つことを書いているため、源氏が春宮をたたえた舞を舞っていると物語上、そこに矛盾が生じる。朧月夜は、源氏にとって政敵の弘徽殿の親族である。それを理解した上で男女の関係を持つということは、源氏の弘徽殿や春宮への挑戦であるとれる。

ここから、源氏が、朧月夜に恋をしてただ関係を持ったのではなく、子供を春宮にするため、動き始めたのではないかという推測が生まれる。そしてこのことは、物語前半の場面が、藤壺の目線で書かれ、源氏を思う歌が詠まれる理由として見ることができる。

以上のことから、花宴巻には、源氏の密かな藤壺と子供への祝いの舞が書かれており、その後、源氏が、子供のため、表面にでない形による政敵に対しての攻撃という暗示が書かれていると考える。

天徳四年内裏歌合をそのままなぞった物語ではなく、あえて催馬楽があった部分を排除することで、より舞楽を際立たせ、そこに暗示される意識、音楽の曲から連想される意味を深くさせる効果をここで表現として使用していると考える。音楽の中で舞楽に特化させた描写を選択することで、ある程度の読みの限定を施していたのではと考える。

右のように考えると、記載された音楽のセンテンス、章節などの部分や曲名の記載部分には、ただ漠然とそこに記載されているのではなく方法として歌の性格を利用することで物語を連想させるという効果を狙った配置がなされているという指摘が出来ると考える。この指摘に広がりを持たせた視野を加えると記載されないことで逆に表現することもまた可能であることが指摘できる。それは、例であげた部分からは、排除した催馬楽の持つ性格や意識などを物語から除くことが行われていると考えられ、歌合わせの記録にある四つの催馬楽がそれぞれ物語を内に秘め、記載することでそれが物語に影響を及ぼす力を持つ歌であることが表出しているためである。

単純に他を排除することで強調するという表現方法が採用されているとも考えられるが、催馬楽が作り手に対して物語の展開を記載する上で一定の操作を要求する力を所持していることはここから読み取ることは出来るであろう。

また、花宴巻では、舞の後に催馬楽も歌っていることが書かれているが、そこでの催馬楽の選択は、先述の歌合わせとは違う歌が選ばれる。そのため、花宴巻では、公的空間に合う形で物語に深みを添える方法として舞楽を舞っている場面を設定し、そこに物語の背景を採り入れて展開させているという点を確認することが出来る。それは、雅楽の行事においての場面、特に舞楽に注目して見ることで催馬楽と舞楽が共に行事の行われている空間で共存していることからも確認ができ、この舞楽と共にうたわれた催馬楽は、他の巻でも登場していることから、ここで指摘した背景を語る歌謡という視点をさらに広げ考察することができるであろうと考える。

【注】

1　山田孝雄『源氏物語の音楽』寳文館、一九三四年
源氏物語と音楽について書かれているものは、山田孝雄以外では、中川正美、上原作和など。

2　森野正弘『源氏物語の表現構造の研究』國學院大學大学院、一九九九年
この論文は、源氏物語における「和琴」「琴の琴」「箏の琴」「琵琶」といった音楽関連描写を単なる描写と捉えず物語の主題の意味生成の場として捉え、その表現構造を解明しようとしたもの。

3　芝祐靖監修『図説雅楽入門辞典』柏書房、二〇〇六年、宮丸直子の部分から引用。

4　東儀俊美『雅楽への招待』小学館、一九九九年

5　芝祐靖監修『図説雅楽入門辞典』柏書房、二〇〇六年

第二章　物語に現れる歌

第一節　人生の転換――『とりかへばや』と催馬楽

物語には、登場人物の人生において、重要な転換点に表現として、様々な事物を登場させ、表面もしくは背景として登場人物の立ち位置の変化や舞台の転換を示している。この登場人物の人生の転換を歌謡、催馬楽によって表現した作品に『とりかへばや』がある。この物語は、院政期に近い時代、平安時代末期もしくは鎌倉時代にさしかかる時代の物語である。この物語での催馬楽引用表現は、貴族社会で受容されていた催馬楽が、催馬楽という現役の口遊びの歌として歌われる終焉の頃の様子であり、歌が歌われている時期であり、歌謡と物語を考える上で重要な物語記述であると考える。催馬楽は、この時期をこえるとその様子が物語で語られなくなっていく。

催馬楽は、『万葉集』の収録時期と同時代に並行的に宮中関係者によって収録され、一定の形へと整理され、催馬楽最古の記事となる広井女王からも解るとおり、宮中内で愛好された歌謡である。また内容は、平安前期の広井女王のいた時期以前の事柄に対しての民謡的な歌が収録され、それがある一定の長い期間、宮中において歌われ、後世へ様々な形で影響をおよぼしている。

『とりかへばや』とは、院政期に書かれた物語作品であり、古くは、『無名草子』に二つの『とりかへばや』があったことが書かれている。[*1] 現在われわれが読める『とりかへばや』は、『今とりかへばや』である。近世に『とりかへばや』(古本)が散逸したため『今とりかへばや』を『とりかへばや』と呼びならわしている。成立時期に関しては、鈴木弘道[*2]、今井源衛[*3]らによって古本は十一世紀末期と目され、天喜三年(一〇五五年)頃、今本は、十二世紀後半、一一六〇年から七〇年頃の成立と考えられている。つまり、古本と今本に百年ほどの隔たりがあるが、この二つの『とりかへばや』の書かれた時代は、院政期となる。

『とりかへばや』の内容を要約すると次のとおり、関白左大臣の内気で女性的な性格の男児と、快活で男性的な性格の女児の二人が主人公の話である。二人の父は、その性格の違いから「取り替えたいなあ」と嘆き、男児は「姫君」として、女児は「若君」として育てられる。「若君」は男性として宮廷に出仕し、「姫君」も女性として後宮に出仕し男女逆転の物語が展開されている。「若君」は右大臣の娘と結婚をするが、妻が、宰相中将と通じたり「姫君」は、女東宮に恋慕し関係を結んだりと男女逆転だからこそ展開させることができる、この時代以前では書かれることが少なかったタブーを含む物語が書かれていく。そして、「若君」が、宰相中将に素性を見破られることで、物語の転換が行われ、男女逆転の物語が終局を迎え、本来の性でそれぞれが人生を謳歌する様子が描かれる、関白・中宮という人臣の最高位にそれぞれが至り物語は終わる。

『とりかへばや』を含めた院政期の作品が持つ文学史上の問題として、次の点が指摘されている。

三谷邦明は、『とりかへばや』について、マニエリスムのテクストであるとし、そこに描かれる密通は、王権の禁忌を犯すという意識を喪失し、「夢」「現」「闇」は、従来の物語が描く際に込めていた意識をなくし、連関性による連想を使った手法的な表現として書いているとしている。

また、次のような院政期の文化状況に対する問題提起を提示している。


性交換・奇想・夢・狂気・汎性欲・異装・不条理・迷宮・遁世・没落幻想・翳・転成・異郷・穏身・イロニー・時代錯誤・時代設定無視・擬古性等といったモチーフ・テーマが表出されてくるのも、その現実と自己の喪失から発せられているメッセージだと言ってよいだろう。[*4]

三谷邦明の時代認識を利用すると、『とりかへばや』は、それまでの時代にあった問題意識を含んだ言葉の持つ奥に含まれる意識化されていた物語が変容し、従来使用されていた「夢」などに代表される物語における重要な言葉の奥に含まれていた意識が喪失した表現として登場するようになったということが言えそうである。そうであるならば、喪失した変わりに新たに物語を彩る道具として、手法的方法として物語展開に影響を与える重要語に行事や事柄を利用した新しい物語を意識上に浮かばせていることが、『とりかへばや』の物語中に登場する言葉の表現より見ることが出来ると想定される。

『とりかへばや』に登場する催馬楽にも、時代を経るにつれ、過去にあった歌に込められていた意識が失われ、新たにこの物語が書かれた時代まで行事などで使用されたことで付加された物語ないし意識があると想定される。そこには、『源氏物語』の影響が多分にあることは想像に難くないが、各用例を確認しそれ以前の語に込められていた意識と比較することで検証できると考える。そしてこの検証は、時代によって歌に込められていた意識が喪失し、忘れ去られ、新たな物語がそこに付加されているということの証明にもなると考えられる。[*5]

では、『とりかへばや』とその中に登場する催馬楽の登場からこの意識の変化を物語上での表現より考察していきたい。『とりかへばや』巻一と催馬楽を見ていく。

『とりかへばや』は、男女入れ替えを中心とした物語と天皇貴族社会の持つ男女の出世のあり方など様々な要素を含んでいる物語であるが、この物語には、催馬楽が「東屋」・「我家」・「伊勢海」・「梅枝」・「葛城」・「此殿」と、以上六つの催馬楽が登場している。

では、催馬楽は、『とりかへばや』にどのような効果を与えているかをそれぞれ登場例を比べることで確認していきたい。

『とりかへばや』巻一から見る催馬楽の掛け合いは、次のとおりである。

あたりもさらぬ宮の宰相立ち聞きけるに、笛の音も琴の音も、いみじのことや、この世の物ならぬ妹背の御才どもかな、かたち有様もかくこそはあらめと聞くに、そゞろに涙こぼれて、しのぶべくもあらねど、「まやのあまり」をうちうそぶきて、反橋の方に立ち出でたれば、中納言琵琶をふと取りかへて、「をし開きて来ませ」とかき鳴らしたり。「帳丁ならぬ」こそわびしけれとて、心ときめきせらるれど、大臣のことくしきさまして出で居給ぬれば、かひなく口惜しうて、いとすくよかになりぬ。

（『とりかへばや』巻一）[*6]

巻一に登場する催馬楽は、「東屋」・「我家」であり、それぞれ三人の登場人物の懸想めいた期待が込められた興趣あるやりとりが行われている。内容は、左大臣である父の要望で中納言（若君）の笛にあわせ姫君の箏の合奏がおこなわれ、それを立ち聞きしていた宰相が姫君との出逢いを求めて催馬楽「東屋」の前半の歌詞の一部を歌って近づき、それに対して中納言が笛を琵琶に持ち替え催馬楽「東屋」の歌詞の後半の一部を歌って返し、さらにそれに対して宰相が催馬楽「我家」の歌詞の一部を歌うことで話を進めようとするが、この掛け合いを断ち切る形で左大臣が登場することで物語が恋愛にむきかけていたところからまじめな現実に引き戻されるという内容となっている。

鍋島家本『催馬楽』

〈目録〉東屋　拍子十八　〈本文〉東屋　拍子十八

安川末也乃　末也乃安万利乃　曽　乃　安万曽々支　和礼多知　奴礼奴　止乃止比良　可世　加須可比毛

止尼之毛　安良波己曽　曽乃止乃　止　和礼左々女　於之比良伊天　支末世　和礼也比止　川末

〈わが妻屋の真屋の軒橋の雨だれに、私は濡れて佇んでいます。戸を開けてください。鎹や錠前があるのならそれを閉ざしもしますけど（ないでしょう）。遠慮なく押し開いてどうぞ来て、私が人妻とでも言うのですか〉

鍋島家本『催馬楽』

〈目録〉我家　拍子十一　〈本文〉我家　拍子十一

和伊戸波　止波利帳毛　多礼太留乎於々保支美支万世　无己尓世无　美　左可奈尓　奈　尓与介无　安波

比左多乎加　可世与介无　安　波　比左太乎可　加世与介无

古説　止留良无也比久良无也　安波比乃之万奈留之万男　此説今不用

〈我の家は　帷も帳も　垂れている　たとえ大君であってもいらしてください　聟にいたしましょう　酒の御肴には　何がよろしいでしょうか　鮑・栄螺か　石陰子がよいですか　鮑・栄螺か　石陰子がよいですか〉

この部分について岩波新大系の注では、催馬楽「東屋」では、宰相が「殿戸開かせ」を期待して口ずさむとし、催馬楽「我家」では、聟としての勧誘でないのが残念だという宰相の心としている。

催馬楽「東屋」を男女の問答体の掛け合いとして採っていると考えると、前半が男性後半が女性の催馬楽をあえてここで歌われることで、歌い返す相手の性別を意識的に表層へ導き出していることがわかる、また、ここで催馬楽が懸想めいた歌として選ばれたかという理由も歌の受け手である中納言（若君）が女性でありながら対外的には男性として生きているため、歌う歌は男性的な歌でなければならず、そうであっても女性であることがここで読者に解らなければならないという作者の選択がここで確認出来る。

催馬楽「我家」の歌詞からは、婿取りの歌であることが直接解るため、物語に利用しやすかったのであろう。

また、新大系の注のとおり宰相に歌詞の一部「婿にせむ」に関連した歌詞の一部が返し歌としてきてほしいという期待を持っていることもここで描きたかったのであろう。それは、展開的にも左大臣に掛け合いを妨害されてからの未練が書かれていることからも確認ができる。ここで登場する催馬楽「東屋」・「我家」は、『うつほ物語』、『源氏物語』にも登場しており、どちらも楽の演奏シーンとして婿取り間近の若君たちがいる描写の中で歌われたり演奏されたりしていることが書かれている。そのため、当時の教養としての共通認識に催馬楽のフレーズ及び曲があることから、この催馬楽を演奏ないし歌う場合の意味付けとして婿取りがあったことは『うつほ物語』から見ることが出来る。

『源氏物語』[*7]において催馬楽「東屋」が登場する巻は、蓬生・紅葉賀・蛍・東屋巻であり、これらの巻での催馬楽「東屋」の使われ方は、紅葉賀巻では、源内侍が誘うことを意識して歌うことで滑稽さを意識させ、蓬生巻では、末摘花の邸の荒れた状態を表現するために登場している。東屋巻は、浮舟と薫の恋愛の場面であり、この場面の風景である雨の情景と女から部屋へ男を招待する物語の流れを催馬楽という道具を使うことで短く説明している。催馬楽「我家」もまた、帚木・若菜巻に登場しているが、それはやはり婚姻を意識している場面である。『うつほ物語』での「我家」登場例は次のとおり。

左大将のおとど、限りなく喜び給ひて、河面に、右の府の遊び人・殿上人・君達率ゐて、遊びて待ち給ふとて「大君来まさば」といふ声振に、かう歌ひ給ふ。

（『うつほ物語』祭の使[*8]）

この場面は、左大将のおとどが「我家」をうたい、娘あて宮の婿候補を探す父と、その一人である右大将が、まだ自分になびいていないことを「我家」を使うことで歌合的に場面が展開されており、婿取りを意識して催馬楽を登場させている。

『とりかへばや』巻一の催馬楽の登場箇所は、物語上、婿取りが意識されている場面である。ここからは、催馬楽「我家」のように『うつほ物語』などで培った婿取りという意味付けを含んだ物語がここで表現として利用し登場していることと、催馬楽「東屋」のように催馬楽自身が持つ性別を意識させる効果が期待されていることの二つの催馬楽それぞれの表現方法のとり方を見ることが出来る。また、『とりかへばや』は、『源氏物語』とは違い、若君たち自ら歌い演奏しているため、直接的な行動が伴い、場面の意味付けが、フレームとしてではなく登場人物が設定し、それが崩壊している物語を創っていることが解る。そのため、催馬楽に込められた誘うという意識をより強く利用していることをここで見ることが出来る。

次に『とりかへばや』巻二と催馬楽を見ていきたい。巻二の催馬楽、「伊勢海」・「梅枝」の登場例を見ていく。まず、催馬楽「伊勢海」の登場箇所である。

外には、中納言拍子とりて、「伊勢海」うたふなる声、すぐれておもしろう聞こゆるを、あやし、かばかりの人を心にまかせて見つゝ、などて疎かりけん、さばかりのかたちのにほひやかに、たをやぎをかしきにはたがひて、いみじう物まめやかに、あやしきまでもておさめて、いといたう物を思ひ乱れたるさまの常にはあるは、いかばかりの事を思ひしめて、ほかに移ろふ心のなかるらんと、ゆかしき事ぞ限りなきや。

（『とりかへばや』巻二）

鍋島家本『催馬楽』

〈目録〉伊勢海　拍子八　〈本文〉伊勢海　拾翠楽　拍子八

伊世乃宇美乃　支与支　名　支左尓之保加　比尓　名乃利曽也川末　牟　加比也比呂波　牟也　多末　也比呂波　牟也

古説　太万毛比呂波无　加比毛比呂波无

〈伊勢の海の　汚れなく清き渚に　潮の引いた合間に　なのりそ（海藻）を摘もう　貝を拾おうか　それとも玉を拾おうか〉

この催馬楽「伊勢海」登場箇所は、四の君腹の姫君の七日の産養の場面である。ここで注目するのは、男装の女性である中納言（若君）が自身の声でうたを歌っている行為である。この催馬楽「伊勢海」は、『源氏物語』でもそうであるが、男の良い声を周囲に確認させるために物語でよく記載される。そのため、この主人公である中納言が、男性の声の象徴である催馬楽「伊勢海」を歌うことが成功として書かれることは、男性として素晴らしいということの一番の証明を描き出すこととなる。新大系、新全集どちらの注にも、歌詞のみの注に終わるが、ここで改めて男性として疑われないことの証明をおこなっているということがわかる。それは、女性として体が変化してゆくことを物語上の問題としてその問題をどう克服しているのかを描き出すために声を使うことで回避しているようにも感じられるが、声による男性の証明がおこなわれていると見て良いであろう。

次に催馬楽「梅枝」の登場箇所である。

宰相に琵琶そゝのかして、「梅が枝」うたひたる声もいみじうめでたし。宰相は、この人に移ろひては慰みにし心なれど、なほあさましう心強くてやみ給ひにしと思ひ出づるに、胸心静かならでまかでぬ。

（『とりかへばや』巻二）

鍋島家本『催馬楽』
〈目録〉梅枝　拍子十四　三段　一段六　二段五　三段三　〈本文〉梅枝　拍子十四　三段　一段六　二段五　三段三
无女加江尓　支為留宇　久比春也安　波留加介江　天江　波礼尓　者留加計　天　名介止毛　伊万太也
由支波不　利　川々　安波礼曽　己与之也　由支波不　利　川々
〈梅の枝に来た鶯が　冬から春にかけて　はれ　春にかけてまで　鳴いているけれどもいまだ　雪が降り続いている　あはれ　そこよしや　雪は降り続いている〉

催馬楽「梅枝」の登場箇所は、正月の宴席の場面である。ここでもまた、中納言（若君）が自身の声を聴かせている。そして、自身が男であることを周囲に証明させている場面であるとも考える。この場面の前に宰相との関係に変化があったが、それを押し殺して男として生きている様子を読者に訴えかけている表現として解釈することが出来る。新大系、新全集の注には歌詞しか書かれていないが、[*9]催馬楽「梅枝」の登場箇所からは、歌い手である中納言の状況と人生が、物語表面上の展開とは別の心理描写として書かれていると読み取ることが出来る。それは、催馬楽「梅枝」の歌詞から読み取れる「春になって鶯がやってきているのにまだ雪が降っている」という内容から、この中納言の女の身として成熟しているのに未だ周囲の状況から男としての人生を歩まなければならないという悲運を嘆く歌として物語上で響いていると考えられるためである。また、さらに深読みをすれば、鶯が来るとは、春にとって目出度いことであることをすなおに喜べないうたとして設定することで、男であったならばこの世の春であったのに女の身としては、未だ春が来ていないと読むことが出来るであろう。

この読みは、『源氏物語』での使われ方から、さらに催馬楽の歌詞のみで物語を意識させるという方法に変化していることがうかがわれる。催馬楽「梅枝」は、『源氏物語』においては、梅枝・竹河・浮舟巻に登場している。そこでは、行事での演奏として催馬楽が登場しており、主人公達の記憶を呼び起こす効果をあたえていた。しかし、『とりかへばや』においては、その記憶を呼び起こし、回想的な物語は展開されていない。そのため、従来の物語であった催馬楽「梅枝」に付随していた記憶の呼び起こしという意識が失われ、新たに歌詞から直接従来なかった新しい物語が作られていることが確認できる。

さらに巻三に登場している催馬楽「葛城《かつらぎ》」の登場例を見ていきたい。

中納言は、いつしか網代車にやつれ乗りて北の陣におはしたりければ、忍出づる心地、夢のやうにおぼされながら、車に乗り給ひて宇治へおはする道すがらも、こはいかにしつる我身ぞとかきくらさるゝに、月澄みのぼりて道のほどもをかしきに、木幡のほど。何のあやめも知るまじき山がつのあたりを、うちとけ、幼くより手ならし給ひし横笛ばかりぞ、吹き別れんかなしさ、いづれの思ひにも劣らぬ心地して、身に添へ給ひけるを、物の心細きまゝに吹き増し給へる音、さらにいふかぎりなし。中納言、扇うち鳴らして、「豊浦の寺」とうたひおはす。

(『とりかへばや』巻三)

鍋島家本『催馬楽』

〈目録〉葛城　拍子廿二　三段　一段六　二段七　三段九　〈本文〉葛城　拍子廿二　三段　一段六　二段七

三段九

可川良　支乃　天良　乃末　戸名留也　止与良　乃　天　良乃　尓之　奈留也

江乃波　為尓　之良太万　之川久也　末之良太　末　之　川久也　於　之止々　止於　之止々　之加之　天

波　久尓曽左　可江无也　和伊戸良曽　止　美　世无也於　々之止々　止　之乇止　於々之乇止　止　之乇止

〈葛城の　寺の前のくると　豊浦の寺の　西にくると　榎の木の下の涌き水に　白い壁が沈んでいる　真白い壁が沈んでいる　おおしとど　おしとど　そうであったならば　きっと国が栄えるであろう　そうしたら我の家も　富むであろう　おおしとど　としとんど　おおしとんど　としとんど〉

ここでは、中納言（宰相）が、大将（若君）の境遇を思って、催馬楽「葛城」を歌っている。宰相が歌っているが、そこに込められている意識は、大将（若君）に向いている。この場面では、大将は、本来の姿である女の姿になるため、宇治へ向かい女に戻る。そして、この後の場面で母として子を産む展開となっている。

西本寮子は、宰相の女が男に戻ることに悩む大将に対する無神経な様子を強調していると解釈し[*10]、新大系では、「大将の笛に興をそそられ、扇で拍子をとり、催馬楽で生まれてくる子供を予祝する権中納言の上機嫌な態度には、悲しい男姿との決別を自らに納得させようとする大将への思いやりが、みごとに欠落している。」と解釈している。もちろんその視点には賛同するが、この物語展開と催馬楽「葛城」の歌詞を併せて考えると、「白玉」に子供を意識させていると読むことも出来るが、催馬楽「葛城」の持つ童謡という性格を考えると、この巻三で二人の取り換えていた人生を元に戻す作業が行われていることから、隠れていた、もしくは、野に下っていた人物の復活、または、登場という意味付けが予告されていたとも考えられる。そのように考えると、巻三の最初の新たな物語設定に催馬楽を歌わせるという方法をとることで、物語の中で主人公達の隠れていた姿の登場という予告を行っていることが読み解ける。『源氏物語』でもまた、予兆的な役割でこの催馬楽が利用されていたため、ここでは、『源氏物語』と同じ予告、予兆という手法が採られていると考えても良い。

最後に巻四に登場している催馬楽「席田」・「此殿」を見たい。
催馬楽「此殿《このとの》」の登場箇所は次のとおり。

大将殿は、年返らんまゝに吉野山の女君迎へきこえんとおぼして、二条堀川のわたりを三町築きこめて、三葉四葉に造りみがき給、いとめでたし。右の大臣の君こそは渡り給べきを、中納言の御事のなを心やましくおぼさるれば、さやうにあらはれもて出であらん事は、いかにぞやおぼしけり。（『とりかへばや』巻四）

鍋島家本『催馬楽』
〈目録〉此殿者　拍子十六　二段各八
〈本文〉記載無し

天治本『催馬楽抄』
〈目録〉此殿　十六　二段　此殿西　此殿奥　鷹山　〈本文〉此殿　十六　二段各八
己乃止乃波　牟戸毛　无戸毛止　美介利　左支久　左乃　安波礼　左支久　左乃　波礼　美川波　与川波乃　名加尓　左　支久左乃　止乃川　久利　世利也　止乃川　久利　世利　也
此殿西同音　此殿奥同音　鷹山同音　巳上三首強不歌仍不注其詞也
〈この御殿は　なるほど　なるほど富んでいく　三枝の　あはれ　三つの枝にわかれていく　はれ　三枝の　三つば四つばの守られた中に　殿づくりしている　立派に殿づくりしている〉

ここでは、二条堀河に邸を構える時の建設風景を立派な様子で描くため、表現として歌詞を利用している表現であることがわかる。新大系では、催馬楽典拠の表現とし、新全集では、棟が幾つも連なった大邸宅をいう慣用表現としている。ここで利用されている催馬楽「此殿」は、賞め《ほめ》歌として土地賞め、家賞めとして多く歌われてきた歌である。そのため、この後の物語展開に催馬楽として作用を及ぼしているかという言及はできない。しかし、物語は、このあと主人公である二人の一族の繁栄している様子が描かれ、物語は締めくくられる。物語の最終局面へ向け、この催馬楽を登場させることで、将来の栄華が保証されることになるのである。この手法は、『とりかへばや』以前に書かれた物語文学で催馬楽「此殿」が登場した時の歌われた側は、その後の栄華が決定していることが書かれており、そのような物語展開とも歌は、一致している。

次に催馬楽「席田《むしろだ》」の登場箇所である。

大将の御笛の音、さらなる事なればいと限りなし。左衛門の督箏の琴、宰相の中将笙の笛、弁の少将篳篥、蔵人の兵衛の佐扇うち鳴らし、「席田」うたふ声いとよし。こと〻しからぬ御遊びなれど、なか〻なまめかしうおもしろきに、中納言は琴の音のみ心にか〻りて

（『とりかへばや』巻四）

鍋島家本『催馬楽』

〈目録〉席田　拍子十二　二段各　〈本文〉席田　拍子十二　二段各

无之呂太乃　无之呂太乃　以　川奴支加波尓也　須无川　留乃

須无川留乃　春无川留乃　知止世乎可祢天曽　安曽比安戸留　千止世乎可祢天曽　安曽比安戸留

〈席田の　席田の　伊津貫川《いつ》に　や　住む鶴が　（何）住む鶴が　や　（はい）住む鶴が　千歳を予想し祝って遊びあっているね　千歳を予想し祝って　遊びあっている〉

この場面は、今大将邸での月の宴での場面である。ここでは、宴の中で合奏している中で「席田」を蔵人の兵衛の佐が歌い、大将家の繁栄を予祝する意識をこめて演奏がおこなわれている。新全集では、この催馬楽が、長寿を予祝する曲であると注にしており、『源氏物語』でもまた、予祝の意味で演奏がされているため、予祝という意識が、様々な物語をとおして催馬楽「席田」に込められ続けられていることが解る。

巻四の催馬楽は、どちらも物語の終盤の展開に向けて祝福を予言して登場していることがわかり、それは、従来の物語と同じく予祝の意識が催馬楽の持つ物語として機能し続けられていたこととして表出している。

『とりかへばや』と催馬楽の先行研究として、西本寮子の「とりかへばやと催馬楽」[*11]がある。この論文では、催馬楽というより、性による声の違いを中心対象として研究され、特に女が男の声を使うことの強調的な表現が、催馬楽に現れていると解釈している。

催馬楽は、その楽としての性格から、男の中で歌われてきていた。そして、「催馬楽を歌う人物」＝「男」という図式は、読者にとって解りやすい男らしさとして描かれていると先行研究ではしている。しかしそれは、催馬楽にだけ顕著に表れた表現ではない。『とりかへばや』の中では、催馬楽以上に男を明確に意識した笛（横笛）という存在[*12]があるためである。そのため、催馬楽に込めた意識の片隅には、男らしさという物語を彩る上での装置的な役割を持たせていたにしても、催馬楽＝「男」を強烈に印象づける意識が作者にあったかは、疑問が残る。もし、その意識があったのであるならば多くの場面において催馬楽が登場していなければならない。

『とりかへばや』において催馬楽は、各巻の一から二場面ずつしか登場していない。これは、男という性格を意識しているよりは、それぞれの巻を「解説する道具」として装置または、機能のように催馬楽を利用していると考える。そしてこれは、性別を意識した物語の展開を読んでいく上で重要な役目であることが考えられる。この物語は、男女が交互に入れ替わり物語を進めていくという性格上、どうしても場面の主体の立場が男としてか女として描写されているのかという理解が難しい。そのため、状況説明をするべき何かを設定しなければ読者が物語についてゆくことに苦しむであろうことが想定できる。そこで催馬楽のような共通認識における連想が可能なものが登場していると考えられるのである。そのため、先行研究では、性別の表現で終えているが、そこに催馬楽が様々な作品に引用されたことで獲得した意味付けを加味することで先に提示した予祝などを含めた読みのように新たな視点が導き出せると考える。

以上、『とりかへばや』における催馬楽登場箇所から催馬楽の物語との関係を見てきたのであるが、ここで指摘できる点としては、まず、催馬楽の選択が物語文学史の中で時代を経て固定化していたことであった。それは、『とりかへばや』の催馬楽の採用が、『うつほ物語』、『源氏物語』と見比べても催馬楽の採用曲数が少ない点と、他の物語作品で書かれていた催馬楽と異同がなく、他の作品に登場しない催馬楽を他と同じく登場させていない点から指摘できる。

また、催馬楽の物語中における利用も、催馬楽に込められた意識が重なる物語が、固定化されているように感じられた。それは、『うつほ物語』、『源氏物語』では、催馬楽の歌詞からの連想か、曲からの連想か、解らないものが多かったのに比べ、『とりかへばや』では、催馬楽の登場のさせ方が、先行作品と同じ使われ方をしているか、もしくは、歌詞からの連想であると解ることからも見てとれる。従来から『とりかへばや』は、『源氏物語』と『狭衣物語』と『浜松中納言物語』からの影響が強い作品であると指摘されている。そのため、『とりかへばや』は、物語表現が先行作品に似た点が多く見られるのであろう。

しかし、『とりかへばや』独自の表現もまた見てとれた。それは、催馬楽利用の固定化である。物語の解説的な役割を強く催馬楽がになっていることが以上の考察より見ることが出来る。

院政期に書かれた、もしくは、書き換えられた作品であることを考えると、この『とりかへばや』に登場している催馬楽は、『梁塵秘抄』[*13]に書かれた催馬楽が時代的に近く、ここで採録されている催馬楽は、まだ宮中周辺で聴くことが出来たであろうことは考えられる。そのため、院政期の催馬楽の実態を考える上で重要な用例であったのだが、物語上で催馬楽を見る機会は、この後の作品からは数を減らしてゆくこととなるため、『とりかへばや』以降の催馬楽の物語表現における受容をみることは難しい。

【注】

1　樋口芳麻呂、久保木哲夫『新編日本古典文学全集　松浦物語・無名草子』小学館、一九九九年
2　鈴木弘道『とりかへばやの研究』笠間書院、一九七三年
3　田中新一　他『新釈とりかへばや』風間書房、一九八八年
4　三谷邦明「『とりかへばや』の文学史的位置づけ―マニエリスムあるいは〈もののまぎれ〉論余滴―」『物語研究４』物語研究会、二〇〇四年三月
5　益田勝実『火山列島の思想』筑摩書房、一九六八年
6　今井源衛、森下純昭、辛島正雄校注『堤中納言物語　とりかへばや物語』新日本古典文学大系、岩波書店　一九九二年、本文に使用。諸本比較した結果大きい異同がないためそのまま使用
鈴木弘道『とりかへはや物語　本文と校異』大学堂書店、一九七八年
　伊達家旧蔵本を底本とした略校本であるが、本文に使用した新大系の底本である陽明文庫本との異同の確認に使用。
鈴木弘道『とりかへばや物語の研究　校注編解題編』笠間書院、一九七三年
鈴木弘道『とりかへばや物語総索引』笠間書院、一九七七年、「とりかへばや物語の研究　校注編解題編」補正・補遺

部分使用。

7　柳井滋　他『源氏物語　一〜五』新日本古典文学大系19〜23、岩波書店、一九九三〜一九九七年　底本　古代学協会蔵、飛鳥井雅康等筆本五三冊（浮舟巻　東海大学付属図書館蔵明融本）

8　室城秀之『うつほ物語 全』おうふう、一九九五年

9　三角洋一、石埜敬子　校注『住吉物語　とりかへばや物語』新編日本古典文学全集三十九、小学館、二〇〇二年

10　友久武文・西本寮子校訂・訳注『中世王朝物語全集十二　とりかへばや』笠間書院、一九九八年

11　西本寮子「『とりかへばや』と催馬楽」『叢書想像する平安文学　第8巻　音声と書くこと』勉誠出版、二〇〇一年五月

12　西本寮子「『今とりかへばや』における音の効果―楽器にこめられた意味」『論集　源氏物語とその前後3』新典社、一九九二年

13　佐佐木信綱『梁塵秘抄　新訂』岩波文庫、岩波書店、一九四一年

第二節　歌の題を名付けられた女の人生──『狭衣物語』と催馬楽

催馬楽が物語作品の中で、表現として登場し時に重要な核として利用されたのは、中古時代、もしくは、平安時代と呼ばれる時期からである。催馬楽は、平安時代前期、貞観年間に雅楽寮の成立と共に一応の完成をみて、雅楽寮に所属した貴族達によって家での継承、一子相伝の形式を中心に引き継がれ、宮中行事と共に演奏され、うたわれてきた。

催馬楽は、古記録・漢文日記の中に演奏の記述が残され、実際に演奏されていた記録の一部分は、断片的であるが今も確認ができる。[*1]しかし、催馬楽の多くは演奏記録には残らず、楽譜及び歌詞の書写記録として残ることとなる。また、貴族社会の衰退と共に消滅はしないが、正式記録からも記述が消えていくという道をたどることになる。

以上のような道をたどった催馬楽であるが、物語文学の中には、正式記録に描かれている様子とは違う形で演奏され、うたわれている姿を見ることができる。以下で論述していく『狭衣物語』の『催馬楽』を使用した表現も物語文学に残るひとつの文化的記録であり、古記録とは異なる姿が書かれた資料である。

『狭衣物語』から約百年後に書かれた『梁塵秘抄』で、催馬楽成立についての次の指摘がある。

古より今に至るまで、習ひ伝へたる謡あり。これを神楽・催馬楽・風俗といふ。神楽は、天照大神の天の岩戸を押し開かせたまひける代に始まり、催馬楽は、大蔵の省の国〱の貢物納めける民の口遊みに起これり。是れうちある事にはあらず。時の政よくもあしくもある事をなん、褒め貶りける。催馬楽は、公私のうるはしき楽の琴の音・琵琶の緒・笛の音につけて、我が国の調べともなせり。皆これ天地を動かし、荒ぶる神を和め、国を治め、民を恵む歌伝とす。

（『梁塵秘抄』口傳集巻第一）＊2

右では、催馬楽が、民の口遊《くちすさび》から生まれ、性格として時の政の善し悪しをほめそしっており、公私の遊宴の場で管絃につけて曲が和風化されたという成立から性格までを伝えているが、ここで重要なのは、神楽と同じく「天地を動かし、荒ぶる神を和め、国を治め、民を恵む歌」であると認識されていた点である。

では、「天地」、「神」、「国」、「民」と強い結びつきを持つと認識されていた催馬楽であるが、『狭衣物語』ではどのように表現され文章表現として描かれているか。

『狭衣物語』では、催馬楽そのものの歌詞が、そのまま歌われ表現されるという記載は少ない。この事象は、『狭衣物語』成立以前の催馬楽を使用した物語の影響からこの形が取られているためか、もしくは、『狭衣物語』自身が獲得した表現技法かという疑問が生ずるが、おそらく前者にあげた『狭衣物語』成立以前の物語表現の影響だろうことが予想される。そのため、この疑問も含め以下で『狭衣物語』における催馬楽を利用した表現様式とは何かを論じたい。

『狭衣物語』とは、主人公「狭衣」と三人の女性「源氏宮」「女二宮」「飛鳥井女君」とのそれぞれの関係の物語が「狭衣」によって並立する形で展開される物語である。それは、女同士の葛藤や交渉がほとんど無い形で進み、「狭衣」の存在が唯一それぞれを比較する対象として存在している。そのため、理想の主人公として存在する「狭衣」であるが、物語を進めているのは、「狭衣」自身の心の動きである。それは、行動前の躊躇、逡巡、慙愧、後悔、悔恨、反省を個々の人物の所にいながら、もう一人の女性を思うという形で進められてゆく。そのため、物語の視点は「狭衣」からの物語となる。

『狭衣物語』には、諸本によって本文異同が見られるため使用する本文（テクスト）により表現に差が見られる。[*3]その典型的な部分をまず提示しておく。

「催馬楽」という語が登場するテクスト

「よろずに無心に、物すさまじき様にや」とぞ、推し量られ給へれど、はかなき御言の葉、けしきなどよりはじめ、ものうち誦じ、催馬楽謡ひ、経など読み給へるは、聞かまほしう愛敬づき、はづかしうなつかしき御有様などは、うち見たてまつるより、身の憂へも忘れ、思ふことなき心地して、うち笑まれ、命延ぶる心地ぞし給ける。

（『狭衣物語』巻二[*4]）

「催馬楽」という語が登場しないテクスト

よろつにものすさましうむしんなる人さまにやとそおしはかられ給へとはかなことのはの気色なとはうちミたてまつるよりわかみ身のうれへもわすれもの思はるゝ心ちしてうちえまれ給へる

（『狭衣物語』巻一　伝為家本[*5]）

右に提示した二つの本文には、傍線部分に大きな違いがある。この部分は、世間の人々が狭衣に対し無風流で物事に熱中しない性格であると推測しいるのに対し、狭衣のちょっとした言葉遣いなどからその心配がいらないほど人物として素晴らしいと伝えている。そのため、狭衣のすばらしさが読み手に対し伝われば良いので、場面的に「催馬楽」という語が無くても物語的には違和感なく読むことができる。語がある場合では、主人公たる「狭衣」の持つ一種の天才を彩る要素が足されていると読むことができ、語が無い場合でも、そこまで言わなくとも天才であることがすでに読者に対して意識の上に植え付けることができたと解したとしていたことが見てとれる。しかし、以上からも解るとおり本文に違いが存在するため、以降では本文異同がある場合は、そこにも注目し論じていくこととする。

『狭衣物語』には、早い段階で次のような評価がなされていた。『無名草子』での指摘。

> 『狭衣』こそ、『源氏』に次ぎてはようおぼえ侍れ。『少年の春は』とうちはじめたるより、言葉遣ひ何となく艶に、いみじく上衆めかしくなどあれど、さしてそのふしと取り立てて心にしむばかりの所などは、いと見えず。
> （『無名草子』[*6]）

『無名草子』の指摘では、『源氏物語』の次に良い作品であるとしているが上流貴族を気取っているが心にしみる点はたくさんはないとしている。このことは、『源氏物語』ほど印象的な場面が無いと読むことが出来るが、他の物語に比べ『源氏物語』の次であるという評価から見て優れていることは伝えられている。また、この作品が『源氏物語』より後につくられた点をふまえて越えていないという評価となるか。ここで重要な点は、この物語が、「上衆めかしく」と上流貴族を気取っているという評価である。それは、この物語の貴族社会を描く物語としてそのものが上流という階層意識をもって書かれているという指摘である。この指摘もふまえ以下で催馬楽を利用する表現を考察したい。

『狭衣物語』は、三人の重要な女性が登場し、その一人が「飛鳥井女君」と呼ばれる女性である。物語の中で唯一催馬楽の曲名に由来する名前を持つ人物である。なぜ、このような名前が付けられたのかというと次にあげる場面での歌の掛け合いから、この女性の名が決定することになる。

「安達（の）檀弓」はいかゞ」とのたまふに、いとゞ恥しうて、たゞ、疾く降りなんとするを、控へて、「いらへをだにし給はぬ。道のしるべを、「嬉し」と、おぼさましかば、「かく暗きに、とまれ」とは、のたまひてまし。あな心憂」とて（許し給はねば）、いとらうたく、わ（か）びたる声にて、
とまれともえこそ言はれぬ飛鳥井に宿りはつべき蔭しなければ
といふさま、なを、さるべきにや、「かやうのうちつけごとに泊るべき心はなきものを、このよき影は見でやまむ」口惜しく、おぼされて、
飛鳥井に影見まほしき宿りしてみま草がくれ人や咎めん
と、恐ろしけれど、「車待つほど、かくて置き給たれよ」とて、をり給ぬるを、「あな見苦し、便なきものを」とて、侘ぶるさま、いとおかし。
（『狭衣物語』巻一）[*7]

諸本による違いは、歌では、「宿りはつべき」が伝為明本[*8]や伝為家本[*9]では「やとりとるへき」となっていたが、諸本の書かれ方にいくつか細かい違いはあるが、物語展開に関わる大きな違いは無かった。女の歌の違いも西本願寺本[*10]が『催馬楽』歌詞に近づけたか、他の諸本が歌を変えたか解らない。この場面は、二人の出逢いの後、女のもとに泊まりたいから女から誘われたい狭衣と狭衣にうながされる形で歌を詠んだ飛鳥井女君という構図が展開される。ここで重要なのは、二人の歌である。この歌をそれぞれ先行研究での解釈の違いから、何が意識された歌なのかを確認すると次の通りになる。

鈴木一雄は、女「お泊まりくださいとはとても口に出せないのです。私の家にはあなた様を気持ちよくお引き止めできるようなしつらえが、何一つございませんので。」男「そなたの家でゆっくりとお姿を見たいもの。私が泊まると、誰か隠れている人が見咎めると言うのかね。」[*11]という訳出をし、三谷栄一は、女「私の家にいつまでもお泊まり頂けるような快い場所もありませんので、お泊まりくださいと言う事がどうしても出来ないのです。」男「飛鳥井にうつる美しい木陰のような、女君の姿を見たい（女君に逢いたい）と泊まったら、隠れている法師が出て来て文句を言うでしょうか。」[*12]としている。鈴木一雄の訳では、女の歌では、しつらえに意識が向き、男の歌は、咎める人物がぼかされた訳となっており、三谷栄一の訳では、女の歌でいつまでもという時間が意識され、男の歌では、世話係であった威儀師に意識を向けた訳となっている。二者の訳からは、女の意識に、相手の男性に相応しい場の提供というハード面の心配が歌われ、男の返しでは、場じゃなくて女が重要というソフト面の心配が歌われるという解釈になる。そこで付随されている意識として女は、外面上、女である自分から誘うことが出来ないことを暗に示し、男は、女の持つ裏側を指摘することで断れないようにうながすという意識がある。物語では、以上のような掛け合いがあり二人の関係が以後続くこととなる。

催馬楽「飛鳥井」を強く意識した訳を付ければ次のようになるか。女の歌「お泊まりくださいととても言うことが出来ないのです。私の家にはあなた様を飛鳥井の歌のようにお泊めするような場所ではございませんので。」男の歌「飛鳥井のような宿ではなく飛鳥井にうつる美しい女君の姿を見たいと泊まったら、そのことに対して誰か宿に隠れている人が出て来て文句を言うでしょうか。」という訳がつけられると考える。先に狭衣が提示した「安達の真弓」で答えなかった女が、飛鳥井を利用した歌を自分から新たに歌いかけることで男の問いかけにただ答える人物から自分から問いかける主体的な人物として一過性の登場人物でないことをここで示している。

では、ここでなぜ、この催馬楽「飛鳥井」の歌詞が採用されたのであろうか。この歌の掛け合いの前に二人には次のような場面がまず展開されていた。

「かの車ならん、いかやうなる人か、まことに心ならぬ事ならば、いかばかりか侘しからん。暗きに、道の空にさすらふよ。かくて見捨てては、ありつる法師まことに来て、本意のまゝにせんずらん」と、おぼすに、いとをしければど、送るべき方は知らで、「殿にや、今宵ばかり率て行きてまし」と、思すに、さすが、袈裟被きて走りつらん足もと思し出づるに、をかしうも思さる。さてもなを、かくて見捨てむはいとをしく、「道のほども、手やつけつらん」と、おぼすも、心づきなくゆゝしうて、飛鳥井に宿り取らせんも、語らひにくゝ思せど、「なを、いかなる人にか」と、ゆかしければ、御車引き返して、かの車に乗りて、見給へば、いとたどく〳〵しき程なれど、引き被きて伏したる人ありけり。「あないとをし。いかなる人也とも、一人を見捨てて逃げぬる人は、つらふ思さるゝや。「吉野の山」とは、おもはざりけるにこそ。見捨ててまかりなば、今宵は今少し恐ろしき事もありなん。

（『狭衣物語』巻一）[*13]

諸本による違いは、ここでも内容に関わる部分では見られなかった。ただし、伝為家本だけは、「あか井にやとり」と他の「飛鳥井」との差が見られた。この場面の内容は、二条大宮のあたりで、狭衣の牛車と行き会い、走り去ろうとする不審な車を狭衣の従者が制止させると法師が逃げ去った。中には女が取り残されており、牛飼童に問うと、「仁和寺に某威儀師と申す人である。年頃、好きだった人が、太秦に日頃籠もっているのが出てきて車を借りてきたので喜んで乗せて姫君を盗んできた所だが、仏のお怒りに触れたのか牛が暴れ走って止まらなくなったというようなことが説明されていた。そのため、誘拐事件を同情し法師の手から守るため今夜自邸に泊めようと思うが、法師がすでに女に手を触れたかもしれないと思い自邸に来いと言いにくいために催馬楽「飛鳥井」を利用して語りかけようにも難しいという表現が書かれている。つまりここでは、実際に歌いかけてもいなく、表現は、使おうにも相応しいか思案し使わなかったという表現で歌が使用されている。

以上から解るとおり、二人の出逢いが女の連れ去り、『伊勢物語』や『源氏物語』などでも見ることができる出逢い方でなくそれを阻止した人物として存在していること、そして、物語上、会話でないため飛鳥井の君は知らないはずであるが、狭衣が、すでに催馬楽「飛鳥井」の歌詞を連想し名をしらぬ女に話しかけようか思案していた様子が描かれていたことが確認できる。そのため、先にあげた二人の歌の掛け合いは、「飛鳥井」の歌詞を連想していた男にその連想していた歌詞を利用した歌を女が歌ってきたという構図になっていたことが解る。つまり、本来ならば、従来の物語などで描かれていた男から誘いの歌が歌われ、それに女が返すことで恋愛が展開されるという構図が、男から促されたにしても女から歌が歌われ、それにのる男という姿として描かれている物語であることがここから確認することができるのである。また、因縁めいた関係であることもここで表現されていたと読むことが出来るのである。ただし伝為家本だけにあった「あか井にやとり」を「我が井」として読んだ場合この因縁の強調であるという視点は薄まるが、伝為家本以外に「飛鳥井」となっているためかなりの確率でここは「飛鳥井」であろうと考える。

飛鳥井という名は、和歌の掛け合いからでなく、この狭衣の思いから飛鳥井女君と名付けたとも考えられるが、物語を読んでいくうえで、心理描写から直接名付けがおこなわれたとするのは納得ができない。先行研究[*14]のとおり実際に口に出し意思疎通がおこなわれた和歌の掛け合いにより名が付けられたと考える。

この後の場面では、以上のエピソードを次のように狭衣が回想している。

母宮の見給へば、いちじるくもえ背き給はで、「いとわりなし」と思したる御顔の美しさ、「千夜を一夜にまぼり給とも、飽く世はいつか」と、見給も、飛鳥井の宿りは、戯れにもあさましうぞ、思し続けられ給ひける。

（『狭衣物語』巻二[*15]）

この場面は、源氏宮と狭衣の母大宮が囲碁をしており、それを見ている狭衣がいる場面である。ここでは、傍線部の「飛鳥井の宿り」として飛鳥井との出逢いと契りについて源氏宮を前にしてしまうと比べものにならなくあさましいことをしたとして、狭衣は、後悔をする。飛鳥井女君と源氏宮を比較している場面である。ここで完全に飛鳥井女君に対し、飛鳥井の宿りと結びついた人物名として、イメージの固定化が行われていることが確認できる。

では、名付けのきっかけとなった場面である飛鳥井女君との契りが行われる前の場面で展開された女から声を掛けるという形式を生み出したのは、歌である催馬楽「飛鳥井」の効果であろうか。以下で催馬楽「飛鳥井」について少し確認をしていきたい。歌詞は次の通り。

鍋島家本『催馬楽』[*16]

〈目録〉飛鳥井　拍子九　〈本文〉飛鳥井　拍子九

安須加為尓　也止利波　春戸之　也　於介　可介毛与之　美毛比　毛　左牟之見万久左毛与之

但件也止利波須戸之可有音振二説

〈飛鳥井に　宿泊するといいでしょう　や（はい）　おけ（本当）　木蔭もよいし　御水も冷たいし　御馬用の草までもよし〉

天治本『催馬楽抄』[*17]にも歌有り。ただし天治本では、「須戸之」となっており、天治本は、鍋島本の注を採用していることが解る。

小西甚一は、この歌を夏の旅を歌った民謡であり喩はないとしている。[*18] この歌は小西甚一の書くとおり夏の旅を歌っている民謡であると考えられるが、旅自体を歌うと言うよりは、宿場町が豊かな土地を誇っている民謡であるとも考える。また、「みまくさ」を「御秣」として読むことで、馬の草を歌っていると読むことで駅馬と同じく駅もしくは宿の休憩場所として優れているという事を歌っていると考える。この情景と似た歌が『万葉集』にある次にあげる歌。

須受我祢乃　波由馬宇馬夜能　都追美井乃　美都乎多麻倍奈　伊毛我多太手欲

〈鈴が音の駅家のつつみ井の水を賜へな妹が直手よ〉

（『万葉集』巻十四　雑歌　三四三九）[*19]

と右のような歌があるが、この歌は、東歌の中での歌で、駅亭の宴席の中で歌われたものであるという評価を折口信夫[*20]はしている。

それに対して催馬楽は、「駅」の語が見られないため、行きずりの宿、旅の中での宿と考えた方が相応しいであろう。そのため、漢字仮名交じりで書くと次の通りになるか「飛鳥井に　宿りはすべし　や　おけ　蔭もよし　御甕も寒し　御秣もよし」、訳は、ここ飛鳥井に宿泊するといい　よ、なんでもそろっている良い木蔭もあるし御水も冷たいし御馬用の草もしっかりとあるからとなる。

この歌を歌っている側の人間は、旅行中の旅人もしくは、行きずりの人物に対して自分のいる場所が休憩するのに適していることを強調していることが伺える。つまり、相手に対して恥ずかしくない応対ができるということを宣言しているととることが出来る。そして、これが男の歌として読めば、相手が男の場合は、相手の身分に相応しい接待ができる人物であることを意識させ、女性が相手であったならば自分が相手の女性を守ることができる力の誇示としても読むことができるであろう。しかし、女性からの歌であると考えるとその性格は変わってくる。それは、相手の男性との恋愛関係を含めた誘いの歌となるためである。自分の所で泊まってもらうという意識が生まれた場合、その最大の接待は女性である自分自身であることが意識されるにちがいない。だがここまで意識しないまでも、恋愛感情を伴った誘いになることは、女性側は承知しての歌であることは断定できる。

しかし、以上から女性から誘いをかける形式が、催馬楽の歌詞からの影響だという断定はできない。だとすると何が想定されるであろうか。それは、『狭衣物語』以前の物語作品の影響であり、おそらく『源氏物語』の影響が強く意識されるであろう。

他の物語では、催馬楽「飛鳥井」はどのように表現され登場しているのであろうか。『源氏物語』には帚木巻と須磨巻で催馬楽「飛鳥井」の歌詞が登場している。

菊いとおもしろく移ひわたり、風にきほへる紅葉の乱れなど、あはれとげに見えたり。懐なりける笛取り出でて吹き鳴らし、「影もよし」などつゞしり歌ふほどに、よく鳴る和琴を調べとゝのへたりける、うるはしく掻き合はせたりしほど、けしうはあらずかし。

(『源氏物語』帚木巻　一―五二頁)[*21]

この箒木巻では、男の笛に合わせて女が和琴を掻き鳴らす合奏の描写が書かれ、男がまず横笛を吹きながら歌の歌詞を歌いそれに併せて女が和琴で合奏をしている場面での登場である。ここは、左馬頭の体験談で二人の女の話を比較する中で浮気な女が風流を気取った様子を見せた描写での出来事として語っている部分である。中流階級の女性に対しての興ざめをした様子の中での登場であるが、催馬楽「飛鳥井」を合わせる場面では、まだ風流な空間が形成されていたため、催馬楽「飛鳥井」に対し男側からの試験的な素材として利用していた様子を見ることができる。

次の登場例は『源氏物語』須磨巻での登場例である。

御馬ども近う立てて、見やりなる倉か何ぞなる稲取り出でて飼ふなど、めづらしう見給ふ。飛鳥井すこしうたひて、月ごろの御もの語り、泣きみ笑ひみ、「若君の何とも世をおぼさでものし給ふ悲しさを、おとゞの明け暮れにつけておぼし嘆く」など語り給に、耐へがたくおぼしたり。（『源氏物語』須磨巻　二―四二頁）[*22]

この場面は、須磨で新年を迎える源氏のもとに二月二十日あまりに宰相中将（頭中将）が訪問し花宴などを回想しており、ここで「飛鳥井」が歌われたのは、先に書かれる「稲取りいでて飼ふ」からの連想から歌われている。ここでの効果は、自分のおかれている状況が仮の宿であり、必ずここから帰るという意識からである。以上から『源氏物語』における二箇所の催馬楽「飛鳥井」の登場例が確認できる。

『源氏物語』帚木巻と狭衣の関係は、従来、『狭衣物語』巻三との関係が指摘されていた[*23]が、催馬楽「飛鳥井」を通して見ると、すでに『狭衣物語』巻一の段階で『源氏物語』帚木巻の中で語られている中流階級の女性へ意識が向いていたと考える。また、人物表現として考えると、この飛鳥井の君が中流貴族を想定されていることから、『源氏物語』帚木巻の雨夜の品定めによる女性論の影響を強く受けての名前であることが伺われる。ただし、『源氏物語』の影響をうけているとは言え、その表現方法は、『源氏物語』の焼き直しではない。『源氏物語』帚木巻では、男の笛に合わせて女が和琴を掻き鳴らす合奏の描写として書かれており、『源氏物語』須磨巻では、自分の立場にあった歌として歌っているため、表現としては、『源氏物語』帚木巻が近いが、その表現方法は『狭衣物語』とは違っている。

以上のように『源氏物語』で、すでに催馬楽「飛鳥井」が利用された物語があったことは、確認ができたが、『狭衣物語』において展開された物語とは、催馬楽の使用に違いがあった。それは、やはり女から歌ったということで展開された恋物語という手法であった。これは、『源氏物語』帚木巻の雨夜の品定めで語られる中流貴族の娘を意識した新しい物語の創造をおこなう過程での産物であったに違いない。そこで催馬楽「飛鳥井」を利用することで、意識的に人物への性格付けをおこなうことに成功したのであろう。それは、次の部分から確認できる。


まこと、かの飛鳥井には、乳母みな出でたちて、君をも、まことに留むべきやうもなきに、人知れぬ音をのみ泣きて、思ひ嘆きたる気色のいとおしきを、みるに、「さらば、なくだり給そ。京にも頼りなく、ひとりとゞまらせ給はんこそ、後めたう侍らめ。又、「我、いかでか」とこそ、思さめ。（『狭衣物語』巻二）[*24]

伝為家本では、本文が違う箇所が多いが、内容に大きな違いはなく、「飛鳥井」という語があるため、物語展開および表現意識に違いがないため右の本文で表現を考えたい。

ここでは、場面転換がおこり、伝為家本以外では、「まこと」という言葉から違う場面になったことを伝えている。そこで「かの飛鳥井」としてこの後語られる話は、飛鳥井女君の話であることが提示されている。また、飛鳥井という語を使うだけで誰のことか解り、歌詞からの連想が働き一時的に狭衣がやってくる人物として設定されているように見ることができる。

しかし、狭衣からは、この人物に対して、飛鳥井として語りかけてはいない。次の本文を確認したい。

「いま、をのづから我と知りなば、えいとはじ。かくろへぬべき所あらば、有様に従ひて」と、おぼすなるべし。女君にも、「おい人の、にくむな。ことはりなりや、頼もしげなりし法の師に引き離れて、かく物はかなき身の程なれば。音無の里尋ね出でたらば、いざ給へ。

（『狭衣物語』巻二）[*25]

諸本による違いは、伝為家本では、「このたのもし人のほかさまにもてなすへきにやと心え給てまろをいとふ人のあるなめりなさらハいさ給へよとの給へハ」というように内容に違いはないが、本文にかなりの違いが生じ「女君」という語が登場しない本文もあるが、この伝為家本以外は、女君という語を採用しており、伝為家本もあえて「飛鳥井」として書いていないため「飛鳥井」という語を使わない場合として考える。

ここでは、狭衣が飛鳥井女君に対してもう少し自分のことを待っていて欲しいという思いを伝えている場面である。ここで注目したいのは、狭衣から飛鳥井女君に対して何かを働きかけている時には、「女君」としていることである。これは、狭衣以外の人物達や読者には、飛鳥井女君が飛鳥井の宿りの人物として設定されているのに対し狭衣からは女君として特に意識されていないことがうかがわれる。

次の場面が飛鳥井女君が「飛鳥井」と呼ばれる最後の場面である。

筑紫に下りし式部大夫は、肥前の守の弟ぞかし。三郎は蔵人ならで雑色にてぞありける。兄の、蔵人になりて暇なかりつる程は、御身に添ふ蔭のごとくにて、この御忍び歩きにも身を離れねば、飛鳥井にも、たゞ一人のみこそ御供には参りつるが、忍び給ことなれば、兄にも、「しかくの所へ」なども言はざりける程に、「そこなる人をなん率て行く」なども言はざりけるなめり。

（『狭衣物語』巻二）[*26]

諸本による違いは、「あすかひ」・「あすかゐ」という語の違いで内容による違いは無かった。

この場面は、狭衣が飛鳥井女君の入水の噂を聞く場面である。ここでは、三郎（乳母子道季）が兄からの手紙で女性が入水したことを知り狭衣に伝えたということが描かれる。ここでは、三郎が飛鳥井女君のことを「飛鳥井」として認識している様子が描かれていた。『狭衣物語』での飛鳥井の女君の物語は、その名から入水を想定されていたことが解る。[*27] そして、そのことが物語上で実際に人物が登場しないながらも、読み手にとって意識上にキーワードと共にその人物の持つ物語が浮かぶように促されていたこととして解る。

飛鳥井女君は、この後、巻二の最後に生存が確認され、巻三で飛鳥井女君が尼の所にいることが解るが、この場面の後は「飛鳥井」と呼ばれることが無くなっている。

『狭衣物語』の持つ物語における催馬楽を使用した表現の特徴は、以上で確認をおこなった飛鳥井の女君という名をこの人物に当てはめることである。

それは、人物像を名の由来となった催馬楽の歌詞からから連想させ、さらに物語上に浮かび上がらせることができ、そしてその歌詞や語から連想することができる物語を展開させることで、人物に催馬楽の歌詞の持つ物語を背負わせたことが、この『狭衣物語』の表現の新しさであり、独自性であるのであろう。そしてそれは、登場人物と催馬楽の歌詞から連想される恋物語に引きつける描かれ方をしているのではなく、主人公である狭衣と女性ヒロインとの出逢いの想い出を想起させる媒体として利用されていたと同時に主人公達以外の人物からは、歌詞から読み取れる違う角度の物語を人物に当てはめていた。それは、狭衣からしたら、出逢いの想い出であるが、他の人からしたら一時の宿りという要素が導かれてしまい、同じ名前からの連想であっても違う物語が導き出されるという効果がここで表現されていた。それは、催馬楽が持つ説明性であろう。催馬楽の持つ説明性は、共同体の中での共通認識が持つ力であり、登場している曲の歌詞の引用は、読者の側にも常識的にわかる曲であったことは伺われる。そのため、その中で、人物説明のための名として催馬楽の歌詞または、曲名が利用されていた。

この催馬楽の物語への登場のさせ方は、催馬楽が、源氏名のような表現という役割以上に歌自身に意識を込めやすいという特性があったことの証明でもあると考える。それは、想い出というエピソードを語る上で意識の上にすぐに思い浮かぶ素材が、物語にとって重要な要素であることと関係が深いであろう。

この時代の読者にとって、想い出と音楽と歌詞が結びつく歌の代表の一つが、催馬楽であったことがこの『狭衣物語』から見ることができるのではないであろうか。

【注】

1 古記録として、正宗敦夫『日本古典全集　歌舞品目　上・下』日本古典全集刊行會、一九三〇年や正宗敦夫『日本古典全集　歌謡集　上・中・下』日本古典全集刊行會、一九三二年等の他、『小右記』・『九暦』・『殿暦』・『御産部類記』・『愚昧記』・『看聞記』・『建内記』・『薩戒記』などに記録が残る。

2 川口久雄、志田延義『和漢朗詠集　梁塵秘抄』日本古典文学大系、岩波書店、一九六五年及び、上田設夫『梁塵秘抄全注釈』新典社、二〇〇一年を参照。頁数は、日本古典文学大系による。

3 三谷榮一『狭衣物語の研究［異本文学論編］』笠間書院、二〇〇二年

4 三谷榮一、関根慶子『狭衣物語』日本古典文学大系79、岩波書店、一九六五年他に、吉田幸一編『狭衣物語諸本集成　第1巻　伝為明筆本』笠間書院、一九九三年などには「催馬楽」という語がある。

5 吉田幸一編『狭衣物語諸本集成　第2巻　伝為家筆本』笠間書院、一九九四年

6 桑原博史『無名草子』新潮日本古典集成、新潮社、一九七六年

7 三谷榮一、關根慶子『狭衣物語』日本古典文学大系79、岩波書店、一九六五年

8 吉田幸一編『狭衣物語諸本集成　第1巻　伝為明筆本』笠間書院、一九九三年

9 吉田幸一編『狭衣物語諸本集成　第2巻　伝為家筆本』笠間書院、一九九四年

10 狭衣物語研究会『狭衣物語全注釈1 巻一（上）』おうふう、一九九九年
11 鈴木一雄校注『狭衣物語 上』新潮日本古典集成、新潮社、一九八五年
12 三谷榮一、關根慶子『狭衣物語』日本古典文学大系79、岩波書店、一九六五年
13 前掲12
14 小町谷照彦、後藤祥子『狭衣物語1』新編日本文学全集29、新潮社、一九九九年など。
15 三谷榮一、關根慶子『狭衣物語』日本古典文学大系79、岩波書店、一九六五年
16 藤原茂樹『催馬楽研究』笠間書院、二〇一一年を利用し音声の長短を示す「引」「火」やのばす音などを省略して抄出。
17 小松茂美監修『日本名跡叢刊 第十九回配本 平安 天治本催馬楽抄』二玄社、一九七八年、原本 東京国立博物館蔵
18 土橋寛、小西甚一『古代歌謡集』日本古典文学大系3、岩波書店、一九五七年
19 佐竹昭広、他『万葉集 三』新日本古典文学大系、岩波書店、二〇〇二年
20 折口信夫「万葉集の恋歌」『折口信夫全集 第九巻』中央公論社、一九六六年
21 柳井滋、他『源氏物語一』新日本古典文学大系19、岩波書店、一九九三年
22 柳井滋、他『源氏物語二』新日本古典文学大系20、岩波書店、一九九四年
23 井上新子「「飛鳥井の君物語」の悲劇の諸相」『論叢狭衣物語1本文と表現』王朝物語研究会編、新典社、二〇〇〇年諸伝本における本文改編が一貫した方向性を持っているかについての論であり、夕顔と飛鳥井の君との比較がおこなわれている。
24 三谷榮一、關根慶子『狭衣物語』日本古典文学大系79、岩波書店、一九六五年
25 三谷榮一、關根慶子『狭衣物語』日本古典文学大系79、岩波書店、一九六五年
26 三谷榮一、關根慶子『狭衣物語』日本古典文学大系79、岩波書店、一九六五年
27 野村倫子「飛鳥井をめぐる「底」表現」（『論叢狭衣物語3引用と想像力』王朝物語研究会編、新典社、二〇〇二年や、土井達子「飛鳥井女君〈巫女〉〈遊女〉考―『狭衣物語』巻一・飛鳥井物語をめぐって―」『愛文』、三五号、二〇〇〇年三月など。

第三節　人間関係を表出──『うつほ物語』と催馬楽

この節では、『うつほ物語』と『催馬楽』の関係を確認することで人間関係を表出する表現として催馬楽がどう記載され、さらに声としての催馬楽がどう表現され記載されているかを見ていく。

右大将のおとど、限りなく喜び給ひて、河面に、右の府の遊び人・殿上人・君達率ゐて、遊びて待ち給ふとて、「大君来まさば」といふ声振りに、かう歌ひ給ふ。

底深き淵を渡るは水馴れ棹長き心も人やつくらん

左大将のぬし、伊勢の海の声振りに

人はいさわがさす棹の及ばねば深き心を一人とぞ思ふ

とて、渡りて、左、右、遊びて、着き並み給ひぬ。

（『うつほ物語』祭の使[*1]）

ここで提示した『うつほ物語』には、室城秀之のテクストを使用しているため「声振」となっているが、「こはふり」という表現が使用されている。この「こはふり」は、『うつほ物語』以外の平安文学作品には見ることができない。

この「こはふり」とは何か、という疑問がある。多くの先行研究では、この「こはふり」を「声振」として歌う表現であると解説をつけている。本当にこの解釈で正しいのであろうか。この疑問は、第一にこの「こはふり」

という表現が『うつほ物語』にのみあり、現在残されている物語に於いて存在していない点があげられる。第二点として、この「声振」という宛字は後の研究者によってつけられたテクストであり、原文では、「こはふり」と仮名で表記され、漢字が特定できないはずの単語であるという点である。以上二点の問題をただ此処が『催馬楽』を歌っている場面であるからただ歌っている表現であろう、だからこの語に与える漢字は声と振で良いとするにはかなり抵抗があるように感じる。では、どのような語があてはまるかと考えた際、まず二つの視点が浮かぶ。第一点は、「こ」＋「はふり」という語、第二点は、「こは」＋「ふり」という語である。このどちらかを選択するかによってこの言葉の持つ意味が変化してしまう。第一点の「こ」＋「はふり」であると考えた場合、「こ」は、「胡」なのか「鼓」なのかはたまた違う字があてられるか疑問があり、「はふり」においても「祝」や「放」などの字が考えられ、特定が難しい。第二点の「こは」＋「ふり」で考えた場合、「こは」は「声」で「ふり」は「振」と考えられ、歌う場面であることには違いがないため従来この「声＋振」が採用されテクスト化されてきたのであろう。

この「こはふり」という表現は、歌謡から和歌へ、歌う中心が移動することの名残の一部が見えているのだと考える。それは、この物語以後、この表現がほぼ使用されず和歌と歌謡が別の存在へと分裂してしまうためである。雅楽寮での分類が行われた結果、流動的であった歌の区別が固定化され、それに伴い物語に登場する「こはふり」という表現の表記が消えたことが推測される。

『うつほ物語』において「こはふり」という表現は、催馬楽が利用されている時のみの表現である。つまり、催馬楽にのみ「こはふり」で和歌を乗せることが可能であったことが窺える。

『うつほ物語』と催馬楽とを対応させる研究は、松田豊子の一九七四年の研究[*2]で止まっている。『うつほ物語』は、『源氏物語』などそれ以降の物語表現に対し影響を与えているため催馬楽を使用した表現の研究は、平安以降の物語文学表現を考える上で必要である。

催馬楽の周辺を見てゆくと、唐楽や胡楽などの外来音楽の受容と共に登場し、民謡や流行歌などを取り込むとで登場してきた雅楽であることが見え、そして、雅楽寮が設置された頃より整理され雅楽の中で神楽・風俗歌・催馬楽として位置づけられたことが確認できる。

『うつほ物語』には、約六十二場面に演奏、回想、教授が含まれた音楽関連記事が見られる。だが、その大部分は「琴」によるもので催馬楽が登場しているとされる場面数はこれに比べ少ない。

『うつほ物語』には、催馬楽の登場箇所が、旧大系では十二箇所の注に書かれ、[*3] 松田豊子は、十一箇所としている。その中で、岩波大系では「声振」と表記される表現は、三箇所、二場面に登場している。

「こはふり」とは、和歌を催馬楽の曲にのせて歌う際にのみ出てくる表現であり、催馬楽の歌詞が入る部分に和歌を入れるため、一種の替え歌的な表現として書かれている。この表現は、「こはふり」もしくは「声振」と表記されることがなくなるが、今様など平安時代以降、既に歌詞がある曲にのせて、替え歌的に違う歌詞を付けて歌う表現技法として残る。

この節では、この「こはふり」である「声振」を用いた三箇所の和歌表現に注目することで、物語における催馬楽の利用効果を見る。

まず、催馬楽「我家」と催馬楽「伊勢海」の「こはふり」表現を見ていきたい。ここで語られるのは、六月に正頼一族が、藤原兼雅の桂殿がある桂川で、夏越の祓の夏神楽を行う場面である。夏神楽を催すため、巫女や召人や芸能者達が桂に集められ、酒宴が始まると、川の対岸から兼雅が高麗楽の演奏を伴って小舟で渡ってくる所で、和歌を催馬楽の調子で詠うという流れが書かれている。

御神楽の召人、さへかはら仕まつるべき右近の将監松方、笛仕うまつる左近将監近正、篳篥仕うまつるべき右兵衛尉時蔭、大御歌仕うまつるべき、殿上人のただ今の上手ども、皆召しつけつ。上達部・親王たち、むつましき出で給ふ。殿上人、残るなし。

御前より始め、召人らまでも参り、御かわらけ始まり、御箸下りぬるほどに、右大将のぬし、川のあなたより、をかしき小船、興ある様に調じて造り、をかしき物を、興ある御幣に調じて、かわらけ取りて、侍従に高麗の楽せさせて渡り給ふ。右大将のおとど、限りなく喜び給ひて、河面に、右の府の遊び人・殿上人・君達率ゐて、遊びて待ち給ふとて「大君来まさば」といふ声振りに、かう歌ひ給ふ。

底深き淵を渡るは水馴れ棹長き心も人やつくらん

左大将のぬし、伊勢の海の声振りに

人はいさわがさす棹の及よばねば深き心を一人とぞ思ふ

とて、渡りて、左、右、遊びて、着き並み給ひぬ。

（『うつほ物語』祭の使[*4]）

先の傍線部の「さへかはら」は、催馬楽であるとするべきと先行研究は指摘しているが[*5]なぜ、この表記になっているかの言及が無い。その後に書かれている内容から類推すると、この「さへかはら仕まつるべき右近の将監松方つこう」は、この後、催馬楽の歌い合があるため催馬楽である可能性はあるが、この後の時代に書かれる『源氏物語』には催馬楽という語は登場していないため、催馬楽でない可能性が残る。しかし、催馬楽という語は、『枕草子』には登場しているため、催馬楽ではないとも断定はできない。

「大君来まさば」は催馬楽「我家」の歌詞「大君来ませ」を変えた表現であり、催馬楽「我家」は、婿歓迎の場で歌われる催馬楽である。

次に「伊勢の海」は催馬楽の題で、「玉やひろはむ」という歌詞から大事なものを頂くというようにとることができる。

ここに登場している催馬楽は、催馬楽「我家」。

鍋島家本『催馬楽』

〈目録〉我家　拍子十一　〈本文〉我家　拍子十一

和伊戸波　止波利帳毛　多礼太留乎於々保支美支万世　无己尓世无　美　左可奈尓　奈　尓与介无　安波

比左多乎加　可世与介无　安　波　比左太乎可　加世与介无

古説　止留良无也比久良无也　安波比乃之万奈留之万男　此説今不用

〈我の家は　帷も帳も　垂れている　たとえ大君であってもいらっしゃい　聟にいたしましょう　酒の御肴には　何がよろしいでしょうか　鮑・栄螺か　石陰子がよいですか　鮑・栄螺か　石陰子がよいですか〉

池田弥三郎は、歌の使われ方を海人の歌か、婿と舅とが名のり合う露顕の式の後の宴会の歌かとしている。*6 小西甚一は、『土佐日記』のエピソードにも似た話があることを挙げている。*7 お見合いの席での様子を歌っているように感じられ、海産物が高級品として挙げられているのが興味深い。肉よりも海産物を上位に挙げている時代の作であることがわかる歌である。

鍋島家本『催馬楽』

〈目録〉伊勢海　拍子八　〈本文〉伊勢海　拾翠楽　拍子八

伊世乃宇美乃　支与支　名　支左尓之保加　比尓　名乃利曽也川末　牟　加比也比呂波　牟也　多末　也比呂波　牟也
古説　太万毛比呂波无　加比毛比呂波无

〈伊勢の海の　汚れなき清き渚に　潮の引いた合間に　なのりそ（海藻）を摘もう　貝を拾おうか　それとも玉を拾おうか〉

禊ぎの信仰に関連しているという論もあるが[*8]、この歌は、海藻よりは貝、貝よりは真珠と欲しいものの希望を述べている歌もしくは、干潮時に良い物を手に入れようという歌であると考える。
右の催馬楽を「声振」に利用している和歌を見ていく。

底深き淵を渡るは水馴れ棹長き心も人やつくらん

左大将おとど（正頼[*9]）の和歌
右の和歌は、次の『万葉集』の歌からイメージされる歌であると考える。

吾欲之野嶋波見世追底深伎阿胡根能浦乃珠曽不拾〈或頭云、吾欲子嶋羽見遠〉
右拾山上憶良大夫類聚歌林曰、天皇御製歌云云
わがほりしのしまはみせつそこふかきあごねのうらのたまぞひりはぬ〈或頭云、わがほりし　こしまはみしを〉

（『万葉集』巻第一・雑歌・一二[*10]）

右の歌からは、「そこふかき」と「たまぞひりはぬ」いう語句から海から玉を拾うという意識が見て取れる。ここから、次の主の歌が「伊勢の海」という選択になったと考える。

「みなれざお」を利用した『うつほ物語』以前の和歌例を見ると次の歌が浮かぶ。

いかだおろすそま山河のみなれざをさしてくれどもあはぬ君かな（『古今和歌六帖』第二・そま・一〇一五）[*11]

この歌は、恋に関係している歌として歌われている。

右にあげた『万葉集』・『古今和歌六帖』の歌のイメージを受けて左大将おとどの和歌が作られていると考えられよう。

おとどの和歌は、物語上は、催馬楽の歌詞の一節を意識させた和歌をうたっているように読めるが、更に催馬楽の歌詞の持つ物語を含めた和歌として考えた時、それは、催馬楽「我家」のイメージを借りて詠い、さらに『万葉集』・『古今和歌六帖』の歌と同じ意識を持つ「玉を拾う」という婿取りの意識を追加させ、その情景である河原での神楽を意識し底と水と棹を読み込んだ歌であると考えられる。

本文に登場しているもう一首の和歌

人はいさわがさす棹の及よばねば深き心を一人とぞ思ふ

右大将のぬし（兼雅）[*12]

右の和歌は、先のおとどの和歌への返歌である。この和歌に影響を与えたと想定される和歌は、次の二首の和歌であろう。

はつせにまうづるごとにやどりける人の家にひさしくやどらで、ほどへてのちにいたれりければ、かの家のあるじかくさだかになむやどりはあるといひいだして侍りければ、そこにたてりけるむめの花をりてよめる

人はいさ心もしらずふるさとは花ぞ昔のかににほひける　つらゆき

（『古今和歌集』巻第一・春歌上　四二）[*13]

さをさせどそこひもしらぬわたつみのふかきこころをきみにみるかな

（『古今和歌六帖』第三・ゆくひと・六『土佐日記』にも）[*14]

右大将のぬしの和歌は、右の『古今和歌六帖』第三の「君にみるかな」という部分を利用し、「伊勢の海」にのせてうたっていると考える。

催馬楽「我家」をうたい、娘あて宮の婿候補を探す父と、その一人である右大将が、まだ自分になびいていないことを先の「我家」と同じ催馬楽「伊勢の海」を使うことで歌合的に返している場面である。この場面については、どの注釈も催馬楽引用に否定的な意見はない。また、諸本による異同もほぼ見られない。「こはふり」としているため、催馬楽の曲を借りて、替え歌的に和歌を詠っていると考える。

さて次に、催馬楽「妹之門」の「こはふり」表現を見ていきたい。ここは、あて宮を追い求め、妻娘を捨てた夫源宰相が、妻娘と知らず和歌の詠みあいをおこなってお互いの関係を知らずにまた別れるという内容が次の本文で語られる。

妻子は、いかにしけむ方も知らで、よろづにあはれに思もほゆれば、
　夕暮の籬に招く袖みれば衣縫ひ着せし妹かとぞ思ふ
妹が門の声振りに、北の方聞き給ひて、「あはれにも、失ひたる人こそあなれ」。北の方、「あなむくつけや。それは、鬼の声ぞせむ。これは、人の声にこそあなれ」とはのたまへど、それなりけり。「げに似たる声かな」とのたまふに、なほ、かくあはれにおぼゆれば、北の方、
　故郷のつらき昔を忘るやと　かへたる宿も袖は濡れけり
袖君、
　立ち寄りし籬をみつつ慰めし　やどをかへてぞいとど悲しき
とて、
（『うつほ物語』菊の宴）[*15]

先に提示した二つの「こはふり」表現と同じく傍線部から「妹之門」の催馬楽引用箇所であることはわかる。

鍋島家本『催馬楽』
〈目録〉妹之門　〈本文〉妹之門
伊毛可々度　世奈可々止　由支須支可祢天也　和可由可波比　知可左乃　比知可左乃　安女毛　也不良奈无
之天多乎左　安万也止利　可左也止利　也止利　天末加良无　之天多乎左
〈彼女の門の前　彼の門の前　行き過ぎてしまうな　や　我が行くと　肱笠の　肱の笠の　必要な雨よ　や　降りなさい
水の神たのみます　雨やどりできるほど　笠やどりできるほど　宿ってから行きたいよ　水の神様〉

小西甚一は、『万葉集』と『古今和歌六帖』に同系統の歌があることから、催馬楽も同系統からの採用であろうとしている。[*16] 田植えで使われた歌であろうと折口信夫はしている。[*17]

「しでたをさ」の訳は、どの注釈もしっかりとした結論を与えていないため、田長や郭公などの注が多いが、池田弥三郎の土着の神とする意見を採用したい。[*18]

「声振」と本文にあるため、ここは「妹之門」のイメージを持っている部分であると考える。それは、曲としては、天治本『催馬楽抄』から解るとおり「浅緑」と「白馬」と同じ曲を利用しているためである。[*19] そのため、同じ曲を使用する三つの催馬楽の中で「妹之門」を意識させたいという意志が表記されていると考える。

では、和歌の内容はどうであるか。

夫（源宰相）の「夕暮の籬に招く袖みれば衣縫ひ着せし妹かとぞ思ふ」は、『古今和歌六帖』の二つの和歌の影響下の和歌であることが解る。

人の花山にまうできて、ゆふさりつかたかへりなむとしける時によめる
僧正遍昭
ゆふぐれのまがきは山と見えななむよるはこえじとやどりとるべく
（『古今和歌集』巻第八・離別・三九二『古今和歌六帖』第二『新撰和歌』巻第三にも）[*20]

見しときとこひつつをればゆふぐれのいもがしみかをおもかげにみゆ　（『古今和歌六帖』第四・二〇六五）[*21]

源宰相の和歌が、右の二つの和歌の影響下で和歌であると考えると「離別」「面影」という意識が込められていることが解る。催馬楽「妹之門」の歌詞と似た情景で「離別」「面影」の意識を込めた和歌を詠うことが、一層去っていった夫又は父を思い出して悲しみ、涙で袖をぬらすという物語を印象づけていると考える。つまり、ここでは、催馬楽を使い、読み手に情景の下敷きとなる物語を連想させている。

野口元大は、催馬楽の現れ方の特徴として、次のように書いている。

それは、その歌詞が物語面に直接現れることはなく、その曲を歌ったり演奏したりすることで心意の伝達をはかろうとしていることとである。限られた歌詞で、貴族社会の成員すべてが知悉していたことから、こうした表現が気のきいたやり方とされていたのであろう[*22]

以上から野口元大は、共同体での共通認識から催馬楽の典拠という方法が見られるとしていることが読み取れる。松田豊子は、催馬楽を典拠とする表現方法は、漢籍などと同じく平凡で独創性に欠乏するとしながらも、催馬楽を典拠とすることは、「事大主義或いは権威主義的な文書形成からの脱皮であり克服」であるとしている。[*23]

野口元大は、催馬楽を典拠とする表現をこの時代の気の利いたやり方とし、松田豊子は、平凡で独創性に欠乏するが「権威主義的な文書形成からの脱皮」であったとしている。松田豊子は、野口元大の指摘を前提としてあえてそれには触れず、物語に催馬楽を持ってくることで「権威主義的な文書形成からの脱皮」という物語表現としてのこの時代での新しさを考えていた。

この二者の意見は、ある点では正解であるが、物語を彩る意識は、それに留まっていないと考える。それは、この物語が二つの物語から構成されているからである。一つは、主流の物語である清原氏の琴による物語であり、それに対しもう一つの物語は、源家（藤原）の神楽による物語である。『うつほ物語』において神楽は、「春日詣」の春日神社奉納神楽、「嵯峨の院」の師走神楽、「祭りの使」の夏神楽、「菊の宴」の霜月神楽と四つの場面で神楽が描写される。これらはすべて源正頼主催の神楽である。

表向き清原氏の琴の物語がこの物語の主軸となっている。しかし、神楽の部分を抜き出すと源家のみの物語が浮かび上がる。それは、神楽を企画するのが源家であるためであるが、ここにこの物語の新しい文章構成の独自性があったと考える。そして、それは、あて宮という娘の求婚譚と結びつく。あて宮を取り巻く立坊の話が神楽と共に描かれている。

この『うつほ物語』の登場音楽は、琴の曲が中心であり、次に神楽、約八〇の和歌によって支えられ、催馬楽はほんの少しの存在感しかない。しかし、そこだけに注目をしていくと、催馬楽の持つ独自性が見えてくる。それは、声の存在である。それは、個人個人の声を誰の声か特定し、そこに込められている情報を意識的に強調したい場面で催馬楽が使われていることからわかる。野口元大の言う貴族社会での共通表現としてだけでなく、声と人間性が歌を中心に結ばれ、その歌が社会的な影響力を持っている時代だからこその表現であると考える。このことから室城秀之は、「こはふり」を「声振」としているのであろう。

声の強調は、『源氏物語』にも受け継がれる。そのため、『うつほ物語』独自とされる声振表現であるが、これは、『源氏物語』に語としては記載されないが、催馬楽がうたわれた後に和歌を詠い合う際、「声振」がされている可能性があり、『うつほ物語』独自の歌表現とは断定できない。ただし、「こはふり」が他の平安物語文学では登場しないため、物語表現として『うつほ物語』は、他に類を見ない表現が書かれているとすることができる。

他の物語文学では、物語場面として行事を伴うことの多い催馬楽であるが、『うつほ物語』においては、行事に沿った登場や、行事の一環ではなく、そこから外れた少し脇に入った場面、つまり行事の中心ではなくその前後で使用され、場面提示に沿った内容を歌詞に持つ催馬楽が選択されていることに気づく。また、その歌の選択により、情景内で、うたう人物の立ち位置をも暗示している。

つまり、物語上では、神楽により場が設定され、その場の中で催馬楽により場面の意味が設定されているといえる。

この『うつほ物語』の影響下で創られるのが『源氏物語』であると考えると、『源氏物語』に催馬楽が多く登場する理由として、場面設定への影響を考え方法として登場させているという視点がより強く意識されるのではないかと考える。つまり、形式を作っていたと考える。

以上から『うつほ物語』が、物語の脇の物語という物語の主軸をささえる情報として、物語の脇を流れる人間の関係、つまり、直接提示されない物語を読み進める上で必要な人間関係の裏を描くために催馬楽を使用し、従来の漢文や和歌を出典とする物語の場面展開から脱却するという挑戦があるのではないかと考える。

【注】

1　室城秀之『うつほ物語 全』、おうふう、一九九五年
2　松田豊子「宇津保物語と催馬楽」『研究紀要』、十二号、京都光華女子大学、一九七四年十二月
3　河野多麻『日本古典文学大系　10　宇津保物語1~3』、岩波書店、一九五九年十二月
4　前掲1
5　前掲1
6　池田弥三郎『鑑賞日本文学　第四巻　歌謡1』、角川書店、一九七五年
7　土橋寛　小西甚一『古代歌謡集　日本古典文学大系3』、岩波書店、一九五七年
8　木村紀子『催馬楽』平凡社、二〇〇六年

9　室城秀之『うつほ物語 全』おうふう、一九九五年
10　『新編国歌大観　第二巻私撰集編歌集』角川書店、一九八四年
11　前掲10
12　室城秀之『うつほ物語 全』おうふう、一九九五年
13　『新編国歌大観　第一巻勅撰集編歌集』角川書店、一九八三年
14　『新編国歌大観　第二巻私撰集編歌集』角川書店、一九八四年
15　室城秀之『うつほ物語 全』おうふう、一九九五年
16　土橋寛　小西甚一『古代歌謡集　日本古典文学大系3』、岩波書店、一九五七年
17　折口信夫『折口信夫全集　第十四巻　国文学篇8』、中央公論社、一九七六年
18　池田弥三郎『鑑賞日本文学　第四巻　歌謡1』、角川書店、一九七五年
19　小松茂美監修　『日本名跡叢刊　第十九回配本　平安　天治本催馬楽抄』二玄社、一九七八年（原本　東京国立博物館蔵）
20　前掲14
21　前掲14
22　野口元大『うつほ物語の研究』笠間書院、一九七六年
23　松田豊子「宇津保物語と催馬楽」『研究紀要』、十二号、京都光華女子大学、一九七四年十二月

第四節　像を与える歌と祝福の歌――『浜松中納言物語』、『夜の寝覚』と催馬楽

この節では、『浜松中納言物語』と『夜の寝覚』を見ていく。

この二つの物語の書かれた時代は近く、政治体制もほぼ同じ状況下であるため、そこに描かれている催馬楽は、同じ時代下の意識のもとでの表現であることが予想される。そのため、両作品の中でどのように催馬楽が表現されているのかを見たい。

『浜松中納言物語』には、次のような催馬楽がうたわれる場面が登場する。

> あざやかに居なをりて、扇をうちならしつゝ、あなたうとうち出で給へる声のおもしろさは、さま〴〵のものゝ音を、調べあはせて聞かんよりもまさりて聞ゆるに、琴をし寄せ給へれば、うちわをきて、柱にかくろへたれど、さゝやかにらうたきやうだい、
>
> （『浜松中納言物語』巻一）[*1]

ここでは、扇を打つリズムとともに催馬楽「安名尊」がうたわれている。

同じように平安後期物語とされる『夜の寝覚』にも催馬楽を利用した表現は、見られる。では、催馬楽をうたうという行為は、どのような意識のもと使われ引用させているのか。この分析の先行研究として植田恭代の「後期物語と雅楽――『狭衣物語』『夜の寝覚』『浜松中納言物語』の楽描写――」があり、そこでは、楽器や舞楽、謡い物に関わる楽の全般のありようを見渡すことから、それぞれの物語を考える[*2]。

『浜松中納言物語』についてであるが、この物語は、平安時代後期に成立した後期王朝物語の一つである。十一世紀半ば頃に成立したと見られ、後期王朝物語の中では『狭衣物語』と並び最も早い時期の成立とされる。作者は『更級日記』の作者として知られる菅原孝標女と『無名草子』に書かれるが、異論もある。古くは「御津の浜松」または単に「浜松」と呼ばれた。現存している巻は、全五巻であるが、もともとは全六巻であり現存本は首巻を欠いているとされる。

では、『浜松中納言物語』と催馬楽との関係を確認したい。

『浜松中納言物語』巻一のあらすじは次のとおり。遣唐使として唐の国に到着した中納言は、唐の皇帝をはじめさまざまな歓迎を受け、容貌、立ち居振る舞いや漢詩の才に賞賛を受ける。父の生まれ変わりである唐の太子とその母である唐后は、父である大臣とともに一の大臣との政争を避け、都から離れた「河陽県」の蜀山に篭もっている。中納言は父の生まれ変わりである唐の太子と出会う。中納言は太子の母である唐后の美しさに目を奪われたため、唐の国の一の大臣の娘との縁談に目を向けない。中納言が唐から与えられた館にいると、唐后そっくりの女性が現れて中納言と契りを結び、身ごもって若君を出産してしまう。「唐后そっくりの女性」は唐后その人であったが名乗ることなく若君と共に姿をくらましてしまう。中納言はこの女性と若君を捜しまわるが見つからないまま唐の国に滞在することを許された三年が過ぎ、中納言は帰国することになる。しかし中納言が帰国する直前、密かに若君を育てていた唐后に「若君を中納言に預けるように」との夢のお告げがあり、唐后は中納言と再会して自身が唐后その人であることを明かし、中納言に中納言との間に生まれた若君を託したため、中納言は唐后との間に生まれた子をひそかに日本に連れ帰ることになる。さらに唐后は、出生の秘密であった父大臣が遣日使として日本にいたときに日本人の母との間に生まれた子と云う事を伝え、日本にいるらしい唐后の母への手紙を託した。

『浜松中納言物語』巻一では、「中納言はこの女性と若君を捜しまわるが見つからないまま唐の国に滞在することを許された三年が過ぎ、中納言は帰国することになる。」という場面で、中納言による演奏が描かれる。「秋風楽」と「催馬楽」と「甘洲楽」とを同じ宴の中で順番に演奏される。

夕風心ぼそく吹きて、御前の前栽、色々ひぼときわたす程、御遊びはじまる。中納言の、琵琶、箏の琴にとりかへつゝ、秋風楽を、いふ限りなく弾き給へる。ものゝね、かたち、譬へん方なきを、みかど来しかた行くさきおぼされず、御やすみどころに入らせ給ひて、

「この中納言のありさま、何事につけても、すべてわが世の人の、これにならぶなかりけり。いみじうはづかしうくちおしう思ひめぐらせど、すこしもめづらしくおどろくことなきを、わが世のおもてをこすとおぼして、えうしうのうちなるげらうと思はせて、琴を弾きて、この中納言に聞かせ給へ」

と、ねんごろに仰せらるゝに、后いとあるまじき事とおぼしたるを、切に度〳〵、

「今日わが国のおもてをこし給らんよろこびには、世の乱れ出で来ん事も知らず、三のみこに位をゆづりて見せたてまつらん」

と、まめやかに仰せらるれば、后おどろき給ぬ。その世の人、いたく物恥ぢなどやせざりけん、

「ともかくも、さらばの給はせんにこそは」

と申給へば、よろこびて、中納言を御簾の内に召し入る。

（『浜松中納言物語』巻一）[*3]

傍線部分「秋風楽を、いふ限りなく弾き給へる。」では、秋風楽を中納言が、管絃のみの旋律を琵琶や箏の琴など楽器を変えて演奏していることが書かれる。

場面の続きは次のとおり。

「いかなる事にか」と思ひながら、動きなうもてなゐて、まゐりたれば、おはします側の方の御簾少し捲き上げて、すわうの裾濃のざうがんの几帳ひとへうちあげて、柱がくれにそばみて、うるはしく清らかに装束き、裙帯領巾などしたる人の、言ひしらずめでたき、御前に候とばかりほのかなるそば目に見て、いみじうかしこまりて　給に、

「三年がほど、かくて物し給て返り給が、飽かず大きなる愁へと、涙とゞめがたきに思ひあまり、こゝなる人の琴の声聞かせたてまつらんと思なり」と仰せらるゝ御答へ、ともかくも聞えさせずして、あざやかに居なをりて、扇をうちならしつゝ、あなたふとうち出で給へる声のおもしろさは、さまぐ〵のものゝ音を、調べあはせて聞かんよりもまさりて聞ゆるに、琴をし寄せ給へれば、うちわをゝきて、柱にかくろへたれど、さゝやかにらうたきやうだい、后のきく見給し夕思ひ出でらるれど、うつたへに后をかくてすへたてまつりて、弾かせ給はんものとおもひよらねば、さりげなき後目にとゞめて見れば、春の夜の月かげに見し人と見るに、目もくるゝ心ちす。

（『浜松中納言物語』巻二）[*4]

傍線部「あなたうとうち出で給へる声のおもしろさ」というように「あなたうと」と「安名尊」がうたわれる。ここでは、演奏ではなく扇をうちならしてうたうという表現がとられる。また、このうたう行為が、様々の楽器の音を調えて演奏するより勝っていると評価がされている。ここからは、様々な楽器による奏法などを駆使しなくともこの人物が歌声だけで周囲を魅了できる力を持っていることがわかる。それは、この人物が、他の物語のように秘曲伝授されなくともすでにそれを越える楽の力を所持していることを書いている。

場面の続きは次のとおり。

琴を度〳〵そゝのかさせ給へば、かんすといふ手を弾き出でたる、いふ限りなくおもしろきに、この琴の音も、菊の夕の御琴の音なるを、「同じものゝ音などいひながら、いかでかはかく違ふ所なくてはあらん」と、あやしうきゝ惑はるゝに、かたちありさまの似るものなく、にほひをちらしめでたきさま、むら雲の中より、望月のさし出でたる光を見つけたらんやうなるほど、かうやうくゐんの后の菊見給し夕、春の夜の夢、一方に思わたさるゝほどの、かなしき事のかぎりなきに、浮雲だにたなびかず、さやかに澄める月に、后もいみじう物をあはれとおぼしとゞめて、ものてに調べかはし、ゆく限り弾き給へる、空に響きのぼり聞ゆ。うつぼの物語の、内侍の督の弾きけんなむ風はし風の音も、かうはあらずやありけんと思ひやらるゝに、来し方行く末かぎりなき心ちして、心つよく思ひとゞむれど、さらに涙とゞまらぬに、みかど、「さればよ」とおぼして御覧ずるに、中納言日本の第一のならびなき人なんめり、后わが世のたぐひなきかたち、御覧じくらぶるに、月日の光をならべて見ん心ちして、わが世にかくめづらしき事を見聞くよと、世の例にも書きとゞめ、語りつたへつべくおぼし召さる。中納言え堪へず琵琶給はりて、をよぶばかりの手を、かぎりなく掻きあはせ給へる、いふ方なくおもしろくめでたきを、后もあはれときゝ給まゝに、御心も澄み、涙も落ちて、御心に入れて弾き給へる、すゞろに聞く人、涙とゞまらで、明けぬれば、みかど后返り給ひぬ。

（『浜松中納言物語』巻二）*5

中納言が、催馬楽「安名尊」を扇を打ち鳴らしながらうたうなどと表現される中で「声のおもしろさ」の点で評価されている。この場面は、「うつほ物語」を意識して表現された中で描かれている。催馬楽と日本でつくられた曲である「秋風楽」と唐玄宗皇帝が作ったとされる「甘洲楽」を同じ宴の中で演奏していることからも曲に対して、国という要素を強く与えて演奏風景として描いている。ここからは、日本でつくられた曲である「秋風楽」を演奏し、次に中国の曲を利用して日本の歌詞を持つ『催馬楽』「安名尊」をうたい、そして唐玄宗皇帝が作ったとされる「甘洲楽」を演奏するという、日本から中国である唐へと意識を向ける途中段階に催馬楽が選択され、演奏される。

「あなたうと」という催馬楽の選択は、この唐の都を去るにあたり周りのことを祝福している歌であるように感じさせる。おそらく一般的には唐の都を去るにあたり周りのことを祝福していると解釈されるであろう。しかし、ここで行われているのは宴でありそこでの楽の演奏であり歌である。これは、物語が伝承してきた楽や歌による奇瑞がなければ物語として演奏させる動機に欠けていると考える。楽を行えば必ず物語において変化がその後起きていなければ物語の流れに違和感がある。

この秋風楽は『源氏物語』にも演奏される。

おとゞ和琴ひき寄せ給て、律の調べのなかく〳〵いまめきたるを、さる上手の乱れて掻い弾き給へる、いとおもしろし。御前の木ずゑほろ〳〵と残らぬに、老い御達など、こゝかしこの御木丁の後ろに頭を集へたり。「風の力蓋し寡し」とうち誦じ給て、「琴の感ならねど、あやしくものあはれなる夕かな。猶遊ばさんや」とて、秋風楽に掻き合はせて、唱歌し給へる声いとおもしろければ、みなさま〴〵、おとゞをもいとうつくしと思ひきこえ給に、いとゞ添へむとにやあらむ、冠者の君まゐり給へり。

(『源氏物語』二―二九二頁)[*6]

『源氏物語』少女巻では、和琴で演奏していることが書かれている。「秋風楽」は、舞楽（唐楽）。盤渉調の律の曲であると新大系の注に記載される。また、『教訓抄』に弘仁年間に日本で常世乙魚が作った曲、唐から伝わった曲という二説の記載がある。[*7]

催馬楽「安名尊」について

鍋島家本『催馬楽』

〈目録〉安名尊　拍子十四　三段六　二段五　三段三

〈本文〉安名尊　拍子十四　三段六　二段五　三段三

安名多不止　介不乃太　不止左也　伊尓之戸　毛　波礼　伊尓之戸　毛　可久也安

利介无也　介不乃多　不　止左　安波礼曽　己与之也　介不乃太　不　止左

〈あゝ尊いことよ　今日の尊いことよ　昔もハレ昔もこうであったであろうか、いやないかもしれない、それほど今日の尊いことよアハレソコヨシヤなんと今日の尊いことよ〉

新全集では、「典型的な宮廷讃歌」とされている。「そこよしや」となっているため「そこ」にいる人物に対して祝いを歌っているか。

では、ここで比較に使われる『うつほ物語』での催馬楽はどうであろうか。

御前より始め、召人らまでも参り、御かわらけ始まり、御箸下りぬるほどに、右大将のぬし、川のあなたより、をかしき小船、興ある様に調じて造り、をかしき物を、興ある御幣に調じて、かわらけ取りて、侍従に高麗の楽せさせて渡り給ふ。右大将のおとど、限りなく喜び給ひて、河面に、右の府の遊び人・殿上人・

君達率ゐて、遊びて待ち給ふとて「大君来まさば」といふ声振りに、かう歌ひ給ふ。

底深き淵を渡るは水馴れ棹長き心も人やつくらん

左大将のぬし、伊勢の海の声振りに

人はいさわがさす棹の及ばねば深き心を一人とぞ思ふ

とて、渡りて、左、右、遊びて、着き並み給ひぬ。

（『うつほ物語』祭の使[*8]）

妻子は、いかにしけむ方も知らで、よろずにあはれにお思もほゆれば、

夕暮の籬に招く袖みれば衣縫ひ着せし妹かとぞ思ふ

妹が門の声振りに、北の方聞き給ひて、

（『うつほ物語』菊の宴[*9]）

右の本文は、『うつほ物語　全』を使用しているため、先述したが「声振」と表記されるが、底本である前田家本では「こはふり」となっている。この「こはふり」を「こはぶり」とした場合、催馬楽の曲を借りて替え歌的に和歌を詠っているという表現となる。

『浜松中納言物語』では、「うち出で給へる声のおもしろさ」として催馬楽をうたう表現としているが、『うつほ物語』では、催馬楽は「こはふり」という表現とともに書かれている。『うつほ物語』での催馬楽「安名尊」を見ていきたいが、『うつほ物語』には催馬楽「安名尊」が謡われていない。

では、『うつほ物語』の具体例としてあげられていた二つの「なん風」「はし風」はどのようなものであろうか。

天女のいはく「さらば、われらが思ふところある人なれば、住みたまふなりけり。天の掟ありて、天の下に

琴弾きて、族立つべき人になむありける。われは昔、いささかなる犯しありて、ここより西、仏の御国よりは東、中なるところに下りて、七年ありて、そこにわが子七人とまりにき。その人は、極楽浄土の楽に琴を弾きあはせて遊ぶ人なり。そこに渡りて、その人の手を弾き取りて、日本国へは帰りたまへ。この三十の琴の中に、声まさりたるをばわれ名づく。一をばなん風とつく。一つをばはし風とつく。この二の琴ば、かの山の人の前にてばかり調べて、また人に聞かすな」とのたまふ。「この二の琴の音せむところには、娑婆世なりとも、かならずとぶらはむ」とのたまふ。

(『うつほ物語』俊蔭巻)[*10]

右の本文からは、天女から貰った琴の名前であることがわかる。では、『うつほ物語』の中でこの琴がどのように奇瑞を起こしているのであろうか。

母の思ふほどに、わが親は、この二つの琴をば、幸ひにも災ひにも、極めていみじからむとき、弾き鳴らせ、とこそのたまひしか。われ、今よりまさりていみじき目をいつか見む。さはいへど、かくばかりにやはありつる。これこそ限りなめれ、と思ひて、このなむ風の琴を取り出でて、一声弾き鳴らすに、ぬしの七人の人の調べてし声に、いささか変わらず。一声かき鳴らすに、大きなる山の木こぞりて倒れ、山逆さまに崩る。立ち囲めりし武士、崩るる山に埋もれて、多くの人死ぬれば、山さながら静まりぬ。なほ明くる午のときばかりまで、ゆいこくの手を折り返し弾く。

(『うつほ物語』俊蔭巻)[*11]

右の場面のように『うつほ物語』には、この琴の演奏によって天変地異が起こり、雷などが鳴り響き風が乱れることや山が崩れるなど様々な災害を引き起こしている様子を確認することが出来る。

では、『源氏物語』にはどのように催馬楽「安名尊」が描かれているかを確認したい。

楽所とをくておぼつかなければ、御前に御琴ども召す。兵部卿の宮琵琶、内の大臣和琴箏の御琴院の御前にまいりて、琴は例のおほきおとゞに給はりたまふ。せめきこえ給ふ。さるいみじき上手のすぐれたる御手づかひどもの尽くし給へる音は、たとへん方なし。唱歌の殿上人あまたさぶらふ。あなたうと遊びて、次に桜人、月朧にさし出でてをかしきほどに、中島のはたりに、こゝかしこ篝火どもともして、大御遊びはやみぬ。

（『源氏物語』二―三二九）[*12]

『源氏物語』少女巻では、『浜松中納言物語』と同じ催馬楽「安名尊」が演奏され、うたわれるが、ここでの書かれ方は、「と遊びて」というようにうたい、演奏した表現として書かれる。しかし、演奏に対しての評価は書かれるのに対して特に声に対して評価は書かれない。先にあげた『源氏物語』の秋風楽の場面と同じ少女巻でうたわれているが、右の場面は、弘徽殿大后を見舞う場面においてうたわれる。

以上からこの催馬楽「安名尊」が特別声を評価するためだけにある催馬楽ではないことがわかった。では、なぜこの催馬楽「安名尊」が選択され謡われているのか。この場面の前の段階で中納言は、ある女性（唐后）と関係を持ち若君を誕生させている。そして、その若君を唐の都から日本へ連れて帰ることがこの場面の後に書かれる。しかし、その若君の母が、唐后であることはこの引用場面ではわかっていない。そのため、物語から類推できることは、まず中納言が日本の「秋風楽」を演奏し、次に中国の曲を利用して日本の歌詞を持つ催馬楽「安名尊」をうたい、そして唐玄宗皇帝が作ったとされる「甘洲楽」を唐后が演奏するという日本から唐へという楽の流れである。これを物語の展開にあてはめると、物語での演奏の順番から、日本の中納言と唐の唐后との間に誕生した若君に対し、日中のハーフ（融合した存在）として、同じく日中の曲と歌詞が融合した催馬楽「安名尊」により祝福していることが考えられる。そして、それは、この唐后についても同じく言え、催馬楽「安名尊」の歌詞から今と昔という歌詞より、子どもと同じく唐后もまた、日中のハーフであることをこの段階で、物語の中で予言しているという表現方法をとっていると考える。それは、一種、童謡《わざうた》のような予言歌として催馬楽を選択しているると解釈できるのではないか。

では、この『浜松中納言物語』と同じ作者の作品とされる『夜の寝覚』では、どのような催馬楽が選択されて描かれているであろうか。

この『夜の寝覚』では、三つの『催馬楽』が登場しており、まずは、催馬楽「此殿」で、催馬楽「総角」、そして催馬楽「葛城」である。

『夜の寝覚』の第一巻に催馬楽は登場する。第一巻のあらすじは次のとおり。

太政大臣（入道）は妻を亡くし、四人の子供を養育。中の君は音楽の才能にすぐれ、箏を得意にしていた。十三歳の十五夜の夜、天人が降臨して彼女に琵琶の秘曲を伝え、さらに翌年の十五夜にも彼女を訪れて、その数奇な運命を予言して去る。一方、女君の姉である大君は左大臣の長男中納言と婚約をしていたが、中納言は乳母の見舞いに訪れた先で、ふとしたことから方違をしていた中の君と契る。中納言は彼女を別人と混同したままにその場を立ち去っていく。中の君は、中納言の子を身ごもり、相手を知らないまま懊悩。何も知らないまま男君は大君と結婚するという流れとなる。この第一巻の後半部分に催馬楽の歌詞を利用した表現が登場している

まず、巻一但馬守上京の場面を見たい。

寝覚のみせられて、はかなく思ひさませども、くるしきまでに、心にかゝり給ふ。なぐさむやと、内わたり

の宿直がちに、例ならずまぎれつゝ、心なぐさむかとまぎれ給へど、見し夜の月影のわするべくもあらず。御ありきのおりおり、その家の門をすぎ給ふおりもあるには、なれる姿も見えまほしう、いといみじく忍びがたく見いるれば、その程につけたる家造り、三葉四葉に、門のほとりまで、にぎはゝしく、そゞめきたるに、いとゞ心劣りして、「宮の中将のいひしやうに、ふかき山の麓、さびしき蓬葎のしたより、ありし月影を見つけたらば、げにいみじき山人の女といふとも、くるしかるべきやうもなく、心のひくにまかせても、もてなし迎へよせてむかし。命つきぬばかりに恋しくあはれなるに、たゞうちつがひゆきずりさべき勢ひたるが、わびしくもあるかな」と思ひつゞけ、なみだを落しつゝ、交野の萩原よりもすぎわび給ひて、おぼしわづらひ給ふ。

（『夜の寝覚』巻二[*13]）

右は、中納言が女性の身分をこだわっている場面で、但馬守の家のすばらしさを表現する方法として催馬楽「此殿」の歌詞を使い、素晴らしい家である様子を説明する。

ここは、中納言が女性の事を考えている場面の中で、その女性の身分が自分にとって相応しいかを考える際に女性の家の様子を表すために催馬楽が使われている。そして、この催馬楽の歌詞を利用した表現が使われたすぐ後に女にアプローチをかけようか逡巡する中納言の様子が描かれる。この場面は、催馬楽「此殿」の歌詞である「みつばよつば」「殿づくり」が、慣用句のように殿賞め《との・やしきほめ》の表現とされ、記載表現として変化しながらも一般化していた途中段階の表現が書かれていることがわかる。

次に催馬楽が登場するのは『夜の寝覚』巻三の後半部分である。巻三の後半で書かれていることから巻四と連続性を持った物語であると考えるため巻三および巻四あらすじを確認する。

『夜の寝覚』巻三および巻四あらすじは、次のとおり。二六歳になった寝覚の上は、老関白の長女が尚侍となったのに付き添い参内した際、帝に迫られるも拒み通す。この危機で、寝覚の上は、改めて中納言への思慕を自覚、忍んできた中納言と再び逢瀬をもったが、やがて女一宮の病床に寝覚の上の生霊が現れたとの噂が立つという内容になっている。

巻三に催馬楽「総角」が登場する。次の巻三内大臣、策に陥り、帥の君の話に煩悶する場面。

上にて奏し給べき事ありて、こなたに参り給へれど、宮と御物がたり聞えさせ給程なれば、隠のかたに入りて、帥の君のいたるに、「とみのことにて奏すべきことあるを、いつよりおはしますぞ。御前にさし出でん、便なかるべくや」と問ひ給へば、「よべより、かくておはします」などぞ、こたふる。「例ならず、さは」と、思ひもよらず問ひ給へば、「登花殿の上わたり給へりしに、御対面ありて、明けはつめりつ。けさも、いとく、かくてこそ」と言へば、胸ふとふたがりて、顔の色かはりぬらんとおぼゆれど、「なぞの御対面ぞ。もし、あげまきか」と問ひ給へば、「さらなり。そのほどは宣旨の君ぞ、くはしうは、道芝に知り給つれ。女の御さまの、すゝみざまなりける」といふに、とばかりものもいはれず。

（『夜の寝覚』巻三）[*14]

内大臣が帝に奏上しなければならない用務があり訪ねている場面であるが、ここでは、師君から帝と寝覚の上が夜通し逢っていたことが伝えられ、それに対しその夜通しあっている理由が男女の契りのためであるかと確認するため、「総角」と男女の契りのことを言い換えて表現している。底本では、「もし、あけさきか」となっているが、岩波大系、新編全集どちらも「あげまき」としている。更に後の場面では次のように展開が行われている。

「帥君こそ、さゝの事いひつれ」と言ひいで給へるに、あいなく、我さへ胸うちふたがりて、「かの君は、しるべきやうなし。宮の、よりてさゝめかせ給へるは、この事なりけり」と思ふに、いとうたてあれば、「あなうたて、むげに、いたうまめだちても言ひない給かな。よべ宮の、「まかでなんとす。心のどかに、みづからきこえさせん」と、たちかへりたちかへり聞えさせ給へりしを、上、御覧じて、「むかしの名だかきを、ゆかしう思ひわたるを、いかで見侍らん」と、せちにきこえさせ給しかば、「さば、夜さり渡りて御覧ぜよ」ときこえさせ給て、御ものがたりなど侍つる程にわたらせ給て、御覧じあまり、たちいでさせ給つるに、御前にさぶらひつる心地こそ、「みな人心あはせて、うしろめたかりつるさまにや、心得思すらん」と、わりなくおぼえ侍つれ。「むかしより心ざしのふかき、登花殿にわたるたびごとに、『みづから』ときこゆるを、つれなくて聞き入給はねば、かゝるをりにと、うかゞひ参りつる」などこそおほせられつれ。そは、道芝要るべきことにも侍らざりつる物を」と、「うたて、あげまきまでは」と、おいらかに言ひなすを、「さのみはあらじ」と、から声にとひ給ふも、「さぞかし」と心得たれば、

（『夜の寝覚』巻二）[*15]

先ほどの場面で、師君からの情報で混乱していた内大臣が、宣旨の君により真相を聞く場面となっている。ここでは、帝と寝覚の上に男女の契りが行われていないことが説明され、夜逢っていた事情も知らされている。そして、そこでまた催馬楽「総角」を男女の契りという意味で使用している。

催馬楽「総角」については次のとおり。

鍋島家本『催馬楽』

〈目録〉角総　（同※朱書）拍子十　〈本文〉角総　拍子十

安介万支也止宇止宇　比呂波可利　也止宇止宇　左可利天祢太礼止毛　万呂比　安比

介利　止宇止宇　加与利安比介利　止宇止宇
又説　左可利天祢太礼　止毛止宇止宇

天治本『催馬楽抄』
〈目録〉角総　十　〈本文〉角総　十（三）
安介万支也止宇止宇比呂波加利　也止宇止宇左加利天祢太礼止　毛万呂比安比介利止
宇止宇加与利安比介利止宇止宇
〈総角髪の子供や　とうとう　（はじめは）一ひろばかりに　とうとう　離れて寝たけれども　（結局）転びあって　とうとう　寄りそいあっていたな　とうとう〉

催馬楽「総角」について、池田弥三郎は、「総角」は、能の翁にも採り入れられているもので、饗宴の席で来訪したまれびとを歓待する少女をイメージする歌としている。小西甚一は、少年と少女が最初は自重していたがいつしか意馬心猿が絆をきったおもむきとしている。恋愛の子供の成長を歌っているのか、寝ているときの寂しさに寄り添って寝ているほほえましい歌とするかでかなり解釈が変わる。おそらく小西甚一のように恋愛の歌として読むのが歌の広がりとして正しいのであろう。このことからこの歌は、若い女性もしくは少女と添い寝もしくは男女の関係を意識したうたとしても読むことが出来る。

この催馬楽「総角」を使って展開された物語は、『源氏物語』総角巻を想起させる。『夜の寝覚』では、物語中の登場人物達は、この「あげまき」という語を男女の契りもしくは男女の仲を意識させる語として使っていたが、登場人物達の外の流れは、『源氏物語』の総角巻の展開を思い起こさせている。それは、『源氏物語』総角巻の次のような物語展開である。秋八月、八の宮の一周忌法要。夜、薫は大君のもとへ行くが拒まれ夜通し語り合って別れる。大君は独身を貫く決意をする一方、妹の中君と薫との結婚を考える。大君の衣服には薫の強い香が染み付いており、中君は薫との仲を疑う。宇治を訪れた薫は、大君の結婚を望む老女房の弁たちによって寝所に入るが、大君は中君を残して隠れる。薫は、残された中君に気付き二人で語り明かす。大君の意思を知った薫は中君を匂宮との結婚を考え、九月匂宮を宇治に連れて行き中君と逢わせる。薫は結婚を迫るが失敗。匂宮は三日間中君の元に通うが、その後は訪問が途絶える。十月、匂宮は宇治川に舟遊びや紅葉狩りを催し中君に会おうと計画するが失敗。父帝は匂宮と夕霧の六の君との結婚を取り決める。大君は病に臥す。十一月、豊明節会の日の吹雪の夜、薫に看取られ息絶える。大君と結ばず薫は深い悲嘆に沈み、宇治に籠り喪に服す。匂宮は、中君を京の二条院に引き取る決意をするという内容である。

右の内容の傍線部、男女の仲を拒むところと、男女の仲を疑う点が、この「あげまき」という語に含まれることが考えられる。つまり、この『源氏物語』総角巻の展開を「あげまき」という語を登場人物に言わせることで、登場人物達のこの後の展開を想像させるきっかけとして記述していると考える。この「あげまき」という語に物語上は、男女の仲という意味を付して、さらにその語からの連想を使い『源氏物語』総角巻をも想起させるという二重の役割をあたえていると考える。

次に催馬楽が登場するのは、『夜の寝覚』巻五である。この巻のあらすじは、打ちのめされた寝覚の上は父入道の元へ逃れ出家を願うが、慌てた中納言は入道に過去の一切を打ち明けた。折しも寝覚の上の懐妊が明らかになり、中納言は念願叶って寝覚の上を迎えとったが、彼女の物思いはその後も絶えなかったという内容である。

巻五で展開される管絃に興じる場面で催馬楽がうたわれる。

琵琶奉り給て、「これすこし、この御琴どもに、さしまさせ給へ。いとことにきこえし御琵琶の音をひさしく聞き侍らぬ、いかゞなりにたらん」とて、奉り給ふを、「いかでか」など、かへさひきこゆべきほどならねば、すこしかきあはせ給ふは、たとへていはんかたなく、音声楽の声ときこえ、みる目は、かばかりいみじき公だちに、けぢめもわかれず、「かゝやくとは、かゝるを言ふなめり」と見え給ふ。すこし例よりは面やせ給へるなど、琴のこゑ聞くよりもめでたきを、またなをありがたく、わが子ともおぼえ給はず、うちまもりて、「あはれ、これを、なにに狂ひて尼になし奉らんと、なずらひにも思よりけん。大臣いひ出給はざらましかば、言ふかひなくうちない奉りて、かばかり、筋ごとに光をはなつやうにて、うちやられ、ゆるゆると、おくるゝ筋なくたゝなはりいでたる裾つきを、ふさやかに、そぎやつしてましよ」と、いまぞ目もくれて、「あさましかりけるわざかな」と、おぼえ給ひける。

風のさと吹たるに、木々の木末ほろほろと散りみだれて、御琴にふりかゝりたるやうに散りおほひたる、折さへいみじきに、「たゞいま物思ひしらん人もがな。大臣わたりて見奉り給はんとき、いかにかひある心地せん」と思ふほどにしもぞ、わたり給たる。御琴の音どもをたづねて、こなたにをはしましたるを、うれしくかひありと思して、まちよろこび聞え給ふ。「御琴の音どもの、ひきやまるゝも、いさめて聞かせ奉らん」と思したり。殿も、「いみじくさぶらひける程かな。折よく参りてさぶらひける」と、御気色いとよくて、さまざまにかぎりなく見奉り給に、上の、「御琵琶は、ひが事にもあらん」と、はづかしく思して、せめて弾きとゞめ、几帳にすべりかくれ給ぬるを、それをしもあかず思して、「いとはしたなくさぶらふわざかな」と申給へば、新中納言御供に参り給へるを召し入て、和琴ひかせ給。入道殿、筝の御琴参れり。大臣、琵琶、弁小将、横笛、おもしろくかきあはせて、若君、拍子とりて、「豊浦の寺の西なるや」と、うち出給へるこゑ、ものよりことにうつくしきを、みな琴やめて泪おとし給ふ。入道殿の御気色、ことはりとあはれ也。

（『夜の寝覚』巻五）[*16]

この場面は、天人の感応を招く場面であると植田恭代はしている。また、「この物語では、演奏の実態描写ではなく、中の君を中心に人物の運命や物語の展開をより象徴的に表すことに重きがある。」とも論じている。たしかにこの部分では、運命や物語の展開の象徴として描かれている様子が確認できる。具体的には、この場面では、姫君と若君の演奏に対し『うつほ物語』のイメージを重ねて音声楽という天人の楽の演奏風景を描き、そこで生まれた季節の風情が充ちた空間で内大臣との出遭いを求め、その願いが叶うと催馬楽の演奏および歌唱へと場面を展開させている。ここでは、前段階として音声楽で空間を作り出し、そこに催馬楽によって老いていく入道の人生の回想を呼び起こしている。そしてまた、この催馬楽を歌っている人物達の声を「うつくしき」と評価しており、やはり男性の歌声を意識させている。また、ここでは拍子打ち鳴らしてうたっていると書かれている。

催馬楽「葛城」については次のとおり。

鍋島家本『催馬楽』

〈目録〉葛城　拍子廿二　三段　一段六　二段七　三段九　〈本文〉葛城　拍子廿二　三段　一段六　二段七

三段九

可川良　支乃　天良　乃末　戸名留也　止与良　乃　天　良乃　尓之　奈留也

江乃波　為尓　之良太万　之川久也　末之良太　末　之　川久也　於　之止々　止於　之止々　之加之　天

波　久尓曽左　可江无也　和伊戸良曽　止　美　世无也於　々之止々　止　之屯止　於々之屯止　止　之屯

止

天治本『催馬楽抄』
〈目録〉葛城　廿二　三段　〈本文〉葛城　廿二　三段　六七九
加川良　支乃　天良　乃　末　戸　名　留也　止与　良　乃　天　良乃　尓之　名留
也　衣乃　波　井尓　之良　太　末　之川　久　也　末之良　太　末之　川　於　之屯止　於之屯止　之加
之　天波　久尓　曽　左　加衣　牟　也安　和伊戸　良　曽止美　世牟　於　之屯　止　於々之屯止　於
之屯止

〈葛城の　寺の前のくると　豊浦の寺の　西にくると　榎の木の下の涌き水に　白い壁が沈んでいる　真白い壁が沈んでいる　おおしとど　おしとど　そうであったならば　きっと国が栄えるであろう　そうしたら我の家も　富むであろう　おおしとど　としとんど　おおしとんど　としとんど〉

池田弥三郎と小西甚一は、『続日本紀』にも書かれる光仁天皇の即位前に都付近の子供が詠った歌だという。「わざうた」と呼ばれる童謡であるが、白壁王といった光仁天皇がこの歌が流行してのちまもなく皇位に就いたため歌がその前兆であると世の人が考えたとしている。

この催馬楽もまた、『源氏物語』に登場する。

弁の君、扇はかなう打ち鳴らして、「豊浦の寺の西なるや」と歌ふ。人よりはことなる君たちを、源氏の君いといたううちなやみて岩に寄りゐたまへるは、たぐひなくゆゝしき御ありさまにぞ、何事にも目移るまじかりける。例の、篳篥吹く随身、笙の笛持たせたるすき者などあり。

（『源氏物語』一─一七〇頁）[*17]

この『源氏物語』では、扇をうちならして「とうたふ」というように「声」に対してはここでは注目をしていない。この催馬楽は、通常天皇になることが予想されていなかった人物が天皇になるという予言の歌、童謡の歌謡として有名であったことがうかがわれる。そのため、この催馬楽「葛城」を歌う場合は、歌われた相手の人物の昇進を意識した歌である可能性がある。

以上から『浜松中納言物語』から見える催馬楽の姿をまとめると次の五つの点が指摘できる。

1，男性の歌う声を意識した歌。
2，扇などの打ち鳴らす様子から決まったリズムがある。
3，帝の前で演奏または、歌うことができた歌。
4，唐と日本両方のイメージを持つ曲。
5，童謡《わざうた》のような予言歌

『夜の寝覚』から見える催馬楽をまとめると次の三つの点が指摘できる。

1，催馬楽歌詞が記載表現として変化しながら一般化。
2，催馬楽名に歌詞から連想される新たな意味付けがなされている。
3，催馬楽名を付した物語を想起させる語。

以上二つの物語より、八点が催馬楽の持つ性格としてあげられる。また、催馬楽以外の記載より、『浜松中納言物語』では、『うつほ物語』で書かれた奏法との比較をおこなうことで物語の内容を身近にするという方法がとられ、『夜の寝覚』では、天人の感応を招くものとして音声楽を登場させる表現がとられる。

『うつほ物語』の音声楽のように催馬楽にも物語にとって特別な役割を与えていると考えた場合、『浜松中納言物語』では、物語展開を想像させる予言歌としての解釈や、催馬楽という日本の歌詞を持ちつつも唐楽の曲を持つという性格が物語の登場人物達の立場を説明するという解釈も見ることができる。

また、『夜の寝覚』からは、催馬楽の歌詞が記載表現として歌から離れ、殿賞めの語として変化していく様子が確認ができたが、「あげまき」という語を見ていくと、そこには、催馬楽名に歌詞から連想される新たな意味付けがなされている様子と催馬楽名を付した『源氏物語』の物語展開を想起させる語としての姿を見ることができた。ここからは、物語に登場人物達が受け取る物語上の意味と同時に読み手に対して与えられた情報、予告や予言のような意味があるということがわかる。そして、この物語の予言として催馬楽がうたわれていることもまた確認が出来る。

以上の視点より、催馬楽の歌詞を登場させれば、どのような場で歌われている歌であり、歌われている空間がどのような意味を持っているかなど、歌詞という少ない情報の中でも解るという認識において催馬楽記述が表現として描かれていることが考えられ、それは、現代の小説などでも、時代のなかで共通体験している中で流行している事物を省略した言葉や部分だけを提示して説明を省く表現として使われている手法とも結びつく。

つまり、省略したり部分だけ提示しているということから、その歌や曲が作者の想定している読者達にとってこの語が当然知られており、その言葉の意味を完全に説明せずに理解できる事物であると考えていることが確認できるのである。それは、楽が奇瑞を起こすという展開も頭に浮かぶことが出来たであろうこととも関係が深い。そこからは、この作品の書かれた時点では、催馬楽の歌詞ないし語というものが共通認識下のもとで生きていたことがわかる。そして、その知識は、実体験か伝聞によるものかは解らないが、文章表現にしても理解してもらえるという認識はあったことがうかがえる。

以上より、『浜松中納言物語』と『夜の寝覚』の催馬楽の登場からは、『源氏物語』の影響は多分に見られるわけであるが、以上の物語からは、『源氏物語』ほど催馬楽の登場箇所が指摘できるわけではなかった。しかし、その少ない催馬楽の登場箇所からは、次のようなことが確認できる。それは、催馬楽の持っていた歌としての流行性が薄れ、そこにあるのは、歌詞になっている語が知識として一般化する時代を経て、物語の中で引用されることで獲得した場面を解説するという新たな役割がある点である。

そこには、催馬楽が歌う場と歌詞に背景を持っていることから発生した文章表現に与えた役割であったのであろうと考える。そしてそれは、催馬楽の歌詞もしくは曲名を提示すれば、それを歌う場の空気もしくは人物の立場などを解説することになるのである。

【注】

1 遠藤嘉基 他『篁物語 平中物語 濱松中納言物語』日本古典文学大系77、岩波書店、一九六四年 底本 国立国会図書館蔵榊原家旧蔵本（小学館新編全集も巻一、三、四を同じ底本を使用。巻二のみ鶴見大学本）

2 植田恭代「後期物語と雅楽―『狭衣物語』『夜の寝覚』『浜松中納言物語』の楽描写―」『平安文学と隣接諸学8 王朝文学と音楽』竹林舎、二〇〇九年

3 前掲1

4 前掲1

5 前掲1

6 柳井滋 他『源氏物語 一～五』新日本古典文学大系19～23、岩波書店、一九九三～一九九七年 底本 古代学協会蔵、飛鳥井雅康等筆本五三冊（浮舟巻 東海大学付属図書館蔵明融本）

7 林屋辰三郎『古代中世芸術論』日本思想大系23、岩波書店、一九七三年

8 室城秀之『うつほ物語 全』おうふう、一九九五年

9 前掲8

10　前掲8
11　前掲8
12　前掲6
13　阪倉篤義『夜の寝覚』日本古典文学大系78、岩波書店、一九六四年　底本　長崎県島原市公民館松平文庫所蔵（小学館新編全集も同じ底本を使用。）
14　前掲13
15　前掲13
16　前掲13
17　前掲6

第三章　恋愛と歌

第一節　宴と歌謡——催馬楽と場の意識

催馬楽は今日、「中古における宮廷遊宴歌謡で、当時の民謡が雅楽風に編曲されたもの」あるいは「日本古来の民謡に唐楽の伴奏をつけた歌謡」と説明される。

ここにおいて「当時の民謡」・「日本古来の民謡」とは何かという疑問がある。ここで言う「民謡」とは、おそらく宮廷歌謡のような律令国家の中で整理された歌謡ではなく、民衆・市民といった貴族でもなく、まして国家行事のために歌われた歌ではない歌という解釈なのであろうか。

以上からも解明されているとは言えない問題が多く残されている催馬楽は、平安時代前半には、神楽・風俗歌とともに「郢曲」として宮廷歌謡として整理され伝承されることになる。

『梁塵秘抄口伝集巻第十一』または、『郢曲抄』[*1]と呼ばれる中に他の「郢曲」に含まれる曲と同時に催馬楽の奏法や音程や楽器などについて書かれた書物がある。これは、他の『梁塵秘抄』の内容とは違い、後白河天皇の述作とはされていないが、同じ時期にまとめられた資料であるとされる。

「郢曲」とは、「郢」という字を充て、いやしい歌、流行歌として説明される歌である。これは、中国春秋時代の楚の都であった郢において卑俗な歌謡に和する者が多かったという故事から、「郢曲」という字が俗謡・はやりうたの意に用いられるようになった。また、『文選』にある鮑明遠「翫月城西門解中詩」の中に「蜀琴抽白雪、郢曲発陽春[*2]」という部分があることから唐風に日本でも宴席の謡物に対して言うようになったとされている。そして、日本では、この「郢曲」が、神楽・催馬楽・風俗歌や朗詠・今様・早歌を指すこととなった。

「郢曲」は、いやしい歌であり流行歌であると考えた場合、宮中で生まれた歌ではなく当時の民衆の中で歌われていた歌が採集され、整理されているという視点が指摘できる。

「郢曲」について、『続群書類従』（第十九輯　管絃部　巻五三三）に『郢曲相承次第』があり、そこでは、宇多天皇の第八御子式部卿敦実親王が、「源家音曲元祖也。」とされ、ここから始まるとされる。そこには、催馬楽について次のように書かれる。

催馬楽事
孝道治國抄云。催馬楽と和琴とは自敦實親王世二傳云々。
又見絲管要抄。
後鳥羽院被下信成卿勅書云。自雅信公以来相續之由。雖被載之。自敦實親王始之條勿論也。
（『郢曲相承次第』[*3]）

『孝道治國抄』および『見絲管要抄』が、どのような書物であるのかは現在わからない。おそらく、当時は、存在し散逸していなく文献として見ることができた資料であろう。

以上の資料による記述から、催馬楽以外に神楽についても、同時に書かれていることから、「郢曲」が催馬楽と神楽の両方含めた語であることがわかる。

この「郢曲」は、『尊卑分脈』において次のように記述される。

敦実親王の系図の右に書かれた文

郢曲笛比巴和琴箏後撰一作者歌鞠馬鷹音楽長也和琴自此親王傳于世　（『尊卑分脈』[*4]）

と書かれ、この段階では「郢曲」の奏者としての記述となっており、この人物と「郢曲」の関係が深いことを意識している記述となっている。この人物は、源氏催馬楽の最初の人物とされている。

では、催馬楽という字が登場するのは誰からかと見ていくと次の人物の記述から登場する。『尊卑分脈』において、宇多源氏の人物として信有の説明書きに次のように書かれる。「綾小路流　相伝家業本譜才〔伏見院郢曲御師わまか〕郢曲　和琴」などとともに「〔以継催馬楽家可爲家督之由有院宣云々わまか〕」というように催馬楽を伝えるよう院宣によって命令されていることがここで記述される。この人物についての説明文で初めて『尊卑分脈』で「催馬楽」という語が登場しているため、この人物の登場した時代までは、催馬楽と神楽は郢曲というジャンルに一括りされていたことが伺える、ただし、広井女王の記事があるため、このことを言い切るためには根拠が足りない。しかし、この院宣によって催馬楽が具体的に伝承されるべき曲ないし歌とされたことは確認できる。ここで登場した信有は、綾小路家流という源氏の催馬楽を伝える家となっていった。また、この綾小路家の催馬楽は、『歌謡集　上』[*5]に収録されている催馬楽を伝承している一族である。

では、なぜこの「郢曲」、特に催馬楽が採録され伝承されなければならなかったのであろうか。それは、歴史の伝承と関係が深い。音楽の性格上、伝承者をたてないとその音楽は消えてしまうこととなる。そのため、特定の人物に一子相伝の形での継承が必要であったと考える。それは、『古事記』における稗田阿礼の役割である物語の正確な伝承と他の物語との混同を防ぐ意識と近いものがあったに違いない。それは、命令による伝承のあり方からも見ることができる。時代の記録として、宮中外での流行っていた歌を集めることは、その当時の統治の証拠となり、その継承は、統治地域の流行の記録として残ることとなろう。それは、歴史という情報の重要性の考え方であったに違いないが、催馬楽自体に地域的特色による記録意識はそれほど見られない。そのため、収集段階から、この催馬楽を伝承することに対する意識に変化が起こっていたことが予想される。それは、最初は、流行歌を記録として残す意識であったところから、時代を経て、この催馬楽から朗詠や今様や早歌へと歌の形式が変化する中で催馬楽が歌謡の古い形式を残す資料的性格を持つようになることである。催馬楽が最初は、流行歌として同時代の中で存在していたのが、役割が変化して古い資料として過去を知るための資料的な音楽となっていったと考える。その証拠として、『梁塵秘抄』や『閑吟集』の記録が歌謡の歴史的流れを書いていることがあげられる。

催馬楽が流行歌であった平安前半期と、流行歌として存在しつつ記録としてはあまり残っていないが歌われていた時代である平安中期と、その中期の使われ方を一部記憶に残す平安末期の物語文学から催馬楽を謡っていた様子とその様子は、物語以外では少ない記録しか残されていない。少ないながら残された催馬楽の奏された記録を確認したい。

次にあげる記事は、催馬楽の宴での演奏記録である。

『御遊抄』の記述より

九〇六年十一月七日　宇多院四十　大臣弾和琴。唱阿難多不止曲。
　御賀　侍臣和之。
九四七年一月二十三日　内宴　春鶯囀。席田。酒精司。
九五一年一月二十三日　内宴　安名尊。春鶯囀。席田。葛城。
一〇一二年十一月二十四日　清暑堂　呂　安名尊。鳥破。蓑山。

律無之。但野右記先唱神歌。次呂律歌云々。今度始執政、拍子合有之。両度。

（『御遊抄』[*6]）

以上から確認できる催馬楽の演奏順は、催馬楽が、宴の後半のいわば、宴もたけなわになった時間に歌われるという演奏順である。ここでは、催馬楽の演奏の後、他の楽も演奏されるが、総じて中盤から後の方で演奏されていることを読み取ることができる。ただし例外もある、「新しき年（新年）」は、宴の最初しかも正月初めに歌われていることが記録で残っている。これは、この「新しき年」という催馬楽の出自と関係があるであろう。この「新年」は、記録上、似た歌が『続日本紀』や『日本霊異記』に登場する。この「新年」という歌のような例外はあるが、記録を見る上では演奏順が後半に多く見られることが確認できる。

右のように催馬楽には、律と呂のように違う性格の歌があることが確認できる。なぜ、同じ楽であるのにこのような事態が起きるのかと類推するとやはり「郢曲」ということが浮かぶ。これはやはり、当時の流行歌謡を集めまとめたということが考えられるであろう。そして、そこには、後に考察する歌垣で歌われていた歌として収集している意識がやはり見ることが出来る。つまり、この流行という意識があったかは疑問であるがよく歌われていた歌の記録、畿内周辺という王朝の勢力下での民衆たちの生きた歌を収集していたため、歌う場としてあった市などで、歌垣をしていたその場から採集をおこなっていたのであろう。そして、踏歌が畿内で禁止されたころから催馬楽の歌から今様へと変わり、その歌の形式や性格が変化していったのであろう。それが、『閑吟集』の記録などで確認ができるのであろうし、時代的変化として受け入れられたのであろう。

時代の変化が、この催馬楽を神楽とは違うものとして位置づけ、さらに風俗歌ともちがう歌であるとすることが出来たのである。そのため、催馬楽が、どのような歌なのかという疑問について、時代を経て、もたれるようになったのであろう。それは、催馬楽が、歌垣の歌という出自を持つ歌であることが原因であると考える。歌の記録を残すにあたり、畿内での踏歌禁止令を出した宮中で歌垣の歌をそのまま記録資料として残すことはできなかったであろうし、その歌垣を残すことに抵抗があったことが予想される。しかし、当時よく歌われていた歌を歴史資料から消すことは断じてできなかったであろう。その結果、催馬楽という名になったと考える。それは、歌垣の場であった市などの場と馬を催すという言葉に関係があることが予想される。そして、形式として整理された歌として残すことが無く、できるだけ歌われていた当時の姿のまま歌が残されたのであろう。また、歌われた当時の姿のままだからこそ歌の物語が残されずに歌詞のみが残ることになったのであると想定する。

【注】

1　塙保己一 編『続群書類従　第十九輯 管絃部、蹴鞠部、鷹部、遊戯部』、続群書類従完成会、一九二三年から一九二六年、国会図書館近代デジタルライブラリにより公開されたものを参照。『梁塵秘抄口伝集』

2　内田泉之助　網裕次著『新釈漢文大系　第一五巻　文選　下』、明治書院、一九六四年

3　塙保己一 編『続群書類従　第十九輯 管絃部、蹴鞠部、鷹部、遊戯部』、続群書類従完成会、一九二三年から一九二六年、国会図書館近代デジタルライブラリにより公開されたものを参照。『郢曲相承次第』部分引用。

4　黒板勝美　国史大系編修会『尊卑分脈』第一編、吉川弘文館、一九六六年

5　正宗敦夫編『歌謡集　上』日本古典全集刊行会、一九三四年

6　塙保己一 編『続群書類従　第十九輯 管絃部、蹴鞠部、鷹部、遊戯部』、続群書類従完成会、一九二三年から一九二六年、『御遊抄』部分引用。

第二節　繁栄をたたえる歌――催馬楽「此殿」

催馬楽「此殿」は、催馬楽の中で、祝い歌という歌であると先行研究で紹介され、『古今和歌集』にすでに祝い歌として和歌の形で登場している。[*1]

では、催馬楽「此殿」について確認をしていきたい。

鍋島家本『催馬楽』[*2]

〈目録〉此殿者　拍子十六　二段各八　〈本文〉記載無し

天治本『催馬楽抄』[*3]

〈目録〉此殿　十六　二段　此殿西　此殿奥　鷹山

〈本文〉此殿　十六　二段各八

己乃止乃波　牟戸毛　无戸毛止　美介利　左支久　左乃　安波

礼　左支久　左乃　波礼　美川波　与川波乃　名加尓　左　支久左乃　止乃川　久利　世利也　止乃川　久

利　世利　也

此殿西同音　此殿奥同音　鷹山同音　巳上三首強不歌仍不注其詞也

〈この御殿は　なるほど　なるほど富んでいく　三枝の　あはれ　三つの枝にわかれていく　はれ　三枝の　三つば四つ

ばの守られた中に　殿づくりしている　立派に殿づくりしている〉

鍋島家本『催馬楽』で解るとおり拍子と歌の形態以外に記載がないため、天治本『催馬楽抄』との比較はできないが、天治本『催馬楽抄』において他の催馬楽三首との関係が書かれていることが見て取れる。また、「牟」と「无」の字を使い分けていることも見ることが出来たが、これは採録された時代の字体の違いか、発音自体に変化があったためか解らない。恐らく、歌い上げるリズムの違いから発音の強さや速さで漢字の表音を利用するにあたり違いを視覚的に示したのであろう。

池田弥三郎は、ごく型どおりの邸賞め歌であるとし、神楽歌の「大宮」の前張が膨張して神楽から独立して催馬楽となったとしている。また、同じく神楽出身の「総角」と囃子詞が同じ「此殿の西」という催馬楽があることから神楽との関係を説いている。[*4] 木村紀子は、三枝の花とは、ユリの一種であり、折口信夫によると田歌との関係がある言葉であると注意している。[*5] おそらく、木村紀子は、三枝祭りの別名百合祭りからの着想でユリとしているのであろう。

「此殿」は、歌詞を見ていくと、御殿をどんどん増築している様子を歌っており、一族の権力が右肩上がりである様子を賛美しているように感じられる。

催馬楽「此殿」の、宮中での実態を調査すると踏歌節会で歌われていたという記録で確認ができる。踏歌節会についての資料は次のとおり。

踏歌

十六日踏歌といふは、正月十五日の男踏歌の事にて侍べし、近比行れ侍るは女踏歌なり、それは十六日なり、光源氏の物語などにもおほくはおとこ踏歌の事を申侍るにや、大かた正月十五六日は月の比なれば、京中の男女の聲よく物うたふをめしつどへて、年始の祝詞をつくりて、舞をまはせなどせられ侍し故に、踏歌とは申なめり、天武天皇三年正月に、大極殿に渡御なりて、男女わかつ事なく、闇夜踏歌の事有と見えたり、然ば月の比ならねども、烏羽玉の闇の夜にも有しにや、持統天皇の御時は、漢人踏歌をそうし、唐人踏歌をそうす、―中略―　延暦十四年の正月には、詩を作りてうたひけるとかや、おほよそ節會の儀式は常の事なれば、今更記不レ及、―中略―　踏歌節會をばあられればしりのとよのあかり共申にや、或はあられまじりと、宣命の譜にはよめり、此殿竹川をうたひて、高巾子綿の華をつくる事は、男踏歌の事なるべし、今の代に行侍るは、十六日の女踏歌なんかし、

（『公事根源』[6]）

と、このように催馬楽「竹河」と共に催馬楽「此殿」が歌われることがここから解る。ただ、踏歌について唐人と漢人という区別が見られるが、これは地域差か踏歌の種類の違いかは分からない。そのため、この催馬楽が何時、踏歌と共に歌われるようになったのか、唐や漢から来た歌なのか、北方系か、南方系か、古代日本独自の歌かは、解らない。踏歌は、おそらく大陸からもたらされた行事であるが、古代日本にすでにあった「カガイ」・「歌垣」に言い換えられていることから踏歌に似た原型の行事が日本にあったことは『古事記』・『日本書紀』[7]・『万葉集』・『風土記』から確認できる。催馬楽が歌垣をベースとしているであろうという示唆は、藤井貞和などが既にしている。

踏歌

藏人・当夜歌人候右近陣。出御。王卿依召参上。内蔵寮賜王卿酒肴。御厨子所供御料。歌人於南殿西発調

子入白仙華門列立東庭。踏歌周旋三度列立御前言吹。奏祝詞畢喚嚢持。嚢持唯進計綿奏絹鴨。次奏此殿曲着座。王卿以下下殿勧盃。三四巡後吹調子唱竹河曲即起座。列立如前。歌曲唱後舞人已上雙雙舞進半上東面南階。内侍二人分被綿且舞且還。弾和琴者已下男蔵人伝取自御簾中於庭中被之。奏我家曲退出。自北廊戸向所々。

（『西宮記』巻二）[*7]

以上が『西宮記』の踏歌の記事である。ここからは、踏歌周旋を三度、「祝詞」、「絹鴨」、「此殿」で着座、酒が勧められ、「竹河」で立ち、舞があり綿の分配があり、「我家」を奏し退出という流れが宮中内の踏歌の様子として書かれている。ここに酒の与え方が三四巡とあり、「此殿」の歌詞の三つ葉四つ葉の歌詞利用が見える。所作を歌詞から利用して演じているととることが出来、歌詞・曲・所作から宮廷を褒めているように感じる。催馬楽「此殿」の後、立ち上がる時の催馬楽「竹河」は、歌詞を見ると斎宮の地域を歌っており、宮中からそれを守護する斎宮へと視点を変えている様子が解る。これらの様子は、『源氏物語』にも物語情景として登場している。

次に和歌作品における催馬楽「此殿」の歌詞利用例を見たい。

『古今和歌集』において仮名序に歌のさまについての記述として、六種が上げられその六番目の祝い歌の例として次の歌がある。

この殿はむべも富みけり三枝のみつばよつばに殿づくりせり

（『古今集』仮名序）[*8]

という歌を上げている。

『万葉集』において催馬楽「此殿」の歌詞と同じく「三枝《さきくさ》」を使用した歌は次の通り。

恋男子名古日歌三首長一首、短二首

世人之　貴慕　七種之　宝毛我波　何為　和我中能　産礼出有　白玉之　吾子古日者　明星之　開朝者　敷
多倍乃　登許能辺佐良受　立礼杼毛　居礼杼毛　登母尓戯礼　夕星乃　由布弊尓奈礼婆　伊射祢余登　手乎
多豆佐波里　父母毛　表者奈佐我利　三枝之　中尓乎祢牟登　愛久　志我可多良倍婆　何時可毛　比等ゝ奈
理伊弖天　安志家口毛　与家久母見武登　大船乃　於毛比多能無尓　於毛波奴尓　横風乃　尓布敷可尓　覆
来礼婆　世武須便乃　多杼伎乎之良尓　志路多倍乃　多須吉乎可気　麻蘇鏡　弖尓登利毛知弖　天神　阿布
芸許比乃美　地祇　布之弖額拝　可加良受毛　可賀利毛　神乃末尓麻尓等　立阿射里　我例乞能米登　須臾
毛　余家久波奈之尓　漸ゝ　可多知都久保里　朝ゝ　伊布許登夜美　霊剋　伊乃知多延奴礼　立乎杼利　足
須里佐家婢　伏仰　武祢宇知奈気吉　手尓持流　安我古登婆之都
世間之道

（『万葉集』巻第五　九〇四）[9]

春去　先三枝　幸命在　後相　莫恋吾妹

（『万葉集』巻第十　一八九五）[10]

書き下すと「春去れば　先づ三枝の　幸命在れば　後も相はむ　莫恋そ吾妹」となる。

この二つからは、恋、春の情景、両親と子供という二人から三人へという広がりのある情景を導き出している。

さきくさは、何を示しているかは、現在確定した説が無く、どの植物か解らなく三つ叉のものという解説で終わる。

「さきくさ」は、おそらく二人の男女からもう一本枝が出て三人になる情景を表していると考える。これは、祝い歌ともなっている催馬楽「此殿」の歌詞、殿づくりを御殿だけでなく子作りとも関係づけ、家の発展を現在と未来両方の面から祝うことにも結びつく。

江戸以降の注釈には、以下のように書かれる。『催馬楽略註』では、「此殿」は禁中の御殿也としている。『佐伊婆良註解』では、「さきくさ」について福草であり、瑞草で朱草の別名である事を『和名抄』や『日本書紀』の顕宗巻から説明している。『催馬楽歌評釈』では、この歌の内容が健全で高明なる思想があり恋歌や風刺が多い催馬楽の中で珍しいとしている。*11

ここに、「此殿」が誰の御殿で、「さきくさ」が何の植物かが書かれており、「此殿」が、『古事記』・『日本書紀』の書かれた時代のことを歌っていると解釈されてきていたことが解る。催馬楽は、歌っている情景が何時のどのような事件や景色かが分からないものが多い。歌という性格上、実際の事件を思い浮かべなければならないとは考えないが、物語に利用された場合、その歌の歌物語、物語歌として物語が展開された場合、この歌の持つ時代性と物語は、重要となる。

そして、その物語を歌という媒体で口承していると考える。その場合、物語を保存するにあたり、歌が継承される事が重要となる。勅撰集として残される以外、歌は散逸する可能性が高い。催馬楽が催馬楽として集められたのは、ここに原因があると考える。

以上が催馬楽「此殿」の内容となる。次に踏歌という中国と日本の歌垣が融合した行事の中で存在している催馬楽「此殿」が、作品の中にどのように存在するのか、歌の中に潜在する意識は何かを見たい。

「此殿」の物語登場例は次の通り。

かくて、道のまま、あはれにいみじう思ひおはす。おのおの帰り給ひて、つくづくと思し続くるに、飽かず悲しう、「いかにして迎へ出でむ」とのみ思ひたばかりて、御方々へも渡り給はず、すべて異ごとおぼえ給はねば、心も浮き立ちて、まづ、率て出でむ所を思し巡らすに、一条に、広く大いなる殿に、さまざまなるおとど造り重ねて、院の帝の女三の宮を始め奉りて、さるべき親王たち、上達部の御娘、多くの召人まで集め候はせ給ひければ、「ここには、険しき中に、迎へ出でじ」と思して、三条堀川のわたりに、また、大きなる殿、「御娘の、春宮に参り給ふべき御料」と思して、年ごろ、造り磨き、さまざまの御調度ども整へ置くき給へるに、「そこに迎へいでむ」と思して、

（『うつほ物語』俊蔭）[*12]

「つくりかさねる」という部分が催馬楽「此殿」を利用していると考える。大系の注には、催馬楽が利用されているような書き方がなされ、全集の注には無い。また、大いなる殿にという催馬楽の「の中に」という要素である「殿に」が見えるため催馬楽の歌詞利用と考えられる。

世の人の親は、もはら幸なきをなん、なからむ時にいかにせむとは思ふなる。大将殿におい奉りては、この家は得給はずとも、いとよくありなん。男君もいとたのもしう、みつばよつばもまうけ給ひてん。三條もさばかり玉の様に作りて奉りたり。いとよし、男におきては。

（『落窪物語』巻四）[*13]

ここは、大納言に対する北の方の不満を述べている場面である。

男君達が大納言の邸を手に入れなくてもいくつも邸を建てられるということを伝えるために。いくつも邸を建てられるということを強調するために歌詞を利用。

くすの木は、こだち多かる所にも、ことにまじらひたてらず、おどろ〳〵しき思ひやりなどうとましきを、千枝にわかれて恋する人のためしにいはれたるこそ、誰かは数をしりていひはじめけんと思ふに、をかしけれ。

ひの木、またけぢかゝらぬ物なれど、三葉四葉の殿づくりもをかし。五月に雨の声をまなぶらんも哀れなり。

（『枕草子』第四〇[*14]）

ここからは、檜は、大御殿を作るのに良いと檜の良さの説明に此殿の歌詞を利用し、この歌詞自体が盛大な御殿の言い換えとなっている。大系の注には、催馬楽が出典とされる。

景斉の朝臣　惟風の朝臣　行義　ともまさなどやうの人々。うへに、四条の大納言拍子とり、頭の弁琵琶、琴は経孝の朝臣、左の宰相の中将笙の笛とぞ。双調の声にて、安名尊、つぎに席田、この殿などうたふ。曲のものは鳥の破急をあそぶ。外の座にも調子などを吹く。歌に拍子うちたがへてとがめらる。伊勢のうみにぞありし。右の大臣、和琴いとおもしろしなど聞きはやし給ふ。ざれ給ふめりしはてには、いみじきあやまちの、いとほしきをこそ、見る人の身さへひえ侍りしか。御おくり物笛二つ、箱に入れてとぞ見え侍りし。

（『紫式部日記[*15]』）

ここは、敦良親王の御五十日、正月十五日の祝いの場面である。祝いでの管弦の催しにおいて催馬楽「安名尊」、催馬楽「席田」に続いて催馬楽「此殿」がうたわれている。大系の注には、催馬楽の歌詞が記されている。

『うつほ物語』は、催馬楽「此殿」引用であると断定できるが、『落窪物語』と『枕草子』の引用は、『古今集』の引歌表現か催馬楽引用かは、断定できない。

花の香誘そふ夕風のどやかにうち吹きたるに、御前の梅やう〳〵ひもときて、あれはたれ時なるに、物の調べどもおもしろく、此殿うち出たる拍子いと花やかなり。おとゞも時〻声うち添へたまへるさき草の末つ方、いとなつかしくめでたく聞こゆ。

（『源氏物語』二―三八五頁）[*16]

この巻において催馬楽は、踏歌と共に登場している。踏歌は、先にも書いたが、歌垣の場で行われる行事である。催馬楽の出自とも考えられる情景がここで行われている。

少将も、声いとおもしろうて、さき草歌ふ。さかしら心つきて、うち過ぐしたる人もまじらねば、をのづからかたみにもよをされて遊びたまふに、あるじの侍従は、故おとゞに似たてまつり給へるにや、かやうの方はをくれて、盃をのみすゝむれば、「寿詞をだにせむや」とはづかしめられて、竹河をおなじ声にいだして、まだ若けれど、おかしう歌ふ。簾のうちより土器さし出づ。「酔ひのすすみては、忍ぶる事もつゝまれず、ひが言するわざとこそ聞き侍れ。いかにもてなひ給ぞ」ととみにうけひかず。小袿重なりたる細長の、人香なつかしう染みたるを、取りあへたるまゝにかづけ給。「何ぞもぞ」などさうどきて、侍従は、あるじの君にうちかづけて去ぬ。引きとゞめてかづくれど、「水駅にて夜ふけにけり」とて逃げにけり。

（『源氏物語』四―二六二頁）[*17]

ここでの催馬楽「此殿」の使い方は、少将を主の侍従に対して賛美するように書かれている。
『源氏物語』における男踏歌の登場の仕方を見ていくと花宴巻桐壺院・賢木巻朱雀院・初音巻光源氏・真木柱巻髭黒の大将・竹河巻薫という各巻の主人公・権力者の栄華又は転換期にこの行事が設定されていることが解る。
『源氏物語』において男踏歌に関係する語が登場する巻はいくつかある。

男踏歌　末摘花巻　初音巻　真木柱巻
踏歌　花宴巻　賢木巻　胡蝶巻　真木柱巻
此殿　初音巻　竹河巻
竹河　初音巻　真木柱巻　竹河巻

上田正昭は、「踏歌」を日本では「安良礼走」とよんだが、元来は隋・唐でも行われた正月上元の夜の観燈会行事の一つで、それが渡来人の人々によって日本へ伝わる。[*18] 大勢の踊り手が大地を踏みつつ踊り歌う「踏歌」は、持統天皇七年（六九三）正月、同八年の正月の例をはじめとして天平年間に盛んに行われた。小山利彦は、「男踏歌は、書かれていた当時、廃絶していた。『河海抄』に円融帝天元六年（九八三）に最後に廃絶した事が書かれている。」[*19] ことを紹介している。植田恭代は、「男踏歌が歌垣と通じる性格を持つことを踏歌禁止令が天平神護二年に出された。」[*20] ことから述べている。以上三名の調査から男踏歌が、実際に行われていた行事であり『源氏物語』の書かれた時代には廃絶している可能性が指摘されているが、毎年は開催されていないという程度であったであろう。

よひうち過ぎてぞおはし着きたる。見も知らぬさまに、目もかゝやくやうなる殿造りの、三つ葉四つ葉なる中に引き入れて、宮、いつしかと待ちおはしましければ、御車のもとに身づから寄らせ給て、下ろしたてまつり給。

（『源氏物語』五―一七頁）[*21]

ここでは、催馬楽「此殿」の歌詞を利用しつつ輝くという言葉を入れ、より対象を強調させた表現へと昇華させている。ほめ歌の要素というよりもただならぬ空間を作り出す表現へと変わっており、催馬楽引用から一段上の利用方法をとっている。

なぐさむやと、内わたりの宿直がちに、例ならずまぎれつゝ、心なぐさむかとまぎれ給へど、見し夜の月影のわするべくもあらず。御ありきのおりおり、その家の門をすぎ給ふおりもあるには、なれる姿も見えまほしう、いといみじく忍びがたく見いるれば、その程につけたる家造り、三葉四葉に、門のほとりまで、にぎはゝしく、そゞめきたるに、いとゞ心劣りして、

（『夜の寝覚』巻一）[*22]

右は、中納言が、契りを結んだ女の家と間違えて見た但馬守の家を見ての感想で、立派な家であることを強調するために歌詞を利用していることが解る。全集では、慣用的表現としている。[*23]岩波大系では、建物の立派なさまとしている。

「おだいりにこそをかせざらめ」とて、程近きかうやうけんの、かぎりなくおもしろきに、三ば四ばの殿づくりして、すへたてまつり給ひて、御子をば二三日づゝ通はせたてまつり給。きびしくさかしきやうなれど、みかどの御ふるまひなど、日本のやうにうごきなくはあらざりければ、忍びて、おぼしめしあまるおり、みゆきしてあひ見給やうなれど、それもおぼろけならではあるべくもあらず。

内裏に住まわせると周囲に呪われてしまう后のために建てた御殿に対して后に見合う御殿の様子として歌詞を利用。大系の注には、壮麗な家造りをいう語としている。

（『浜松中納言物語』巻一[*24]）

弁の乳母のもとにも、「にはかに渡らせ給にけるあさましさ」などの給はせて、藤衣なれど、なべてならず清らなるども、たてまつれ給へり。姫君にも、「かうなむ、御文侍」など聞えさせて、いみじげに泣きしぼめさせ給へる、着せ変へたてまつりなどす。我は今朝とりつくろひたりつれど、三つば四つばに輝くやうなる殿づくりの、御しつらひ有様よりはじめ、さぶらふ人々のなり・かたちなども、おぼろけの人、さし出づべうもあらずめでたげなるに、我はたゞ、水鳥の汀に立ち出でたる心地して、いとわりなし。

（『狭衣物語』巻四[*25]）

弁の乳母の場違いな所に来たことを強調するために歌詞を利用。ここは、催馬楽「此殿」からの出典というより『源氏物語』早蕨巻からの出典と考える。歌詞の中に輝くという語は、歌には無く、『源氏物語』に登場しており、他の用例からは、輝くという語が見当たらない。大系の注には、催馬楽の歌詞であるとしている。

歌垣は、歌を掛け合うことから始まり、神との関係から行為が始まる。そして、歌垣は踏歌の字が充てられそこでは催馬楽「此殿」がうたわれる。これを散文表現に当てはめると、祝い歌との関係が見えた。催馬楽「此殿」は、殿賞めの表現へと歌詞がある種一般化し、共通意識を伴う語、つまり慣用的表現として変化していったことが解った。この歌では、祝う対照が神から人物の背景である建物へと変わったわけであるが、建築物を祝うことは、その所有者である人物もまた、祝うこととなる。間接的な祝いであるが、そこには、歌垣の持つ神を祝う意識と変わらない意識が流れているように感じる。催馬楽「此殿」の物語利用は、第一に、立派な建物の言い換えであるが、言い換えだけでは無い効果が歌詞を利用することで物語に付随されていることも見えてくる。

それは、この節でとりあげた『源氏物語』に特に見ることが出来る。『源氏物語』では、実際に催馬楽「此殿」をうたう場面を登場させて風景描写としていたが、とりあげた物語を見ると歌詞を利用することで場面情景を強調し、登場人物達の立場、場面空間における建築物との距離感を実際以上に描くことに催馬楽の歌詞が寄与していたことが確認できる。物語空間に異質なものを設定することでその空間自体を特別な場として設定することであるが、その引き金として催馬楽の歌詞が利用されている。その理由は、歌垣という基盤に潜在する性格から来るものであろう。歌垣は、それを行うことでハレの場を作り出し、男女の歌での融合を導き、神との融合を導く。つまり神婚の儀式となる。これは、大陸から来た踏歌と融合し、そこで詠われる歌は催馬楽となった。催馬楽は、この歌垣の性格を持ち続けた歌謡であり、その性格故、役割を終えると歌が散逸していくこととなる。

『源氏物語』以外では、踏歌の行事を利用した催馬楽記載の方法をとっていないが、踏歌の本来の役目である地鎮に伴った土地褒めの要素が継承され、特殊空間の創造に寄与していることが見える。それは、『古今和歌集』によって褒め歌にされても残った。おそらく『古今和歌集』の和歌は、催馬楽の歌詞を整理し和歌にしたものであろう。王朝文学における散文からは、催馬楽の様子をうかがうことが出来る。それは、催馬楽という姿でなく歌詞を使った引歌のような使用であるが、そこには、催馬楽の持つ民謡性と宮中歌謡性を重ね持つ場面情景を操作する姿を見ることが出来る。

以上より、催馬楽歌詞の慣用化の予兆のようなものが見えるのだが、貴族社会と共にあった催馬楽の登場機会の減少に伴い催馬楽の歌詞の散文登場は影を潜めることになる。

物語表現を考える課題として、他の催馬楽と散文作品の関係性を検討する必要性が指摘でき、民謡から宮廷歌謡への変化の過程で獲得し喪失した性格への検討、催馬楽に潜在する性格、そこから派生した影響を検討していくことが今後の課題となることがわかる。

【注】

1 小島憲之 新井栄蔵『古今和歌集』、新日本古典文学大系5、岩波書店、一九八九年
2 藤原茂樹『催馬楽研究』笠間書院、二〇一一年
3 古谷稔・小松茂美監修『日本名跡叢刊 第十九回配本 平安天治本催馬楽抄』二玄社、一九七八年(原本 東京国立博物館蔵)を私に翻刻。
4 池田弥三郎『鑑賞日本文学 第四巻 歌謡1』角川書店、一九七五年
5 木村紀子『催馬楽』平凡社、二〇〇六年
6 『新註皇學叢書』五巻、廣文庫刊行会、一九二七年、立正大学情報メディアセンター所蔵、「公事根源」記事使用
7 藤井貞和『平安物語叙述論』、東京大学出版会、二〇〇一年
8 土田直鎮 所功校注『神道大系 朝儀祭祀編二 西宮記』、神道大系編纂会、一九九三年
9 前掲1
10 佐竹昭広 山田英雄 工藤力男 大谷雅夫 山崎福之校注『万葉集一』新日本古典文学大系1、岩波書店、一九九九年
11 佐竹昭広 山田英雄 工藤力男 大谷雅夫 山崎福之校注『万葉集二』新日本古典文学大系2、岩波書店、二〇〇〇年
12 藤原茂樹『催馬楽研究』笠間書院、二〇一一年
13 室城秀之『うつほ物語 全』おうふう、一九九五年
14 松尾聡 他『落窪物語 堤中納言物語』岩波書店、一九五七年
15 渡辺実校注『枕草子』新日本古典文学大系25、岩波書店、一九九一年
16 伊藤博 ほか校注『土佐日記 蜻蛉日記 紫式部日記 更級日記』、新日本古典文学大系24、岩波書店、一九八九年

17 柳井滋 他『源氏物語二』岩波書店、一九九四年
18 柳井滋 他『源氏物語四』岩波書店、一九九六年
19 上田正昭『日本芸能史1 原始古代』芸能史研究会、法政大学出版局、一九八一年
20 小山利彦『源氏物語宮廷行事の展開』桜楓社、一九九一年
21 植田恭代『源氏物語の宮廷文化 後宮・雅楽・物語世界』笠間書院、二〇〇九年
22 柳井滋 他『源氏物語五』岩波書店、一九九七年
23 阪倉篤義『夜の寝覚』岩波書店、一九六四年
24 遠藤嘉基 他『篁・平中・濱松中納言物語』岩波書店、一九六四年
25 三谷栄一 他『狭衣物語』岩波書店、一九六五年

第三節　予言する歌・童謡――『続日本紀』に見る催馬楽の原型歌

ここまで見てきた中で、歌垣や暗示などと歌の効果を見ているが、そこには、先述しているが、さらに予言のような効果があるように読むことが出来ると考える。これは、一種、童謡《わざうた》としての読みとなるのであるが、なぜこのように読むことが出来るのであろうか。

『続日本紀』には、催馬楽の原型歌もしくは原型を同じくする歌がいくつか見ることが出来る。ここではその歌が催馬楽とどのような関係であるかを考えたい。

『続日本紀』聖武天皇、天平一四年（七四二）正月一六日の条による恭仁京の大安殿で行われた宴で、五節田舞・踏歌とともに琴（和琴）の伴奏で「新年始迩　何久志社　供奉良米　万代摩提丹[*1]」という詞章を持った歌が奏された。この琴歌の詞章は、後の催馬楽「新年」の詞章の原型になったと考えられている。

催馬楽「新年」の歌詞は次の通り。

鍋島家本『催馬楽[*2]』

安良多之支　止之乃波　之女爾也　加久之己曾　波礼

可久之己曾　川可戸末　川良女也　与呂川与万　天爾

安波礼　曾　己与之万　天爾

〈新しい年のはじめには　このように　ハレ　このように　お仕え申し上げましょうや　万年の世まで　アハレソコヨシ

この歌は、『琴歌譜』に片歌として、『古今集』では、大歌所御歌に大直毘の歌として年の初めに歌う歌とされる。この歌は、歌詞が実際どれをとられて歌われたかわからないが、実際に行事の中で歌われた記録が多い催馬楽のひとつである。

また、催馬楽「新年」以外にも催馬楽の原型歌ないし原型を同じくする歌がある。それは、催馬楽「葛城」である。

催馬楽「葛城」との関係が考えられる記事は次の通り。

天皇、諱は白壁王、近江大津宮に御宇しし天命開別天皇の孫、田原天皇の第六の皇子なり。母は紀朝臣橡姫と曰す。贈太政大臣正一位諸人の女なり。宝亀二年十二月十五日に、追尊して皇太后と曰す。天皇、寛仁敦厚にして、意豁然なり。勝宝より以来、皇極弐无く、人彼此を疑ひて、罪ひ廃せらるる者多し。天皇、深く横禍の時を顧みて、或は酒を縦にして迹を晦す。故を以て、害を免るることは数なり。また、嘗龍潜の時、童謡に曰はく、「葛城寺の前なるや　豊浦寺の西なるや　おしとど　としとど　桜井に白壁沈くや　好き璧沈くや　おしとど　としとど　然しては国ぞ昌ゆるや　吾家らぞ昌ゆるや　おしとど　としとど」といふ。時に、井上内親王、妃と為り。識者以為へらく、「井は内親王の名にして、白壁は天皇の諱と為り。蓋し天皇極に登る徴なり」とおもへり。宝亀元年八月四日癸巳、高野天皇崩りましぬ。群臣遺を受けて、即日に諱を立てて皇太子とす。

（『続日本紀　巻三十一』光仁天皇　宝亀元年十月）[*3]

この歌には、「白壁」か「白璧」という問題が、従来、先行研究により指摘されてきた。「葛城」には、「しらたま」となっているため、白玉か白璧の字が充てられる。白璧の字が本の歌で、それが白壁と童謡にされ、逆に童謡を意識させないために葛城には「しらたま」としたのではないかと考える。

また、「榎」と「桜」という違いもあり、どちらが元の歌か、はたまた両方ともある歌からの発展型かという疑問もあるが、元は白璧を井戸から見つける踏歌に近い歌謡であったと考える、白璧が原点であると考えると、中国から伝来した時の踏歌の名残の歌かとも考えられる。

また、この歌と類似の歌は、『日本霊異記』にもある。

朝日刺す豊浦の寺の西なるや、おしてや、おしてや、桜井に、おしてや、おしてや、桜井に、白玉沈くや、吉き玉沈くや、おしてや、おしてや、然しては、国ぞ栄えむ、我家ぞ栄えむや、おしてや。

是くの如く咏ふ。後に帝姫阿陪の天皇のみ代、神護景雲四年歳の庚戌に次れる年の八月四日、白壁の天皇位に　即きたまひし、同じ年の冬十月一日、筑紫の国、亀を進り、改めて宝亀元年として、天の下を治めたまふ。是を以て当に知るべし、先の歌咏は、是れ白壁の天皇の、天の下を治めたまふ表相の荅なることを。

（『日本霊異記』[*4]）

ここでは、白玉となっており『続日本紀』より催馬楽に近い歌詞をもっているが、囃子言葉やいくつかの歌詞が違うため、直接的な伝承の関係を問うことはできない。どちらの歌も催馬楽と同じ原型歌からの享受歌とすることが理解しやすい。『続日本紀』の歌は、人物を意識しての歌であると解釈でき、『日本霊異記』の歌は、天皇が天の下を治めることの表相として囃子言葉を意識的に歌った歌であると解釈できる。以上のように考えた場合、催馬楽の歌詞は、天皇の童謡という事件の内容を直接意識せずに歌えるため、より原型の歌に近いことが予想されるが、『催馬楽』の歌もまた、ある原型の歌から催馬楽にふさわしい形に変えられている可能性があり、催馬楽がこれら三つの歌の原型の歌であるとは言えない。

催馬楽「葛城」を見ていくと、歴史事件をその当時の民衆が如何に評価していたかを記録するために歌として催馬楽にまとめて採録させていたことが見える。木村紀子によって催馬楽全体の約三分の一の歌が歴史的事象との間に関係あることが示唆されている。それは、『梁塵秘抄』の中で書かれる催馬楽の由来と対応していることからも確認できる。

政治との関係をまとめた表1を見ていきたい。ここからは、すべてがイコールでつなげることはできなくとも、一部は、歌の中に意識として歴史事象が結びつくと考える。もともとは別の事象であったものが後から結びつくことは往々にしてあることであるため、催馬楽の歌もまた、事象としては違っていても後から歌と事象が結び付き、性格として重なることが発生していたに違いない。

今回採りあげた歌は、催馬楽の中でも特に時の政治と関係が濃い歌であることが確認できる。

催馬楽全体を見渡すと、一見政治色が無く、土地の風景を民衆が歌い、流行ったが為に宮中に採り入れられた様に見える歌が多いように感じられるが、催馬楽の持つ性格の一部には、貴族政治の直接書くことの出来ない歴史を記録として残すためという性格があったのではないかと想像する。そのために、貴族政治と共にこの催馬楽が人生を共にしたのではないかと考える。そして、その役割が伝承による意味付けの変化により薄まり、伝承されなくなるという流れに流されていくのであろうと考える。

表1　※私に歴史的事件と『催馬楽』が関わる可能性があると考えられるものについて、時期と曲名を記載。また、木村紀子[*5]が歴史的事件と関係が考えられると指摘している部分には、○を記載。

西暦	和暦	年	月	天皇	歴史記事	催馬楽曲	木村紀子説
？					天岩戸での舞		
453					允恭天皇葬に新羅より楽人が参列		
538					仏教伝来		
554					百済より楽人4人来日		
612					味摩之伎楽を伝える		
620					四天王寺に楽所設置？		
667		6	3	天智	近江大津京遷都		
672		元	7	天武	壬申の乱	鷹子	
673		2			新羅使難波で歌舞を上演		
675		4	2		諸国から男女の能歌を貢上される		
676		5	6		大旱魃（かんばつ）	無力蝦	○
678		3	12		双六禁止	大芹	○
683					三韓楽伝来宮中にて演奏		
689		4	4	持統	朝服制定の詔		
690		4	11		元嘉暦と儀鳳暦とを行う	新年	○
701	大宝	元		文武	大宝律令成立		
					治部所に雅楽寮設置		
708	和銅	元	8	元明	衣服の制	夏引	
710		3	3		平城京遷都	浅緑	○
716	霊亀	2	5	元正	寺院財物管理の制	老鼠	
728	神亀	5	8	聖武	鷹飼禁断の詔	鷹山	
729	天平	元	8		光明皇后の立后	藤生野	
734		6	2		朱雀門外の歌垣		
735		7			吉備真備帰国『楽書要録』と楽器献上		
726		8			仏哲林邑楽を伝える		

		10?			中臣朝臣宅守、越前国配流	道口	○
739		11	3		対馬嶋に青馬で白い鬣と尾のある神馬出現、進上	青馬	○
740		12	10		藤原広嗣の乱	鈴鹿川	
					渤海使、中宮で渤海楽を奏す。度羅楽もか？		
741		13	1		恭仁京遷都。宮の垣未完成で、帷帳をめぐらししのぐ	我家	
742		14	1		正月、大安殿の群臣の宴	新年	
		15	5		前年とこの年、恭仁京で大橋造営	沢田川	
743		16	2		三月から五月まで雨降らず畿内諸社に奉幣祈雨	無力蝦	
744		16	8		難波宮を皇都とする勅	難波津	
					近江蒲生郡・神前郡の大領佐々貴山親人・足人に叙位褒賞。紫香楽宮の辺の山の木の伐所の功による	奥山	
		18	10		下道朝臣真備に吉備姓を賜う	本滋	○
746		3	1	孝謙	大極殿南院の宴。踏歌歌頭は帰化系女孺		
751	天平勝宝	6	10		双六禁断の勅	大芹	
752		7			東大寺大仏開眼法会		
754		元	6		橘諸兄、飲酒の庭で無礼有との誹り（そしり）後年致仕の記事	酒飲	
757	天平宝字	2	10	淳仁	美濃国席田郡大領等に賜姓	席田	
758		8	10		淳仁廃帝、淡路国に幽閉		
764		元	10	称徳	淳仁（淡路公）垣を越えるが逃げ切れず。	葦垣	
765	天平神護	元	11		美濃国大嘗会の悠紀国として奉仕、豊明の酒幣の物賜る。	美濃山	
766		2	1		京畿里中の踏歌を禁じる		
					西大寺創建	老鼠	○
		2	10		吉備真備右大臣となる	本滋	
		3	9		和気清麻呂等改氏名・追放	陰名	○
769	神護景雲	元	3		帰化系六氏由義宮での歌垣に奉仕		
770	宝亀	元	10	光仁	光仁即位　童謡（続日本紀）	葛城	○
816					大歌所設置（国風歌舞を専門に）		
894					遣唐使廃止・雅楽確立		
920					藤原忠房『催馬楽楽譜』『東遊歌譜』『神楽歌譜』を選定		

【注】

1 青木和夫 他校注『続日本紀 四』新日本古典文学大系15、岩波書店、一九九五年
2 藤原茂樹『催馬楽研究』笠間書院、二〇一一年
3 前掲1
4 校注 出雲路修『日本霊異記』、新日本古典文学大系30、岩波書店、一九九六年
5 木村紀子『催馬楽』東洋文庫、平凡社、二〇〇六年

第四章　歌で示す物語の主題と記憶——『源氏物語』と催馬楽

第一節　タブーを抱える歌

第二章、第三節で扱った『うつほ物語』で確認した催馬楽記載であるが、同じく第二章第一節、第二節、第四節と扱った物語作品へは、『源氏物語』での催馬楽記載の影響が見られる。その影響を再度考えるため、具体的に『源氏物語』での催馬楽記載の様子を各巻ごと確認し、どのような表現として記載され受容されているのかを考えたい。

『源氏物語』は言わずと知れた大作であり、その後の物語作品へ多大な影響を与えていることは誰もが認めるところである。その中で歌謡記載に目を向けると、催馬楽を多く登場させ、物語の中で登場人物たちの重要な場面で歌わせたり、演奏させたり、歌詞を利用した演劇空間を展開させたりと他の和歌や雅楽以上に多くの視線が集まる行事や個人レベルの少人数の視線で展開される私的空間の中と様々な場面で歌を物語表現の中に採り入れられ、そこに意味を込め、物語の背景に溶け込ませて読み手に対して情報を重ねている様子が確認できる。

この重ねられた情報が、どのような情報であるのか、重ねることで何を意味づけようとしているのか、当時の知識層でどのような認識のもと物語が読まれ、どのような情報として受け取っていたのかを考える。まず、帚木から花宴巻までの五つの巻に登場する催馬楽を見ていく。

帚木から花宴巻までは、主人公である光源氏にとって子供から青年になる過程が語られている部分であり、桐壺帝の時代を物語っている巻である。ここでは、巻の中で催馬楽がどのように登場しているのかを考察したい。

では、帚木巻と催馬楽の関係について考察する。帚木巻には、二つの催馬楽が登場する。この巻の流れは、五月雨が降り続ける頃、宮中の物忌みのために所在なくしている光源氏のもとに頭中将が訪れる。そこで恋文の話となり、左馬頭と藤式部の丞が参加し女性談義が行われる。雨夜の品定めと呼ばれる談義のことであるが、ここで、中の品の女性についての知識を光源氏はつけ、紀伊守の中川宿に泊まり、空蝉と出会うとなっている。帚木巻は、主に女性論の巻として研究がなされているが、ここでは、催馬楽との関係に目を向けて考察していきたい。

帚木巻で催馬楽が登場する登場例は、次に挙げる二箇所である。

催馬楽「飛鳥井」使用例

菊いとおもしろく移ひわたり、風にきほへる紅葉の乱れなど、あはれとげに見えたり。懐なりける笛取り出でて吹き鳴らし、「影もよし」などつゞしり歌ふほどに、よく鳴る和琴を調べとゝのへたりける、うるはしく掻き合はせたりしほど、けしうはあらずかし。

（『源氏物語』一―五一頁）

右は、左馬頭の歌唱の部分として登場している。

催馬楽「我家」の使用例

守出で来て、灯籠掛け添へ、火明かくかゝげなどして、御くだ物ばかりまいれり。「とばり帳もいかにぞは。さる方の心もなくてはめざましきあるじならむ」との給へば、「何よけむともえうけ給はらず」とかしこまりてさぶらふ。

（『源氏物語』一―六四頁）

右は、光源氏と紀伊守の会話部分として登場している。

藤井貞和は、この部分に対して軽妙な冗談が冗談に終わらず、源氏と空蝉の媾会へ導くみごとな導入としている。また、直接向き合う恋人同士から歌物語かなにかを導き出そうとしているのではないかとし、歌物語へ反転させてゆく力学のために歌謡が設定されているとしている。[*1]

催馬楽「飛鳥井」は、次のとおり。

鍋島家本『催馬楽』

〈目録〉飛鳥井　拍子九〈本文〉飛鳥井　拍子九

安須加為尓　也止利波　春戸之　也　於介　可介毛与之　美毛比　毛　左牟之見万久左毛与之

但件也止利波須戸之可有音振二説

〈飛鳥井に　宿泊するといいでしょう　や（はい）　おけ（本当）　木蔭もよいし　御水も冷たいし　御馬用の草までもよし〉

小西甚一は、この歌を夏の旅を歌った民謡であり喩はないとしている。この歌は、小西甚一の書くとおり夏の旅を歌っている民謡であると考えられるが、旅を歌うと言うよりは、宿場町が豊かな土地を誇っている民謡であると考える。民謡と言うよりは、どこか宿の宣伝用に作り流行ったコマーシャルのようなさそい歌である。

催馬楽「我家」は次のとおり。

鍋島家本『催馬楽』

〈目録〉我家　拍子十一〈本文〉我家　拍子十一

和伊戸波　止波利帳毛　多礼太留乎於々保支美支万世　无己尓世无　美　左可奈尓　奈　尓与介无　安波
比左多乎加　可世与介无　安　波　比左太乎可　加世与介无
古説　止留良无也比久良无也　安波比乃之万奈留之万男　此説今不用
〈我の家は　帷も帳も　垂れている　たとえ大君であってもいらしてください　聟にいたしましょう　酒の御肴には　何がよろしいでしょうか　鮑・栄螺か　石陰子がよいですか　鮑・栄螺か　石陰子がよいですか〉

折口信夫は、海部の踊り歌だろうと推測し、露顕の式の時の形を饗宴の歌にいれたとし、この説は、全集の脚注にも採用される。

紀伊守が嫁の親という位置に据えた冗談としてよんでいる解釈と歌から物語を見るとなる。冗談のような場面から、実際に歌を歌いかけることで、歌われている場が祝われ、その場より、恋愛が開始されるという歌垣的な場の形成が行われ、歌いかけるということを意識させることで実際に歌っていなくとも恋する場を創造していると考える。また、歌の一節を借りて語り合っているため、歌っているのとほぼ同じ効果がこの場にあると考える。帚木巻では、催馬楽「飛鳥井」によって恋愛の場を形成し、「我家」によって、よりその場の意識を明確にさせ、男性から女性のもとへの意識を強める効果を歌が導びいている。

次に若紫巻と催馬楽の関係について考えたい。

若紫巻の内容は、三月の末、光源氏は熱病に罹り、加持を受けるために北山に出かける。夕暮れ時、僧都の籠る小柴垣を垣間見し、十何才かの美しい少女の姿を見る。そこに藤壺の面影をみる。藤壺の兄の娘で、祖母である尼君のもとで育てられていることを後で知る。帰京後、光源氏は、藤壺の退出した三条宮邸に忍び入って密会し、藤壺は懐妊をする。北山から都に帰った若紫を尼君の死後光源氏は二条院へ連れ出す。そして、藤壺のゆかりとして育てるという内容である。またここでは、後に登場する明石の君についての情報が多く登場する巻でもある。そのため、巻として若紫と明石の君という二人の女性の情報が盛り込まれた巻とも言えるであろう。

催馬楽「葛城」の登場例

弁の君、扇はかなう打ち鳴らして、「豊浦の寺の西なるや」と歌ふ。人よりはことなる君たちを、源氏の君いといたううちなやみて岩に寄りゐたまへるは、たぐひなくゆゝしき御ありさまにぞ何事にも目移るまじかりける。例の、篳篥吹く随身、笙の笛持たせたるすき者などあり。

（『源氏物語』一―一七〇頁）

左中弁の歌唱として登場している。

催馬楽「妹之門」の登場例

あさぼらけ霧立つ空のまよひにも行過ぎがたき妹が門かな

と二返りばかり歌ひたるに、よしある下仕ひを出だして、

立ちとまり霧のまがきの過ぎうくは草の戸ざしに障りしもせじ

と言ひかけて入りぬ。

（『源氏物語』一―一八七頁）

光源氏の和歌に催馬楽が使われている。

催馬楽「葛城」は次のとおり。

鍋島家本『催馬楽』

〈目録〉葛城　拍子廿二　三段　一段六　二段七　三段九〈本文〉葛城　拍子廿二　三段　一段六　二段七

三段九

可川良　支乃　天良　乃末　戸名留也　止与良　乃　天　良乃　尓之　奈留也

江乃波　為尓　之良太万　之川久也　末之良太　末　之　川久也　於　之止々　止於　之止々

之加之　天波　久尓曽左　可江无也　和伊戸良曽　止　美　世无也於　々之止々　止

之屯止　於々之屯止　止　之屯止

〈葛城の　寺の前のくると　豊浦の寺の　西にくると　榎の木の下の涌き水に　白い壁が沈んでいる　真白い壁が沈んでいる　おおしとど　おしとど　そうであったならば　きっと国が栄えるであろう　そうしたら我の家も　富むであろう　おおしとど　としとんど　おおしとんど　としとんど〉

「葛城」は、『続日本紀』にも書かれる光仁天皇の即位前に都付近の子供が詠った歌である。「わざうた」と呼ばれる童謡であるが、白壁王といった光仁天皇がこの歌が流行して後、まもなく皇位に就いたためその前兆であると世の人が考えたとされる。

催馬楽「妹之門」は次のとおり。

鍋島家本『催馬楽』

〈目録〉妹之門〈本文〉妹之門

伊毛可々度　世奈可々止　由支須支可祢天也　和可由可波比　知可左乃　比知可左乃　安女毛　也不良奈无
之天多乎左　安万也止利　可左也止利　也止利　天末加良无　之天多乎左
〈彼女の門の前　彼の門の前　行き過ぎてしまうな　や　我が行くと　肱笠の　肱の笠の　必要な雨こそ　や　降りなさい　水の神たのみます　雨やどりできるほど　笠やどりできるほど　宿ってから行きたいよ　水の神様〉

右の歌は、田植えで使われた歌であろうと折口信夫により推測されるが、男女の恋愛の歌ととることが出来、雨を涙としてとることができる。ここでは雨による神の祝福を求める意識があると考える。神による導きに頼りたい感情が歌として成り立っている歌として考えたい。

若紫巻では、催馬楽「葛城」で、尼寺という女性と寺という情報が出てくる。ここから少女、後の紫の上を寺で発見することが暗示され、催馬楽「妹之門」からは、藤壺との密会を暗示させることを催馬楽を記載することで、この巻で展開される事件を催馬楽の歌詞からイメージさせ、強調している。催馬楽を引用することで、この巻で伝えたい情報が何かを示し、童謡《わざうた》として一種の予言のような効果を与えている。

では、末摘花巻と催馬楽の関係について考えたい。末摘花巻の内容は、故常陸の宮の姫君の噂を耳にした光源氏が、春の朧月夜の頃、命婦の手引きによって琴の音を聞き、ますます思いを募らせ、冬になってようやく契ることとなったが、その容貌の異様さに失望する。しかし、生活面の世話は続けると展開されるという内容である。先の雨夜の品定めの時の情報を基に光源氏が実行した結果が描かれる巻と言える。

末摘花巻では、先行研究において、『白氏文集』の引用が多いことが指摘され、特に「重賦」から、貪士批判の要素が含まれているという考察が藤原克己[*2]などによって行われている。『白氏文集』の引用に思いが込められているのなら催馬楽の引用にも込められていないとは言えないという視点がここで提示できる。

催馬楽「妹与我」の登場例

さとわかぬかげをば見れどゆく月のいるさの山をたれかたづぬる

「かう慕ひありかば、いかにせさせたまはむ」と聞こえ給。（『源氏物語』一―二〇九頁）

催馬楽「妹之門」の登場例

「いでや、さやうにおかしき方の御笠宿りにはえしもやと、つきなげにこそ見え侍べれ。ひとへにものづつみし、引き入りたる方はしもありがたうものし給ふ人になむ」と、見るありさま語りきこゆ。（『源氏物語』一―二一二頁）

命婦の会話の中で催馬楽が登場している。

かしこには文をだにといとをしくおぼし出でて、夕つ方ぞありける。雨降り出でて所せくもあるに、笠宿せむとはたおぼされずやありけむ。かしこには、待つほど過ぎて、命婦も、いといとをしき御さまかなと心うく思ひけり。（『源氏物語』一―二一九頁）

催馬楽「妹与我」は、次のとおり。

鍋島家本『催馬楽』

〈目録〉婦与我　拍子九〈本文〉婦与我　拍子九

伊毛止　安　礼止　伊留左　乃　也　末　乃　也万　安良　々支　天名止　利　不礼　曽也　可　保万左留

可尓也　止　久　末左留　可尓也

一説　可保万左留加祢也　止久万左留加祢也

〈おまえとわたしと　いるさの山にいっても　こぶしの木を　手で取って触れないでいよう　もっと花の貌が優れるように　速く花が優れるように〉

この歌は、家の繁栄を祝福した歌であると考える。歌に植物を入れ、それをエロチックな表現としてこの歌は、表現していると考えられるが、神話をはじめ「妹の力」は英雄に必要な要素として存在しており、この歌でも「妹の力」の存在が表出している表現として記述されていると考える。

末摘花巻では、催馬楽「妹与我」を使うことで、噂による出会いを示し、「妹之門」によって雨夜の品定めからの流れであることを暗示している。また、このことが噂を信じた結果の恋愛であることをも暗示している。やはりこの末摘花巻でも、物語の展開を予言しているような形で催馬楽が登場し引用されていると見ることができる。

さらに紅葉賀巻と催馬楽の関係について考えたい。紅葉賀巻は、どのような巻かについては、『河海抄』[*3]などの古注釈によると、冒頭部分の準拠として、醍醐帝主催の宇多法王の四十賀や五十賀との関係が指摘されている。また、多くの研究が、この後の花宴巻との対の関係を指摘し、紅葉賀巻後半部の源典侍についての研究が多くなされている。

紅葉賀巻の物語の流れは次の通りで、朱雀院への行幸が十月十日に行われるに先立ち宮中で身重の藤壺を慰めようと桐壺帝が試楽を催す。源氏と頭中将が青海波を舞い賞賛をえる。この事で弘徽殿女御は憎しみを新たにし、藤壺はもの思いを深める。しかし、源氏と頭中将は共に昇進をし、源氏は正三位となる。藤壺は、出産が近づき三条宮に退出し、以前よりも源氏と距離を置き避ける。再会をうかがう源氏は、左大臣邸へ夜離れを続け葵の上から二条院に迎え取られた姫君に対しての反感を強めてしまう。紫の上は、源氏との生活に慣れ源氏を慕うようになり、源氏は、娘に対する愛着を深める。しかし、葵の上との関係が、このことからさらに疎遠になる。二月十日、源氏に似た男子誕生により桐壺帝は歓び、源氏と藤壺は、心中を複雑にする。そのため、源氏と藤壺との中はより疎遠になる。源氏は、紫の上を心の拠り所にするが、桐壺帝に葵の上との中を諌められるという行事と出産の場面が中心の前半があるが、ここでは、紅葉賀巻の後半部である源典侍という好色な女との戯れの交渉を持った源氏とそれを脅しからかう頭中将という笑劇的な場面を見たい。

紅葉賀巻と花宴巻との関係についての研究として、次の研究が挙げられる。萩原広道『源氏物語評釈』の「花と紅葉、賀と宴、秋と春という対比になっている」[*4]や清水好子の「この二巻の冒頭が共に延喜聖代の儀式を連想させる」[*5]や多屋頼俊の「その後展開される須磨退去の理由にこの二つの巻の事件が理由とは認められない」[*6]があり、多屋頼俊は、直接はいわないが、二つの事件を並列に考えている。『伊勢物語』との関係についての研究では、『河海抄』に藤壺の宮と朧月夜とは、「…在中将の風をまねびて…」と『伊勢物語』を準拠としていることを指摘している。源典侍物語の挿話についての研究においては、阿部秋生[*7]と高橋和夫[*8]は、帚木系の物語のため後記挿入説を採っている。また、源氏礼賛における読者批判に対応したためとする池田勉[*9]や、伊藤博[*10]のそれまでの物語の疑問を一掃するために入れたとする説などがある。

また、催馬楽「石川」の引用の対照に対して三谷邦明[*11]や植木朝子[*12]が源典侍と朧月夜の催馬楽「石川」引用が対照的であると指摘している。催馬楽「東屋」を登場させることでの物語への影響について、木村紀子[*13]は、「女側主導の「誘い歌」で、特に東屋はそれが顕著でもあるが、そうした歌を、平安貴族社会の倫理を踏まえた男主導の色好みの物語に巧みに馴染ませながら、本歌の洗練された暗喩の匂いは残したいという思いがあったと思われる。」と書いている。仲井幸二郎[*14]は、「帯は、源典侍を意味し、なかがたえるは、源典侍との関係が絶えることをいみする」としている。

紅葉賀巻の催馬楽「東屋」と催馬楽「山代」の登場例は、次の通りである。

人ゝも、思ひのほかなる事かなとあつかふめるを、頭中将聞きつけて、いたらぬ隈なき心にて、まだ思ひ寄らざりけるよと思ふに、尽きせぬ好み心も見まほしうなりにければ、語らひつきにけり。この君も人よりはいとことなるを、かのつれなき人の御慰めにと思ひつれど、見まほしきは限りありけるをとや。うたての好みや。

いたう忍ぶれば、源氏の君はえ知り給はず。見つけきこえてはまづうらみきこゆるを、齢のほどいとおしければ慰めむとおぼせど、かなはぬ物うさにいと久しくなりにけるを、夕立して、なごり涼しきよひの紛れに、温明殿のわたりをたゝずみありき給へば、この内侍、琵琶をいとおかしう弾きゐたり。御前などにても、おとこ方の御遊びにまじりなどして、ことにまさる人なき上手なれば、ものうらめしうおぼえけるをりから、いとあはれに聞こゆ。「瓜作りになりやしなまし」と、声はいとおかしうて歌ふぞ、すこし心づきなき。鄂州にありけむむかしの人も、かくやおかしかりけむと、耳とまりて聞き給ふ。弾きやみて、いといたう思ひ乱れたるけはひなり。君、東屋を忍びやかに歌ひて寄り給へるに、「をし開いて来ませ」とうち添へたるも、例に違ひたる心ちぞする。

立ち濡るゝ人しもあらじ東屋にうたてもかゝる雨そゝきかな

とうち嘆くを、われひとりしも聞き負ふまじけれど、うとましや、何事をかくまでは、とおぼゆ。

人妻はあなわづらはし東屋の真屋のあまりもなれじとぞ思ふ

とてうち過ぎなまほしけれど、あまりはしたなくやと思ひかへして、人に従へば、すこしはやりかなる戯れ言など言ひかはして、是もめづらしき心ぞし給。

(『源氏物語』一—二六一頁)

紅葉賀巻の催馬楽「石川」の登場例は、次に挙げるとおりである。

君は、いとくちおしく見つけられぬる事と思ひ臥し給へり。内侍は、あさましくおぼえければ、落ちとまれる御指貫、帯など、つとめてたてまつれり。

うらみても言ふかひぞなき立かさね引きてかへりしなみのなごりに

底もあらはに。

とあり。面なのさまやと見たまふもにくけれど、わりなしと思へりしもさすがにて、

あらだちし浪に心はさはがねど寄せけむ磯をいかがうらみぬ

とのみなむありける。帯は、中将のなりけり。わが御なをしよりは色深しと見給に、端袖もなかりけり。あやしの事どもや、おり立ちて乱るゝ人は、むべおこがましき事は多からむ、といとど御心おさめられ給ふ。中将、宿直所より、「これまづとぢつけさせ給へ」とて、をし包みてをこせたるを、いかで取りつらむと心やまし。この帯をえざらましかばとおぼす。その色の紙に包みて、

中絶えばかごとやおふとあやふさにはなだの帯をとりてだに見ず

とてやり給ふ。たちかへり、
君にかくひきとられぬる帯なればかくて絶えぬる中とかこたむ
えのがれさせ給はじとあり。
（『源氏物語』一―二六五頁）

『源氏物語』において「東屋」が登場する巻は、蓬生・蛍・東屋巻であり、これらの巻での催馬楽「東屋」の引用のされ方は、蓬生巻では、末摘花の邸の荒れた状態を表現するために登場し、東屋巻は、浮舟と薫の恋愛の場面であり、この場面の風景である雨の情景と女から部屋へ男を招待する物語の流れを催馬楽という歌を使うことで短く説明している。

つまり、物語の流れの説明を短く終わらせ、それぞれの人物の心情に読者の意識を早く移行するために設定していると推測できる。

また、紅葉賀巻と関係の深い源典侍と琵琶琴については、以下の研究がなされている。豊永聡美[*15]は「淳和朝では、琴歌『類聚国史』と、仁明朝から光孝朝で笙笛と琵琶にあわせて歌が歌われること、醍醐朝では、『西宮記』に絃歌事となり、同時に御遊という語が登場。村上朝では、管絃事または、絃歌御遊と書かれるようになる。御遊という言葉が登場しそれが増えるようになるにつれて琴と歌という組み合わせが笛へという変化が同時に起こった。」と書いている。

源典侍が、ここで琵琶を弾くことで源氏の催馬楽を導き出しているのは、源典侍の持つ老いを強調するためか、古の恋愛（歌垣的なもの）を連想させるためか巫女的な宗教者としての作用を見越してのことかともこの指摘から考えることができるが、鈴木日出男[*16]は、この場面を巫女との神婚を想起しているとしている。

紅葉賀巻で登場した催馬楽は、源氏と源典侍との関係から登場し、その歌により表面上は、好色な老女と若い男の恋愛を催馬楽の力を借り歌垣的な空間を作ることで描いていた。この巻での催馬楽は、完全な私的空間（宮中であるが）で詠じられ、その後ろには尺も雅楽隊も踏歌集団もいない中で繰り広げられている。

源典侍の琵琶の音からこの部分は始まるが、源典侍を巫女に見立て神婚をしようとしている所に頭中将がそこにちょっかいを出すことで神婚の空間の阻止を行ったとも見ることが出来る。また、他の女性の登場人物との対照関係であるが、催馬楽「石川」が形をかえて花宴巻で朧月夜の扇の交換に使われているが、催馬楽を対男とする歌か対女とする歌かで意味づけが違うため、物語への作用の仕方が違うが、二つの物語の個々の要素を抽出した場合、歌として各物語を説明するという対応があることは認める。

催馬楽「東屋」は次のとおり。

鍋島家本『催馬楽』

〈目録〉東屋　拍子十八〈本文〉東屋　拍子十八

安川末也乃　末也乃安万利乃　曽　乃　安万曽々支　和礼多知　奴礼奴　止乃止比良　可世　加須可比毛

止尼之毛　安良波己曽　曽乃止乃　止　和礼左々女　於之比良伊天　支末世　和礼也比止　川末

〈わが妻屋の真屋の軒橋の雨だれに、私は濡れて佇んでいます。戸を開けてください。鎹や錠前があるのならそれを閉ざしもしますけど（ないでしょう）。遠慮なく押し開いてどうぞ、来て私が人妻とでも言うのですか〉

この歌は、女の家の門の外で待っているという境遇を想像することを楽しむ男女の問答という形をとった歌である。

催馬楽「山代」は次のとおり。

鍋島家本『催馬楽』

〈目録〉山代　拍子廾七　三段各九〈本文〉〈歌名と歌の前半を欠く。葦垣の前半に続く形で本歌の後半が載る〉

宇利多　川末　天尓也　良以之　名也　左以　之　名也　宇　利奈川　末　宇利太　川万天尓波礼

又説　第二段　和礼乎曽保之止以不　第三段　名利也波之奈万之

〈山代（山城・山背）の　狛のあたりの瓜作り　なよや　らいしもないよ　さいしもないよ　瓜作り瓜作り　はれ　瓜作りが私をほしいと言う　どうしようか　なよや　来子もないよ　妻子もないよ　どうしよう　どうしよう　はれ　どうしよう　本当にうまくいくのか　瓜の熟れ切れる頃までに　らいしもないよ　さいしもないよ　瓜の熟れきる　瓜の熟れきる頃までに〉

この歌は、「山城」とも記載されるが、内容は、瓜作との結婚にまよう女性の歌のように感じられる。瓜の熟成の速さと自分の結婚の早さを掛けている歌としてとらえる。

催馬楽「石川」は次のとおり。

鍋島家本『催馬楽』

〈目録〉石川　拍子十五　三段　一段六　二段六　三段三〈本文〉石川　拍子十五　三段　一段六　二段六

三段三

伊之加波乃　己未　宇止尓　於　比乎止　良礼天　可良支久　須留

伊可名留以　可奈留　於比　曽　波奈多乃　於比乃　奈可波多伊礼　奈留加
可也留　可　安也留　加　奈可波伊礼　太留可
異説　奈可波太以礼太留可
〈石川のこま人に帯を取られて　辛く悔やまれるの　どんな　どんな帯であるのか　縹帯の　中幡入りのものか　返されたか　綾になって良くなっていないか　中幡が入った悪くなったものか〉

この歌は、折口信夫は、帯が絶えたことを男性との関係が絶えたことと結びつけているが、石川にもともと住んでいた男が、恋していた女性を外からやってきた技術者か何かのえらい官職に就いている高麗人に寝取られていたことを悔やむ歌として考える。

紅葉賀巻での催馬楽の使われ方を見ると歌詞からは、先ず催馬楽「東屋」からは、「人妻」、催馬楽「山代」からは、「瓜」という語が抽出される。また、催馬楽「石川」の「帯」という語を抽出すると、紅葉賀巻の前半部の問題点が浮かび上がる。それは、藤壺という「人妻」、瓜からは瓜二つの「子供」(瓜姫などから、高貴な子供・特別な子供)、帯は、出産と物語内容に対応する催馬楽が採用され、巫女とも見なせる源典侍との急に登場する物語の中に入れ込まれていることが解る。

また、この催馬楽「山代」の物語表現についてスティーブン・G・ネルソン[*17]は、「瓜作りになりやしなまし」についてこの詞章が、催馬楽「山代」の歌詞の第一段の「瓜つくり」と第三段「なりやしなまし」を組み合わせた表現であり演奏ではあり得ない表現であるが文脈を端的にあらわした表現であるとしている。また、催馬楽「山代」の歌詞から「瓜た妻」として読み「妊娠して瓜のような腹になった妻」という言葉遊びで十六才「破瓜」くらいの若い娘ならともかくという滑稽を強く意識させた解釈がなりたたないかという指摘もしている。だが、ここは、もちろん滑稽を意識している中、語れないもしくは語られないタブー性を秘めた物語を巫女的な人物が演じることで表現しているのではないかと考える。しかし、ここでの催馬楽「山代」は呂の曲であり、そこから「東屋」という律の曲に変わり、「石川」という呂の曲にかわるという演奏の中での転調つまり「返り声」が行われている。

これは、この場面が直接演奏が行われている場面ではないが、この様な演奏での技法が表現されていることから、この部分は、一種演劇的な場面であることが理解できる。つまり、ここは他の物語部分とは空間を別にしてそれぞれが演劇の登場人物として存在し、そこで滑稽な掛け合いを行っていることで物語が構成されている。これは、源典侍という年の離れた女性を登場させることで昔の恋愛の掛け合いの再現つまり歌垣の再現のようなものを意識させていたのではないか。物語の描く時代ではなくなりつつあった恋の掛け合いをあえてここで昔を意識した恋の掛け合いという男女の駆け引きを今後書かれるにあたっての一つの形式をここで見せていたのではないかと考える。

次に花宴巻に登場する催馬楽を見たい。花宴巻の流れは、二月下旬に桐壺帝が、南殿で櫻花の宴を催す。その夜、藤壺との出会いを求め歩いているうち、弘徽殿の細殿の戸口が開いているのを見つけ、思いがけないことから朧月夜との契りを結ぶ。三月晦日、右大臣邸で藤の花の宴に招かれ朧月夜と再会し、朧月夜が春宮妃として入内予定の六の君であることを知るとなっている。

催馬楽「貫河」の登場例

大殿には、例の、ふとも対面したまはず。つれ〴〵とよろづおぼしめぐらされて、箏の御琴まさぐりて、「やはらかに寝る夜はなくて」と歌ひ給。

おとゞ渡り給ひて、一日のけふありし事聞こえ給ふ。

（『源氏物語』一—二八〇頁）

右は光源氏の歌唱に催馬楽が登場。

催馬楽「石川」の登場例

さしもあるまじき事なれど、さすがにおかしう思ほされて、いづれならむと胸うちつぶれて、「扇を取られて、からき目を見る」と、うちおほどけたる声に言ひなして、寄りゐたまへり。「あやしくもさまかへける高麗人かな」といらふるは、心知らぬにやあらん。

（『源氏物語』一—二八三頁）

催馬楽「石川」は、光源氏の会話において登場。

催馬楽「妹之門」の登場例

「梓弓いるさの山にまどふ哉ほのみし月のかげや見ゆるとなにゆへか」とをしあてにのたまふを、え忍ばぬなるべし、

心いる方ならませば弓張りの月なき空にまよはましやはと言ふ声、たゞそれなり。

（『源氏物語』一—二八四頁）

催馬楽「貫河」は、次のとおり。

鍋島家本『催馬楽』
〈目録〉貫河　拍子廾七　三段　各九〈本文〉貫河　拍子廾七　三段　各九
奴支可波乃　世　乃也波　良多　末　久良　也波良加　尓　奴留与　波　名久天於也左久留　川末
於也左久留　川末波末之天留　波之　之加沙良波　也波支　乃　伊知尓久川　加比　尓　加牟
久川加波々　千加伊乃保曽之支　乎　可戸　左之波支天　宇波毛止　利支天　美也知加与　波牟

〈貫河の瀬々が　やはらかく手枕のように　やはらかに　寝る夜はなくなって　親が別かれさせた人は、別かれた人は
さらにうるはしくなる　そうであるならば　矢矧の市に　沓を買いにいきなさい　沓を買うならば　線鞋の　細底を買
いなさい　それを履きて　表袴もとり着て　うるはしい人のもとへ宮路をかよいなさい〉

この歌は、小西甚一により、最後の宮路を『更級日記』に登場する宮路山と同じ場所である三河とされたり、折口信夫の朱雀大路という説もあるうたである。自分の愛人を親が認めないという境遇を歌った歌である。

花宴巻では、催馬楽「貫河」から、親に許されない恋愛を登場させ、催馬楽「石川」から、帯から扇に変えていることで、関係が変化したことを暗示しており、催馬楽「妹之門」で、朧月夜との再会を導き出している。

以上から解ることは、催馬楽自体がその場面でその場の風景にとけ込むよう、場面にあった景物として登場しているのではなく、登場している巻の中での事件を催馬楽だけ見ることでも解るような催馬楽の歌詞を利用し、その巻での事件を掘り起こし、表面化させ、その巻での伝えたいことを改めて見せることで、巻の中の空間を催馬楽という道具を使ってまとめていることが解る。また、その催馬楽は、これらの事件が起きるもしくは発覚する前段階で、登場していることから予言的な引用であるのではないかという予測が立てられる。


【注】

1　藤井貞和『平安物語叙述論』東京大学出版会、二〇〇一年
2　藤原克己「源氏物語と白氏文集―末積花巻の「重賦」の引用を手掛かりに―」『源氏物語と漢文学』和漢比較文学会、一九九三年九月
3　高野義夫発行『源氏物語古注釈大成・第六巻　河海抄』日本図書センター、一九七八年
4　萩原広道『源氏物語評釈』一八一五年～一八六三年の江戸時代の国学者
5　清水好子『源氏物語論』塙書房、一九六六年
6　多屋頼俊『源氏物語の思想』法蔵館、一九五二年
7　阿部秋生「光源氏の容姿」『光源氏論　発心と出家』東京大学出版会、一九八九年
8　高橋和夫「紅葉賀・葵の両巻のある部分について」『源氏物語の主題と構想』桜楓社、一九六六年
9　池田勉「源氏物語「紅葉の賀」の巻における異質的なものについて」『源氏物語試論』古川書房、一九七四年
10　伊藤博「源典侍挿話の周辺―紅葉賀・花宴巻断想―」『源氏物語の原点』明治書院、一九八〇年
11　三谷邦明「源典侍物語の構造―織物性あるいは藤壺事件と朧月夜事件―」『物語文学の方法Ⅱ』有精堂出版、一九八九年
12　植木朝子「催馬楽「石川」小考―源典侍・朧月夜をめぐって―」『国文学　解釈と鑑賞　別冊　源氏物語の鑑賞と基礎知識22紅葉賀・花宴』至文堂、二〇〇二年
13　木村紀子『催馬楽』東洋文庫、平凡社、二〇〇六年
14　仲井幸二郎「源氏物語と催馬楽」池田弥三郎『鑑賞日本文学　第四巻　歌謡1』角川書店、一九七五年
15　豊永聡美「平安時代の宮廷音楽―御遊の成立について」日向一雅編『源氏物語と音楽』、青簡社、二〇一一年
16　鈴木日出男「源典侍と光源氏」『國語と國文學』、一九九二年四月
17　スティーブン・G・ネルソン『『源氏物語』における催馬楽詞章の引用―エロスとユーモアの表現法として―』『源氏物語とポエジー』青簡社、二〇一四年

第二節　場に意味を与える

第二節では、『源氏物語』賢木巻から常夏巻を確認する。賢木巻からの物語は、光源氏にとって父であった桐壺帝が亡くなり、宮中を追われ明石に向かい明石の君と出会う部分が書かれ、また宮中に戻る部分に当たる。光源氏にとっての人生における試練が科せられていると読み取ることが出来、折口の言葉を使えば、貴種流離譚の部分となる。

では、賢木巻の催馬楽を確認する。賢木巻の流れは、六条御息所が、姫君が斎宮に卜定されたにともない、伊勢へ下向することを決意。潔斎を行う野々宮へ、晩秋の夕暮れに六条の御息所に合いに光源氏が見舞いに訪れる。十月桐壺帝の容態が悪化し、朱雀院と光源氏に遺言をし、崩御。藤壺は、故院の法華八講の後、春宮の母として出家をする。世は、右大臣派が実権をにぎり、左大臣側の光源氏の周りは昇進をすることがなかった。しかし、光源氏は、右大臣家の朧月夜と関係を持ち、それが雷雨の夜、右大臣に発覚するという展開である。

つまり、賢木巻は、光源氏の父亡き後の自分の存在を知る巻として存在していると考える。

賢木巻で登場する催馬楽は、催馬楽「高砂」である。

催馬楽「高砂」の登場例

暗う出で給て、二条より洞院の大路をおれ給ふほど、二条の院の前まへなれば、大将の君いとあはれにおぼされて、榊にさして、

ふりすててけふはゆ行くとも鈴鹿川八十瀬の浪に袖はぬれじや

と聞こえ給へれど、いと暗うものさわがしき程なれば、又の日、関のあなたよりぞ御返しある。

鈴鹿川八十瀬のなみにぬれ〳〵ず伊勢までたれか思ひをこせむ

ことそぎて書き給へるしも、御手いとよし〳〵しくなまめきたるに、あはれなるけをすこし添へ給へらましかば、とおぼす。

（『源氏物語』一―三五〇頁）

中将の御子の、ことしはじめて殿上する、八つ九つばかりにて、声いとおもしろく、笙の笛吹きなどするを、うつくしびもてあそび給ふ。四の君腹の二郎なりけり。世の人の思へる寄せ重くて、おぼえことにかしづけり。心ばへもかど〳〵しう、かたちもおかしくて、御遊びのすこし乱れゆく程に、高砂を出だしてうたふ、いとうつくし。

大将の君、御衣ぬぎてかづけ給ふ。例よりはうち乱れ給へる御顔のにほひ、似るものなく見ゆ。羅のなをし、単衣を着たまへるに、透き給へる肌つき、ましていみじう見ゆるを、年老いたる博士どもなど、とをく見たてまつりて、涙落としつゝゐたり。

「あはまし物をさゆりばの」とうたふとぢめに、中将、御土器まひり給。

それもがとけさひらけたる初花におとらぬ君がにほひをぞ見る

ほほ笑みて取り給。

「時ならでけさ咲花は夏の雨にしほれにけらしにほふほどなく

おとろへにたるものを」と、うちさうどきて、らうがはしく聞こしめしなすを、咎め出でつゝ強ゐきこえ給ふ。

（『源氏物語』一―三八五頁）

催馬楽「高砂」は次のとおり。

鍋島家本『催馬楽』

〈目録〉高砂　拍子丗三　七段　一段五　二段四　三段五　四段四　五段六　六段五　七段四〈本文〉高砂

長生楽破　拍子丗二　七段　一段五　二段四　三段五　四段四五段六　六段五　七段四

多可左古　乃　左伊左々古　乃太加左　己乃

乎乃戸尓　太天留　之良多末太万川波木多万也　名支（此第一段有二説）

曽礼毛加　止　左　牟末之毛　可止末之毛　可度

祢利乎　左　美乎乃　見曽加介　尓世牟多万也　名支

名尓之加　毛　沙名尓之　加毛　名尓之　加毛　古々呂毛　万多以介牟　由利波名　乃　沙由利

波　名乃

介左々伊多留　波川波名尓　安波　万之毛乃乎　沙由利波　名乃

又説　安波　万之无乃乎

〈高砂の　新しく積もった砂の　高砂の　岡の尾の上に立てる　白玉　玉椿　玉柳　それも欲しい　さむ　あなたが欲しい　あなたがほしい　練緒の染緒の　御衣架にしてあげよう　玉柳　何でしょう　さ　何でしょう　何でしょうと　心もまた急いている　百合花の　さ百合花の　今朝咲いたばかりの　初花に　逢いたかったよ　さゆり花の〉

この歌は、純粋に憧れの女性をひたすら賛美してその女性が既に他人の者になっていることを嘆いているとい

う歌である

賢木巻では、頭中将の次男の歌唱、光源氏と頭中将の歌唱、頭中将の和歌、光源氏の和歌という順番で「高砂」に関係した和歌を二人が「高砂」の後に詠い合うという歌垣的な空間を作っている。ここでは催馬楽「高砂」を引用することで自分が求めていた女性が人のものとなり悔やまれるという内容を提示することで展開される物語に意味を付随させると同時にここで起きている事柄を示している。

続けて須磨巻における催馬楽を見ていく。須磨巻では、桐壺帝から朱雀院への譲位が行われ、父の死と身辺も政治的に厳しさが増してきたところに朧月夜との関係の発覚があり、弘徽殿方の謀反の企てという追求などがあり決定的に罪を追求される前に須磨へ退去することを光源氏が決意する。紫の上などと別れ、三月二十余日に都を離れる。須磨で一年の月日を過ごすことが描かれる。須磨巻は、先の賢木での事件の結果として宮中から一時的に逃げる部分が書かれている。

須磨巻における催馬楽「飛鳥井」登場例

御馬ども近う立てて、見やりなる倉か何ぞなる稲取り出でて飼ふなど、めづらしう見給ふ。飛鳥ゐすこしうたひて、月ごろの御もの語り、泣きみ笑ひみ、「若君の何とも世をおぼさでものし給ふ悲しさを、おとゞの明け暮れにつけておぼし嘆く」など語り給に、耐へがたくおぼしたり。

（『源氏物語』二―四二頁）

右では、宰相中将の歌唱の部分に催馬楽が登場。

催馬楽「妹之門」の登場例

肘笠雨とか降りきて、いとあはたゝしければ、みな帰り給はむとするに、笠も取りあへず。
（『源氏物語』 二—四五頁）

須磨巻での催馬楽は、旅にでる事を提示し、さらに涙と女性との出逢いを暗示していることが以上の二つの催馬楽から確認が出来る。

次に明石巻と催馬楽の関係について見ていく。明石巻は、須磨巻で、光源氏が朧月夜との関係が表沙汰になり、苦境に陥って京を離れ、須磨へ都落ちするという場面から、住吉の神の導きで明石に向かい、そこで明石の君との出会いが書かれている。この巻では、住吉の神という唐的なではなく大和的な神という存在に注目することで考えたい。

明石巻の舞台空間について、若山滋は、これを「須磨という水辺の空間は、花の都から遠く離れた源氏の落魄の身を象徴している[*1]」と言っている。そして、折口信夫は、これを「一種の貴種流離譚」としている。[*2]

この場面は、罪の意識から自分で須磨に行っていると言われる。林田孝和は、「源氏の流離は必ずしも源氏が自らの法的罪を認めたというのではなく、むしろ精神的な贖罪である。[*3]」とこのように書いている。本当にこれだけで説明がつくのであろうか。

「とあることもかゝる事も、先の世の報ひにこそ侍るなれば、言ひもてゆけば、たゞ身づからのをこたりになむ侍。さしてかく官尺を取られず、あさはかなることにかゝづらひてだに、おほやけのかしこまりなる人のうつしざまにて世中にあり経るは、咎重きわざに人の国にもし侍るなるを、とをく放ちつかはすべき定めなども侍るなるは、さまことなる罪に当たるべきにこそ侍るなれ。濁りなき心にまかせてつれなく過ぐし侍らむもいと憚り多く、これより大きなるはぢにのぞまぬさきに世をのがれなむと思ふ給へ立ちぬる」など、こまやかに聞こえ給。

（『源氏物語』二―七頁）

確かに光源氏は、最初、明石の入道に逢うまでは経を読んで出家生活にも似た生活を送り、罪を反省しているようにも見えるが、須磨での光源氏の言葉を考えた場合、罪を悔いているとは考えにくい。それは、罪を悔いてとするならば何に対しての罪を感じているのか具体的に書かれておらず、密通に対しての対応も書かれていない。ただ経を読んで出家に近い生活を送っている。その後のために行動に移っている方が納得しやすい。

しかし、そうでないのはなぜか、それは、光源氏が一つの死を迎えたからではないか。この死は、一つの時代を終えるため前の自分を殺し、新たに再生を迎える為の儀式であると考える。この須磨巻までで、源氏が、源氏の父の権力の下、政敵から守られていた子供の時期が終焉を迎え、次の段階（大人）へ成長するための通過儀礼として、京都の外へ出ることを通し、はれて次の段階にいくという部分であり、その通過儀礼で大人として、不要な柵を棄て、力を蓄え、新しい力を得る準備に取りかかっている。これは、天皇即位の時に行われる太嘗祭のようにニニギと同化することで権力を得る正当性を暗示している。つまり、天孫降臨のように西に登場して新しい力を手に入れ、東に向かい権力を得るという構図を書いている。それは、この部分から、北山で紫上を発見するという仏教空間から女性を取り出すことに対して、須磨巻・明石巻で明石の君を発見するという住吉神社を背景とする神的空間から女性を取り出し、両方の力を源氏が得るというように読み取ることが出来るからである。また、山を想像させる北山の紫上と、海を想像させる明石の君の両方を妻とすることで、天皇として地上世界を統治する力を手に入れているのである。これは、ニニギから神武天皇までの婚姻の型を意識しているであろう。

では、神的空間から取り出された明石の君との出会いは、どのような意味がここに込められているのか。まず、明石上との出会いを導いたとする住吉の神は、底筒男・中筒男・表筒男・神功皇后であり、底筒男・中筒男・表筒男の三神は、イザナキが、筑紫の日向の橘の小門の阿波岐原で、黄泉の国の穢れを禊ぎした時に生まれた神である。この神は、神功皇后の三韓出兵で活躍し、軍神・海上守護の神となっている。そして、遣唐使によって信仰されたことで学業・和歌の神ともされた。つまり、住吉の神は、罪などの穢れを禊ぎにより払ってくれ、唐との貿易による豊かさを保証する存在となる。ここからも、西に向かい権力を得る正当性を得る根拠を得て東の都に戻る構図が見える。光源氏が、西で権力の地盤である金と後ろ盾と天皇家の伝統的な権力獲得のイメージに同化することに成功しているのである。

いまの世に聞こえぬ筋弾きつけて、手づかひいといたう唐めき、ゆの音深う澄ましたり。伊勢の海ならねど、「清き渚に貝や拾はむ」など、声よき人にうたはせて、われも時〳〵拍子とりて、声うち添へ給を、琴弾きさしつゝめできこゆ。

（『源氏物語』二―六七頁）

右の部分では、「唐めき」という空間で急に光源氏が催馬楽という大和的な歌を歌い始めている。なぜここに登場するのであろうか。

催馬楽「伊勢海」は次のとおり。

鍋島家本『催馬楽』

〈目録〉伊勢海　拍子八〈本文〉伊勢海　拾翠楽　拍子八

伊世乃宇美乃　支与支　名　支左尓之保加　比尓　名乃利曽也川末　牟　加比也比呂波　牟也　多末　也比

呂波　牟也

古説　太万毛比呂波无　加比毛比呂波无

〈伊勢の海の　汚れなき清き渚に　潮の引いた合間に　なのりそ（海藻）を摘もう　貝を拾おうか　それとも玉を拾おうか〉

催馬楽「伊勢海」は、特別な土地である伊勢の幸が豊かな海の清く遠浅な砂浜の波打ち際で、ただよう潮の間に「なのりそ」という浜藻を摘もう貝（女性）を拾おう、玉（男性）を拾おうという歌である。ここで「伊勢海」の「なのりそ」という浜藻に注目したい。この「なのりそ」は、「允恭紀十一年（西暦四五〇〜四六〇年頃）、天皇の愛妃衣通郎姫が、海の浜藻に言寄せて天皇への愛を歌ったことに対し、天皇は姫の姉の皇后が恨みを持つのでその歌を聴かせてはならないということで名付けられた。」という語源説を持つ。明石という場所において伊勢の海という他の場所を詠んだ歌をなぜここで使っているかは、まず、歌われている場所ではなく歌われている人物の情景が重要と考えられているからであろうし、そこには、唐的な性格と大和的な性格との比較をもちいることで物語世界に厚みを持たせているのであろう。

木村紀子は、「源氏物語中の催馬楽の使われ方の中心は、男女間あるいは、女達の私的な思いに関わるものである」[*4]と書いている。また、紫式部が催馬楽に思い入れをしたのは、「私（ひそ）かな私（きさき）の文化」を匂わせるためとしている。「私（ひそ）かな私（きさき）の文化」について木村紀子は、「すなはち、「日本紀などはただ片そばぞかし」（蛍巻）と源氏に言わせた式部の、「わたくし」の物語を語るという自負があったが故と見られる。」と書いている。そして、催馬楽にはるかな后妃の文化が書かれているためとしている。

本当に催馬楽の使われ方の中心は、男女間あるいは、女たちの私的な思いに関わる場面であるのか、女性の立場からの想いが中心ではないであろう。多くの場合、源氏自身が歌っている。そして、皇后に言えない愛妃との内緒ごとを意識した歌を引いている。きさきの思いというよりは、光源氏自身の思いを中心に込めている。

ここでは、催馬楽が、源氏に唐的要素と大和的要素を与え、その二つが混ざり込むことで権力の正統性を強調していることが解り、やはり出逢いの予言としても読むことができることを確認できる。

さらに澪標巻と催馬楽の関係を見たい。澪標巻の流れは、朱雀院退位、春宮の冷泉院の即位。また、明石の君に姫君が誕生し、光源氏に御子が三人生まれ、桐壺巻での占いが現実のものになることを知る。伊勢から帰った六条の御息所は、病気になる。光源氏に斎宮を託し亡くなる。光源氏は、斎宮を養女にし、後に冷泉帝に入内させ秋好中宮と呼ばれるようになるとなっている。澪標巻は、光源氏が宮中へ戻った後の話が中心となり、光源氏方の宮中における権力の再生産の部分となる。

催馬楽「高砂」の登場例

世中すさまじきにより、かつは籠りゐ給ひしを、とり返しはなやぎ給へば、御子どもなど沈むやうにものし給へるを、みなうかび給ふ。とりわきて宰相中将、権中納言になり給。かの四の君の御腹の姫君十二になり給ふを、内にまいらせむとかしづき給ふ。かの高砂うたひし君もかうぶりせさせて、いと思ふさまなり。腹〳〵に御子どもいとあまた次〳〵に生ひ出でつゝ、にぎわゝしげなるを、源氏のおとゞはうらやみ給。

（『源氏物語』二―九九頁）

ここでの催馬楽の登場の仕方は、都に戻ったことであらためて物語の登場人物の紹介をするために催馬楽が引用されることで説明される。催馬楽をここでは実際にはうたってはおらず、かつてうたっていた人が、この役職になったということを説明するために特徴的な思い出話として使用する。ここからは、催馬楽を詠うことがその人物のイメージを固定化する力を持っていることがうかがえる。催馬楽が、他の神楽や風俗歌と違い様々な場で利用されていることから、人物イメージの道具として使用するのであろう。

次に蓬生巻と催馬楽について確認をする。蓬生巻の流れは、末摘花が、光源氏が須磨へ退去した後、庇護を失い困窮し、女房達に逃げられ、老女房が残るに過ぎない状態になる。叔母に自分の娘の女房になるよう動かれたり、九州に下向を勧められたりするが、かたくなにそれらを拒否し光源氏を待つ末摘花。偶然近くを通った帰郷した光源氏により存在が思い出され援助が復活し生活が安定し、後に二条東院に引き取られるという話となっている。

蓬生巻での催馬楽「東屋」の登場例

雨そゝきも、猶秋のしぐれめきてうちそそけば、「御傘さぶらふ。げに木の下露は雨にまさりて」と聞こゆ。御指貫の裾はいたうそをちぬめり。むかしだにあるかなきかなりし中門など、ましてかたもなくなりて、入り給ふにつけてもいと無徳なるを、立まじり見る人なきぞ心やすかりける。（『源氏物語』二―一四九頁）

蓬生巻では、末摘花の邸の様子を催馬楽の歌詞で言い換える表現として登場している。常陸の宮の娘と中品の姫という要素から催馬楽が選択されたのであろう。都からの東に対しての地方イメージがここに込められていると考える。西に向かった光源氏に東という要素を与えることがこの末摘花の登場理由であったのではないか。そして、そのことを強調し何をここに込めているのかを示すために催馬楽を使い、催馬楽のイメージの強さを借りて語っているのではないかと考える。

薄雲から常夏巻を確認する。この巻々は、薄雲巻で藤壺が亡くなる所から始まる。ここまでの催馬楽の登場する巻と出ない巻を巻の流れごとに区切りを私的にほどこしてみたが、これは、催馬楽の登場する巻が部分ごとにまとまっているためにおこなった処置であるのだが、催馬楽の登場する際にある規則性が見える。それは、重要人物達の死との関係である。死の直後の内容が含まれる巻に催馬楽が登場し、さらに催馬楽が登場している巻を経て新たな力を主人公達が得ているように感じられる。この考えを確認するためにさらに催馬楽の登場箇所を見ていきたいと考える。

まず、薄雲巻と催馬楽の関係を見ていきたい。薄雲巻の流れは、明石の君が、姫君の将来を思い心乱れるまま、姫君袴着の折、紫の上の養女として手放すことになり、翌年、摂政・太政大臣が亡くなる。天変地異が起こり不吉な予言がされ、冷泉帝の世に暗い翳りがさすようになる。藤壺もまた三十七歳の厄年に亡くなり、その理由が冷泉帝の出生の秘密によると夜居の僧に奏上される。実の父を知った帝は、光源氏に帝位を譲ろうとするが、光源氏に固辞されるとなっている。

薄雲巻に登場する催馬楽「桜人」の登場例

姫君はいはけなく御指貫の裾にかゝりて、慕ひきこえ給ふほどに、外にも出で給ひぬべければ、立ちとまりて、いとあはれとおぼしたり。こしらへをきて、「あす帰り来む」と口ずさびて出で給ふに、渡殿の戸口に待ちかけて、中将の君して聞こえ給へり。

(『源氏物語』二一一二二五頁)

催馬楽「桜人」は次のとおり。

鍋島家本『催馬楽』
〈目録〉櫻人　拍子廿三　二段　各十一〈本文〉櫻人　拍子廿二　二段　各十二
左久良比止　曽乃不祢　知々　女　之末川　多乎　止万　知川　久礼留　見天　可　戸利己无也曽　与　也
安春可戸　利　己　牟　曽与　也　己止乎己曽　安須止毛　以波　女　乎千　可　太尓　川　万　左　留
世那波　安春毛　左　祢　己之也　曽　与　左安春　毛左　祢　己之也　曽　与　也
一説　川末左留比止波
〈桜人よ　その舟を止めてください　島の田を　十町ほどつくっている　見てから帰りましょう　そうだ明日は帰れるでしょう　そうだ　言葉でならば　明日とも言うでしょう　遠方に　妻を置き去る夫は　明日も本当に来るでしょう　そうだ　本当に明日も来るのでしょうか　どうでしょうか〉

この歌は、花びらの散る桜の人という意識から、春という季節の人の往来を意識しているのであろう。男女の出逢いと別れ、夫の地方への赴任や帰還など春という季節が持つ年間サイクルの中の性格が歌われている。石田穣二[*5]や清水好子[*6]がこの巻の中心は藤壺の死であり、第一部の女主人公の死を語るに相応しい荘厳な記述がされているとしている。この指摘を含めた催馬楽の引用を考えると、光源氏の口遊《くちすさ》びの場面であるが、「桜人」をうたうことで光源氏の世の復活をここで宣言しているのではないかという視点が提示できる。この「帰る」という部分には、この部分の本文中の中での帰るではなく、巻を超越した流れの中で、光源氏としての権力の返還が起きていることを暗示させ、あえて口遊びさせることで、強調させているのではないかと考える。死と再生をこの巻に込めるために催馬楽の「桜人」を登場させているように感じる。

次に少女巻と催馬楽の関係を見ていく。少女巻の物語は、十二歳で元服した夕霧を、四位にして殿上させるだろうという周りの予想に反して光源氏は、六位にして大学に入学させる。幼い頃から祖母である大宮のもとで育てられた夕霧は、同じく預けられていた内大臣（頭中将）の娘である雲居の雁と恋仲になる。それを知った内大臣は激怒し仲を裂く。光源氏は、大邸宅を六条に計画をするという展開で語られる。

少女巻で登場する催馬楽「更衣」の登場例

いと若うおかしげなる音に吹きたてて、いみじうおもしろければ、御琴どもをばしばしとゞめて、おとゞ、拍子おどろ〳〵しからず打ち鳴らし給て、「萩が花ずり」などうたひ給。（『源氏物語』二―二九三頁）

内大臣の歌唱で催馬楽が登場。

楽所とをくておぼつかなければ、御前に御琴ども召す。兵部卿の宮琵琶、内のおとゞ和琴、箏の御琴院の御前にまいりて、琴は例のおほきおとゞに給はりたまふ。せめきこえ給。さるいみじき上手のすぐれたる御手づかひどもの尽くし給へる音は、たとへん方なし。唱歌の殿上人あまたさぶらふ。あなたうと遊びて、次に桜人、月朧にさし出でてをかしきほどに、中島のはたりに、こゝかしこ篝火どもともして、大御遊びはやみぬ。（『源氏物語』二―三二九頁）

右では、殿上人たちの歌唱で催馬楽がうたわれる。

催馬楽「更衣」は次のとおり。

鍋島家本『催馬楽』
〈目録〉更衣〈本文〉更衣
己呂毛可戸世无也　左支无太知也　和可支奴波　乃波良之　乃　波良　波支乃波名須利也　左支无太知也
〈衣替えしよう　公達よ　私の衣は　野原篠原を通って　萩の花摺のようになっています　公達よ〉

この歌は、衣の交換についてくすんだものから良い物へと交換したい男の歌であると考える。恋愛の歌ともとれるが、恋愛にしては、恩着せがましく感じる歌となる。この恩着せがましい所にうたの面白さを見いだせば宴のうたとしての笑いの歌として見ることができる。
催馬楽「安名尊」は、次のとおり。

鍋島家本『催馬楽』
〈目録〉安名尊　拍子十四　三段六　二段五　三段三　〈本文〉安名尊　拍子十四　三段六　二段五　三段三
安名多不止　介不乃太　不止左也　伊尓之戸　毛　波礼　伊尓之戸　毛　可久也安
利介无也　介不乃多　不　止左　安波礼曽　己与之也　介不乃太　不　止左
〈あゝ尊いことよ　今日の尊いことよ　昔もハレ昔もこうであったであろうか、いやないかもしれない、それほど今日の尊いことよアハレソコヨシヤなんと今日の尊いことよ〉

この歌は、「そこ」にいる人物に対して祝いを歌っている歌であり、典型的な宮廷賛歌である。
少女巻での催馬楽から見えてくる事件は、催馬楽「更衣」から、交換という要素が指摘でき、御殿の移動が此に当たるのではないか、また、催馬楽「安名尊」からは、元服のめでたさや、「桜人」からは、雲居の雁との仲を裂かれたことを提示しているのではないかとも考えるが、ここは、行事の中での催馬楽の歌唱のため、行事らしい催馬楽を使っているだけとも考えられるが、ここもやはり先述の通り物語に対しての説明や予言が催馬楽を引用することで表現されていると考える。

　初音巻の流れは、正月、光源氏は六条院の女性達を順番に年賀にめぐっていく。春の御殿の紫の上と唱和し、明石の姫君、花散里、玉鬘、明石の君と訪れ、明石の君のもとで夜を明かす。臨時客の行事が終わった後、二条東院の末摘花や空蝉の見舞いへ訪れるとなっている。初音巻では、正月に女性達に廻って行きそこで唱和するという歌垣らしい描写が書かれている。そのため、催馬楽が登場するに相応しい巻とも考えられるが、初音巻で登場する催馬楽は、踏歌の行事にうたわれる催馬楽の「此殿」と「竹河」である。

　花の香誘ふ夕風のどやかにうち吹きたるに、御前の梅やう〱ひもときて、あれはたれ時なるに、物の調べどもおもしろく、此殿うち出でたる拍子いと花やかなり。おとゞも時ゝ声うち添へたまへるさき草の末つ方、いとなつかしくめでたく聞こゆ。

（『源氏物語』二―三八五頁）

右は、光源氏達の歌唱に催馬楽が登場。

　ほのぼのと明ゆくに、雪やゝ散りてそゞろ寒きに、竹河うたひてかよれる姿、なつかしき声〱の、絵にもかきとゞめがたからむこそくちおしけれ。

（『源氏物語』二―三九〇頁）

竹河は、男踏歌一行の歌唱に催馬楽が引用されている。
催馬楽「竹河」は、次のとおり。

鍋島家本『催馬楽』
〈目録〉竹河　拍子十四　二段各七〈本文〉竹河　拍子十四　二段各七
太介加　波乃　波之乃川　女名留也　波之乃　川　女名　留也波奈　曽乃　尓　波礼
波名曽乃尓　和礼乎波　波奈天也　和礼乎　波波名　天也　女左　之多　久　戸天
〈伊勢の国にある竹河の　橋の詰めにある　橋のたもとにある　花園に　はれ　花園に　どうぞ我を放しなさい　我を放しなさい　そして処女をつれていこう〉

この歌は、男踏歌でうたわれる四つの催馬楽の内の一つである。木村紀子は、折口信夫の意見を採用し斎宮という禁断の地に思いを馳せた歌とし、きつい労働から逃れたい女の歌としている。藤井貞和は、この歌に斎宮社会のタブー性にまで結ぶべきではないとしている。結婚のタブーの克服が暗喩されているとしている。この歌は、労働から逃れたいという歌というよりは、河を挟んだ反対から向こうにいる女性達に飛び込んで恋愛をしたい男の欲望の歌とする方が合っているように感じる。宴会で詠まれていたのだからこちらの意味で捉えていた人の方が多かったであろう。

初音巻での催馬楽は、まさに踏歌と共に登場していることがわかる。踏歌は、先述の通り、歌垣の場で行われる行事である。催馬楽の出自とも考えられる情景がここで展開される。初音巻での催馬楽は、後の竹河巻で詳しく考察したい。河添房江[*7]は、ここでの催馬楽「此殿」は、繁栄の物語を象徴する役割があるとしている。この指摘のとおり、ここでは繁栄の予祝がおこなわれていると考える。

では、胡蝶巻と催馬楽の関係を見たい。胡蝶巻の流れは、三月二十日頃、源氏は春の町で船楽を催す。秋の町からも秋好中宮方の女房たちを招く。引き続き夜も管弦や舞が行われ、公卿や親王らも加わった。兵部卿宮は玉鬘に求婚すべく源氏にぜひ姫君をと熱心に請う。翌日、秋の町で中宮による季の御読経が催される。公卿たちも参列した。紫の上は美々しく装った童たちに持たせた供養の花を贈り、中宮と和歌を贈答。夏、玉鬘の下へ兵部卿宮、髭黒右大将、柏木らが、次々と求婚の文をよこす。それらの品定めをしつつ、玉鬘への思慕を押さえがたくなった源氏は、想いを打ち明け側に添い臥すが、自制でそれ以上の行為はなかった。玉鬘は、養父からの思わぬ懸想に困惑することが書かれる。

胡蝶巻に登場する催馬楽「青柳」の登場例

空の色、ものの音も、春の調べ、響きはいとことにまさりけるけぢめを、人〳〵おぼし分くらむかし。夜もすがら遊び明かし給ふ。返り声に喜春楽立ちそひて、兵部卿宮、青柳おり返しおもしろく歌ひ給ふ。あるじのおとゞも言加へ給ふ。

（『源氏物語』二—四〇三頁）

催馬楽「青柳」は次のとおり。

鍋島家本『催馬楽』

〈目録〉青柳　拍子十二　二段　各六〈本文〉青柳　長生楽序　拍子十二　二段　各六

安乎也支　乎　加多以止尓　与利天　也　於介也　宇久比春乃　於介也

宇久比春乃　奴不　止以　不　可左波　於介也　宇女乃波名　加左也
〈青柳を片絲によりて　や　おけや　鶯の　おけや　うぐひすの　交わり縫ふといふ笠は　おけや　これぞ梅の花笠や〉

この歌は、糸を縒る行為から男女の交わりをイメージさせ梅の花笠は、女性の下半身の描写にも読める歌である。

胡蝶巻の催馬楽は、春の町での情景を華やかにすることと、歌詞から、片糸を縒ることから玉鬘との恋愛における添い寝を示しているように感じる。催馬楽「青柳」を引用することで、玉鬘に対してこの催馬楽が描いていた情景を物語上にも浮かび上がらせていると考える。

続けて蛍巻と催馬楽について見ていく。蛍巻の流れは、五月雨の頃、兵部卿宮から玉鬘に文が届く。それに対し源氏は返事を書かせ、六条院に来た兵部卿宮に几帳の内に蛍を放ちその光で玉鬘の姿を源氏は見せる。その姿に心を奪われた兵部卿宮は和歌を玉鬘におくるが、玉鬘にあしらわれる。兵部卿宮は、蛍兵部卿宮と呼ばれる。五月五日の節句、玉鬘の下に多くの薬玉が贈られる。源氏は夏の町で騎射と宴を催し、晩は花散里に泊まる。長雨の季節に入り、物語に熱中する玉鬘に源氏は物語評論を聞かせ、言い寄り玉鬘を困らせる。その頃、玉鬘の実父内大臣は、かつて夕顔との間にもうけた娘が他人の養女になっているという夢占いで、玉鬘の行方を捜すという話である。

蛍巻に登場する催馬楽「東屋」登場例

すきずきしきやうなれば、ゐたまひも明かさで、軒の雫も苦しさに、濡れ〳〵夜深く出で給ひぬ。
（『源氏物語』二―四三二頁）

蛍巻は、従来、物語論の巻であると本居宣長[*8]などの研究で言われ、秋山虔などから否定されたりもしているが、昔物語という語が多く登場することは、野村精一[*9]などが研究し指摘している。

蛍巻では、玉鬘の存在を示すために催馬楽が登場している。催馬楽の引用には、玉鬘が光源氏に言い寄られる様子を込めていると読むことができ、歌詞の「軒の雫」からは、家の中に囲われた子供という暗示もあるかもしれないが、ここまでは、曲解になろう。昔物語から考えると、雨というもの自体の持つ農耕の神話性などが思い起こされるが、雨と物語という組み合わせが多いため、このイメージを持った神話の影響とも考えられる。

常夏巻を見たい。常夏巻の流れは、盛夏の六条院、源氏は夕霧を訪ねてきた内大臣家の子息たちに、落胤の姫君のことを尋ねる。玉鬘を探していた内大臣は、近江の君を見つける。この噂を源氏も知り、夕霧と雲居の雁の仲を許さないことから皮肉った。二人の不仲を聞き、実父にたいする思いに悩む玉鬘に、和琴を教えながら惹かれる光源氏。光源氏に対し内大臣は激怒し、雲居の雁のところへ出向いて説教をする。姫君らしくない近江の君の処遇に思い悩む内大臣。弘徽殿女御の元に行儀見習いへ出すが、女御へ贈られた文も和歌も支離滅裂で女房たちの失笑を買うという話である。

常夏巻に登場する催馬楽「貫河」登場例

おとゞは本意なけれ。まじりものなく、きらぐ〵しかめる中に、大君だつ筋にて、かたくななりとにや」とのたまへば、「来まさばと言ふ人も侍けるを」と聞こえ給ふ。「いで、その御肴もてはやされんさまは願はしからず。たゞおさなきどちの結びをきけん心も解けず、年月隔て給ふ心むけのつらきなり。

（『源氏物語』三─八頁）

玉鬘と光源氏の会話に催馬楽の一節が登場。

これにもまされる音や出づらむと、親の御ゆかしさたち添ひて、この事にてさへ、いかならむ世に、さてうちとけ弾き給はむを聞かむなど、思ひゐたまへり。

「貫河の瀬ゝのやはらた」と、いとなつかしく歌ひたまふ。「親さくるつま」は、すこしうち笑ひつゝ、わざともなく掻きなし給ひたるすが掻きのほど、いひ知らずおもしろく聞こゆ。（『源氏物語』三―一〇頁）

光源氏の歌唱において催馬楽が登場。

藤井貞和[*10]は、ここでの催馬楽「貫河」が、光源氏が玉鬘を内大臣に合わせない張本人であることを示しているとしている。

常夏巻での催馬楽の登場は、玉鬘と内大臣の出逢いを邪魔する光源氏だけでなく、婿と親に割かれる関係と、夕霧と雲居の雁の事についても示していると考える。

以上から、催馬楽が物語の空間で、その空間で起きている事象を歌という形で示している可能性があることを指摘できると考える。この方法が、『源氏物語』後半部分にも対応することが出来るかをさらに確認をしたい。

『源氏物語』は、巻ごとに様々な研究がなされているが、その研究には、多くの場合、催馬楽の引用が物語において何を提示しているのか、どのような役割をしているのかを研究しているものが少ないように感じる。催馬楽が役割を持って引用されるとするのは曲解にすぎず、素直に物語を読むべきであるとするには、あまりにも多くの引用が『源氏物語』に施される。逆に素直な読みを考えたとき、曲解を交えさせながら読ませようとする作者の意図があった場合、それを無視して読む行為こそ曲解にすぎないのではないかとも考える。物語は、あえて様々な読みをさせるために楽しむポイントを作っていると考える。まして、『源氏物語』は、様々な文化的な素養を持った貴族や皇族に対して書いているわけであるのだから物語に対して様々な手法が採られていると考える。近代文学が作り出した様々な物語における手法はたしかにあると想定はできず、当時の視点より読むためには排除が必要であろうが、完全な排除はすべきではないであろうし、時代として培った同時代の中での暗黙の了解のようなものを頭上に浮かべて読む必要が感じられ、また、そこに物語を読む姿勢（モード）のようなものが、求められている。

【注】

1　若山滋『文学の中の都市と建築』丸善株式会社、一九九一年
　人間が造った空間である都市も建築も、本来虚構であるはずの「文学」の中においてこそ、人間の心情との真実の関係が表れると、古典を建築学の立場から書かれる。
2　折口信夫『折口信夫全集　第九巻』中央公論社、一九七六年
3　林田孝和「明石」秋山虔編『新・源氏物語必携』學燈社、一九九七年
4　木村紀子訳注『催馬楽』東洋文庫、平凡社、二〇〇六年
5　石田穣二「源氏物語における四つの死―歌言葉のことなど―」『源氏物語論集』桜楓社、一九七一年
6　清水好子「藤壺宮」『源氏の女君』塙書房、一九六七年
7　河添房江「梅枝巻の光源氏」『源氏物語の喩と王権』有精堂、一九九〇年
8　本居宣長「源氏物語玉の小櫛」『本居宣長全集第四巻』筑摩書房、一九六九年
9　野村精一「物語批評の歴史・序説―源氏物語蛍巻の文体批評―」『源氏物語の創造』桜楓社、一九七五年
10　藤井貞和『平安物語叙述論』東京大学出版会、二〇〇一年

第三節　記憶を呼び戻す

第三節では、記憶という歌による物語上の過去の思い出の回想を導く催馬楽記載を確認したい。ここでは、真木柱巻から横笛巻での催馬楽引用を確認する。真木柱巻からは、『源氏物語』において、光源氏の成熟期を書いており、光源氏にとって権力の頂点に上り詰めた様子とその後が書かれている。

まず、真木柱巻と催馬楽について見ていく。真木柱巻の物語は、尚侍として出仕を控える玉鬘が、その前に女房の手引きで髭黒に契りを交わされる。玉鬘を得た髭黒を、源氏は心とは裏腹に丁重に婿としてもてなす。髭黒と結婚する玉鬘はしおれ、源氏とも顔を合わせない。一方で実父の内大臣は、姉妹の弘徽殿女御と冷泉帝の寵を争うよりはと縁談を歓迎、源氏に感謝。髭黒はその後玉鬘を迎えるために邸の改築に取り掛かるが、北の方は絶望し、父親の式部卿宮も実家に戻らせようと考える。玉鬘のもとへ出発しようとした矢先、突然狂乱した北の方に香炉の灰を浴びせられ、北の方に愛想を尽かす髭黒。式部卿宮は、髭黒の留守の間に北の方と子供たちを迎えにやる。一人髭黒の可愛がっていた娘だけは父の帰りを待つと言い張ったが、別れの歌を邸の柱に残し連れられる。後でそれを知った髭黒も涙し、宮家を訪れて対面を願ったが、返されたのは息子たちだけだった。明けて新年、髭黒は、玉鬘に出仕を許し玉鬘は参内。冷泉帝は噂以上の玉鬘に魅了される。これに対し髭黒は玉鬘を自邸へ連れ帰る。玉鬘を奪われた源氏はなおも幾度か文を送るが隔てられて思うに任せない。玉鬘は男子を出産し、その後は出仕することもなく髭黒の正室として家庭に落ち着くという話である。

真木柱巻に登場する催馬楽「竹河」の登場例

ほのぐ〵とおかしき朝ぼらけに、いたくえひ乱れたるさまして、竹河うたひける程を見れば、内の大殿の君達は四五人ばかり、殿上人のなかに声すぐれ、かたちきよげにてうちつゞき給へる、いとめでたし。
（『源氏物語』三―一三四頁）

右は、男踏歌の一行の歌唱。

真木柱巻での催馬楽は、行事の一環として登場しているため、踏歌に合った催馬楽が歌われている。歌からは、玉鬘を奪われたことを思い起こさせる。踏歌には、三つの催馬楽があるのにあえてここで催馬楽「竹河」を書くのは、やはり、事件を端的に読者へ知らせるためかと考える。

次に梅枝巻における催馬楽について考察したい。梅枝巻は、「梅枝」という催馬楽が登場するが、この「梅」について注目したい。

梅枝巻の場面の流れは、明石の姫君が東宮妃として入内することが決まる。光源氏は宮中に持参させる香の調合を最高のものとしようとゆかりの人々を競わせて香の品評会である薫物合を行う。そして、六条院で音楽会を開き弁の少将が催馬楽「梅枝」をうたう。明石の姫君の権勢におされて、有力者達は娘達の入内を次々と断念する。雲居の雁を夕霧と引き離していた内大臣も東宮への入内をあきらめ夕霧を婿へと考えを変える。しかし、夕霧や光源氏は一向にそのそぶりを見せないと以上のような流れを持つ。

梅枝巻に登場する巻名ともなっている「梅枝」という催馬楽は、「梅」という言葉が、鍵語《キーワード》となっている。『源氏物語』において梅に関係する語が登場する巻を見ておきたい。『源氏物語』において「梅」の登場例は、四十一ヶ所になり、その内六件が「梅壺」という語で、自然の梅の描写及び季節の回想は、三十五ヶ所に及び、巻として分けると次のようになる。
自然「梅」　末摘花巻・玉鬘巻・初音巻・常夏巻・真木柱巻・梅枝巻・若菜上巻・若菜下巻・幻巻・匂宮巻・紅梅巻・竹河巻・早蕨巻・浮舟巻
「梅壺」　賢木巻・絵合巻・少女巻・匂宮巻
催馬楽「梅枝」　梅枝巻・竹河巻・浮舟巻
梅の描写は、末摘花巻・玉鬘巻・初音巻・常夏巻・真木柱巻・梅枝巻・若菜上巻・若菜下巻・幻巻・匂宮巻・紅梅巻・竹河巻・早蕨巻・浮舟巻と源氏物語全体におよび、春の描写と供に書かれていることが多い。
催馬楽「梅枝」は次のとおり。

鍋島家本『催馬楽』
〈目録〉梅枝　拍子十四　三段　一段六　二段五　三段三〈本文〉梅枝　拍子十四　三段　一段六　二段五
三段三
无女加江尓　支為留宇　久比春也安　波留加介江　天江　波礼尓　者留加計　天　名介止毛　伊万太也
由支波不　利　川々
安波礼曽　己与之也　由支波不　利　川々
〈梅の枝に来た鶯が　冬から春にかけて　はれ　春にかけてまで　鳴いているけれどもいまだ　雪が降り続いている　あはれ　そこよしや　雪は降り続いている〉

催馬楽「梅枝」は、『古今和歌集』や『万葉集』にも似た歌があげられる催馬楽の内の一つである。『古今和歌集』の例として「梅がえに　きゐる鶯　春かけて　鳴けどもいまだ　雪はふりつゝ」（題しらず　読人しらず　古今和歌集　巻第一　春歌上）という歌がある。どちらの歌もほぼ一緒の歌であり、どちらかが、どちらかの歌を採用したのであると考えられるが、一般的には、催馬楽が既にあるこの歌を採用し、『古今和歌集』にもこの元の歌が収集されたとするものが多い。「梅」と「鶯」と「雪」の入った春の歌は、かなりの数があり、和歌として詠われていたため、既に形として確立していた歌があったのであろう。

また、『更級日記』の「梅」と「枝」を使った例は、「たのめしを猶やまつべき霜がれし梅をも春はわすれざりけりといひやりたれば、あはれなることゞもかきて、猶たのめ梅のたちえはちぎりをかぬおもひのほかの人もとふなり」と梅のたち枝の薫るときは、約束をしていない人が訪問するときと古歌に書いていると書いている。『更級日記』の梅のたち枝は、「わかやとの　うめのたちえや　みえつらむ　おもひのほかにきみかきませる」（平兼盛　拾遺集　十五　一巻　春歌）の歌における菅原道真の飛梅伝説が踏まえられていると原岡文子[*1]は書いている。

以上のように『古今和歌集』の中に採録されている歌でもある「梅枝」であるが、実際には、どのように歌われていたのであろうか。催馬楽「梅枝」の歴史的使用例は、天徳四年三月三十日内裏歌合において見られ、実際に当時使用されていたことがわかる。

では、物語ではどのように登場しうたわれているか。

催馬楽「梅枝」ではなく、手紙のやりとりの道具としての梅枝の登場例

二月の十日、雨すこし降りて、御前近き紅梅盛りに、色も香も似るものなきほどに、兵部卿の宮渡り給へり。御いそぎの今日あすになるにけることども、とぶらひ聞こえ給。むかしよりとりわきたる御仲なれば、隔て

なくそのことかのことと聞こえあはせ給て、花をめでつゝおはするほどに、前斎院よりとて、散りすきたる梅の枝につけたる御文持てまひれり。

（『源氏物語』三―一五三頁）

催馬楽「梅枝」がうたわれている場面の例

宮の御前に琵琶、おとゞに箏の御琴まいりて、頭中将和琴給て、はなやかに掻き立てたるほど、いとおもしろく聞こゆ。宰相中将横笛吹き給。おりにあひたる調子、雲井とをるばかり吹き立てたり。弁の少将、拍子取りて、梅枝出だしたるほど、いとおかし。童にて韻塞のおり、高砂うたひし君なり。宮もおとゞもさしいらへし給て、こと〳〵しからぬものから、おかしき夜の御遊びなり。御土器まいるに、宮、

「うぐひすの声にやいとゞあくがれん心しめつる花のあたりに

千代も経ぬべし」と聞こえ給へば、

（『源氏物語』三―一五七頁）

琴の声もやみぬれば、「いざ、しるべし給へ。まろはいとたど〳〵」とて、引き連れて、西の渡殿の前なる紅梅の木のもとに、梅が枝をうそぶきて立ち寄るけはいの、花よりもしるくさとうち匂へれば、妻戸おしあけて、人〻あづまをいとよく掻き合はせたり。

（『源氏物語』四―二六〇頁）

七月よりはらみ給にけり。うち悩みたまへるさま、げに人のさまざまに聞こえわづらはすもことはりぞかし、いかでかはかゝらむ人をなのめに見聞き過ぐしてはやまん、とぞおぼゆる。明け暮れ御遊びをせさせ給つゝ、侍従もけ近う召し入るれば、御琴の音などは聞きたまふ。かの梅が枝に合はせたりし中将のおもとの

和琴も、常に召し出でて弾かせ給へば、聞あはするにも、たゞにはおぼえざりけり。

（『源氏物語』四―二七九頁）

おりにあひたる物の調べどもに、宮の御声はいとめでたくて、梅枝などうたひ給。何ごとも人よりはこよなうまさりたまへる御さまにて、すゞろなることおぼしいらるゝのみなむ罪深かりける。

雪にはかに降り乱れ、風などばげしければ、御遊びとくやみぬ。この宮の御殿ゐ所に人人まいり給。

（『源氏物語』五―一二〇頁）

以上が、物語での登場例であり、三つの巻で催馬楽「梅枝」がうたわれる。

梅枝巻は、光源氏の絶頂時期と重なり、息子である夕霧や娘である明石の宮に焦点が向けられる物語である。次に竹河巻の場面の流れは、夫亡き後、玉鬘は、娘達の結婚問題になやんでいた。長女には冷泉院と夕霧の次男から結婚の申し込みがあり、一方、かつて玉鬘を手に入れられなかった冷泉院は、いまだに玉鬘を欲する。玉鬘は、自分の変わりに娘である長女を結婚させるが冷泉院は、その思いを収めることが出来なかったとなり、浮舟巻の場面の流れは、匂宮は自分の邸で出会った美しい浮舟の姿が忘れられない。正月、宇治から中の君あての女性の筆跡の手紙が届く。あの女からに違いないと匂宮は宇治へ行く。匂宮は声色を薫に似せ山荘に入り浮舟と強引に結ばれる。二月、匂宮は、宇治川を小舟でわたり対岸の邸に姫君を連れ出して愛し合う。穏やかな思いやりのある薫と情熱に燃える匂宮の間で河面に漂う小舟のような浮舟が命を絶とうと考えるという巻でも登場している。

『源氏物語』の構成について、紫上系と玉鬘系という構成の分け方が武田宗俊[*2]によって研究されていたが、こここでは、この二つの系統が『源氏物語』において存在していることを押さえておきたい。この視点を加えるとどのようなことが催馬楽「梅枝」の登場理由として考えられるであろうか、紫上系と玉鬘系の両方の人物が登場する梅枝巻の主題はなにかを考えたい。

河添房江は、玉鬘を喪失した六条院が、いったいどのような方策によってその「喪失の打撃」から復権していくのかということに対し、「桐壺」に登場した高麗人の富のことを端緒に「いにしゑのゆえある」と「いまめかし」の止揚を提示し、調香の依頼の問題、仮名手本のことと史実などを含めた事例の博捜などをたたき台として「聖帝の雅事の継承」の軸を導き、「敗北的状況に見舞われた光源氏が、芸術・文化への傾斜を深めることで、美の統括者としての貌を取り戻す巻。」[*3]と述べている。

ここでの根拠として梅枝巻の前の巻である真木柱巻において光源氏の思い人であった玉鬘が髭黒という地方豪族（元貴族）のむさくるしい男に取られることが描かれていることがあげられる。

また、三田村雅子は、「源氏物語後半の巻々は、紫の上のイメージと結びつくことにより、紅梅は華やかさと品格を兼ね備えた最高の花として繰り返し取り上げられる。」[*4]とし、さらに三田村雅子は、紫の上に対する回想が、『源氏物語』後半部の長編物語としての厚みのある時間の所有に関係が深いことを書いている。

河添房江を始め、梅枝の巻の先行研究の多くは、調香と実在の事物の書かれている巻としての研究が主なものであり、それ以外では、個々の人物達それぞれの研究の一過程での記述が多く、催馬楽「梅枝」の注や見解は、他の催馬楽よりは少ない。これは、「梅枝」自身の催馬楽としての一般的に言われるらしさがないためであろうか。

催馬楽「梅枝」と他の催馬楽と比べたい。「梅枝」と同じく春を詠った催馬楽である「梅枝」と似た催馬楽「青柳」。木村紀子は、「梅枝」と「青柳」について、供に催馬楽収集のおり、奈良の王朝和歌を混入させた他の催馬楽と性格の違うものと解説に書いている。[*5]梅に対して同じく春の花として桜についても見たい。同じく春の催馬楽である「桜人」であるが、梅に対して桜を使った催馬楽である。

催馬楽「青柳」の『源氏物語』登場例として胡蝶巻・若菜上巻があり、女三宮を青柳に見立てた例が若菜下巻にある。ここでは、紫の上を桜・女房を藤・明石の君を花橘に見立てている。また、梅に対して桜であるが、催馬楽桜人が『源氏物語』上に二度登場する。少女巻と椎本巻である。少女巻は、梅枝巻と朝顔の君で結ばれており関係が深い巻である。椎本巻では、薫が「いにしえの音」と催馬楽を琴で弾いていることが見られる。

この梅と桜について少し考えたい。平安京の内裏の紫宸殿の左近の桜は、古くは梅であったことが『古事談』に書かれている。

小林祥次郎は、「南殿の桜の樹は、本は是れ梅の樹なり。桓武天皇遷都の時、うゑらるる所なり。而るに承和年中（八三四〜八四八）に及びて、枯れ失す。仍りて仁明天皇改め植ゑらるるなり。その後、天徳四年（九六〇）（九月廿三日）内裡焼亡に焼け失せをはんぬ。仍りて内裡をつくりたる時、重明親王（式部卿）家の桜の樹を移し植ゑらるる所なり。（古事談　六）他に順徳天皇の「禁秘抄（上）」の天徳四年の記事や「続日本後紀」承和十二年の記事、「文徳実録（三）」の嘉祥四年（八五一）などに宮中の梅を折り頭に挿して楽を楽しんだ[*6]」と書いている。

ここから、梅と桜の日本においての行事に見ることができる享受の流れが解るのではないか。

これは、『万葉集』が梅と鶯の取り合わせの歌を一三首のせていたのが、『古今集』六首、『後撰集』一首、『拾遺集』二首、『金葉集』三首、『千載集』四首、『新古今集』二首と少なくなっていることからも確認が出来る。

中国からの輸入植物である梅と国産である桜の宮廷内での中国的な行事の方法から日本的な行事への変化がここで見て取れるのではないかと考える。この享受の違いが、催馬楽の採用方法の違いに出てきているのではないか。

梅枝巻の流れを整理すると、催馬楽「梅枝」の登場する巻において、紫上系と玉鬘系両方の人物が登場していることがまず挙げられ、登場を見ると。催馬楽を登場人物がうたう後に、催馬楽の内容に関した鍵語《キーワード》を使った歌の歌い合いが行われ、そこに女性がいない場合は、擬似的な歌垣が行われていることが見られる。そしてなにより、「梅枝」が行事に即してうたわれているというよりは、梅枝巻では、行事といえば行事であるが、光源氏の自宅での個人的な行事のシーンであるため、私的な場でうたわれていると考える。

ここから、催馬楽の性格が確認できるが、ここで問題なのは、なぜこの場面にそれぞれの人物が催馬楽をうたうのかということである。これは、個々で見ていくとその性格は違うが、それぞれの催馬楽が何かの役を背負わされていることが見えてくる。

『源氏物語』では、「梅枝」は、梅枝巻・竹河巻・浮舟巻と三回登場したわけであるが、催馬楽「竹河」と同じく歌垣の歌として男女の歌の掛け合いを展開させる場を創る役割が歌に想定され、もう一つは、催馬楽「梅枝」の特徴として歌詞から浮かぶ梅の香り、つまり香りからの想像があげられる。香りは、思い出を浮かびあがらせ、思い出は、歴史を浮かびあがらせる。歴史は、個人の場合と全体に関わる場合とがあるが、公の場の場合（多数の人物がいる場合）は、全体的な歴史性を私的な空間の場合（個人 対 個人）は、個々の人物に付随した過去や縁を浮かび上がらせる。

催馬楽「梅枝」の登場する巻は、『源氏物語』における主人公と同位置の女性、光源氏の長女明石の宮・玉鬘の長女大君・浮舟と『源氏物語』を三つに分けたときのそれぞれの登場人物の中でも外すことが出来ない人物の結婚に関係した巻にだけである。そして、催馬楽がうたわれた後、その女性達と関係を持った光源氏・薫・匂宮の女性遍歴という過去が思い出話という形で名前を出さない形で語られている。

この語りから、催馬楽「梅枝」の「梅」という語を持つことによる想い出を呼び起こすという特殊性を確認出来る。催馬楽「梅枝」は、鶯を男性、梅を女性とする場合が多いが、催馬楽の歌は、直接女性の視線がない状態でうたわれる場面が多い。そしてその後、男達だけで歌垣が行われる催馬楽「梅枝」、女だけで歌垣が行われる催馬楽「竹河」など催馬楽の歌われた空間前後でその歌詞を採った歌を同性だけの空間で歌い合い擬似的な歌垣を作り出している。

また、先の三田村雅子の指摘した紫の上と梅の関係も重要な点としてあげられる。紫の上は、『源氏物語』においで終止影響を及ぼす人物である。紫のゆかりを始めとして、梅という鍵語と共に最後まで影響を見ることが出来る。夢浮橋の最後の場面では、山から風が吹くという情景が語られ、風で匂い（香り）を消すことが書かれている。ここから、催馬楽をきっかけとした歌詞から五感を刺激する香りを連想させるという効果を与えていることが確認できる。

次に藤裏葉巻を見ていく。藤裏葉巻に登場する催馬楽は、多くの先行研究では二箇所のみしか説明をされていないが、新たに催馬楽「浅緑」がここに登場しているのではないかという試論に挑戦したいと思う。藤裏葉巻の流れは、内大臣が、雲居の雁と夕霧との結婚を許すことにし、四月自邸での藤の花の宴に夕霧を招待する。明石の姫君は、四月に入内し、その年の秋、光源氏は四十賀を前にして准太上天皇となる。桐壺巻の予言がほぼ実現する。十月末、六条院へ朱雀院と冷泉帝の行幸が行われるという展開になっている。

藤裏葉巻での催馬楽「河口」と「浅緑」と「葦垣」の登場例は、次の通りである。

「少将の進み出だしつる葦垣のおもむきは、耳とゞめたまひつや。いたきぬし哉な。かはくちの、とこそさしいらへまほしかりつれ」との給へば、女、いと聞きぐるし、とおぼして、

「浅き名をいひながしける川くちはいかゞもらしし関のあらがき

あさまし」との給さま、いとこめきたり。すこしうちはらひて、

「もりにけるくきたの関を川くちの浅きにのみはおほせざらなん
年月の積りも、いとわりなくてなやましきに、ものおぼえず」

（『源氏物語』三―一八四頁）

女君の大輔の乳母、「六位宿世」とつぶやきしよひのこと、物のをり〳〵におぼし出でければ、菊のいとおもしろくてうつろひたるを給はせて、

「あさみどりわか葉の菊を露にても濃きむらさきの色とかけきや
からかりし折の一言葉こそ忘られね」と、いとにほひやかにほゝ笑みて給へり。

（『源氏物語』三―一九三頁）

例の弁少将、声いとなつかしくて、葦垣をうたふ。をとゞ、「いとけやけうも仕ふまつるかな」とうち乱れ給て、「としへにけるこのいゑの」とうち加へ給へる御声、いとおもしろし。

（『源氏物語』三―一八二頁）

催馬楽「河口」は、次のとおり。

鍋島家本『催馬楽』

〈目録〉河口　拍子十四　二段　各七〈本文〉河口　拍子十四　二段　各七

加波久　知乃　世支　乃　安　良可支也　世支　乃　安　良可　支也末毛　礼止　毛　波礼　万毛礼　度母

伊天々　和　礼祢奴也　以天々　和　礼祢奴　也世支　乃安良　可支

又説　伊天々安比尓支也

〈伊勢の国の河口の　世間の目がある関の荒垣や　恋の障害となる関の荒垣や　親が守っているけれども　はれ守れども　外に出でて私はあの人と寝ます　外に出でて私はあの人と寝ました　恋の関の荒垣を越えて〉

この歌は、一般的に息子の歌とされるが、女性の歌として聞こえる。夜這いは、男が来るものであるが、女性が男に会いに行くため外へ出て誘う歌としてあえて女性側が歌うことで歌の遊びとして一段上の面白さをかもし出す。

催馬楽「葦垣」は、次のとおり。

鍋島家本『催馬楽』

〈目録〉葦垣　拍子卌　五段各六〈本文〉葦垣　拍子卌　五段各六

安之加支　末可　支　万可支加　支和　介　天不己春　止　於比己　須止　波礼　天不己春止　多己　止乎

於也尒末　宇　与己之　末宇　之々

※以下脱落

鍋島家本に脱落があるため、天治本の歌詞を載せる。

天治本『催馬楽抄』

〈目録〉葦垣　拍子卅五　五段〈本文〉葦垣　拍子卅五　五段　各七

安之加支　末加　支　末加支　加　支　和　介　天不己須　止　於比己　須止　太礼

天不己須止　太礼　加　太礼加　己　乃己　止　乎　於也尓末　宇　与己之　末宇　之々　止々呂介留　己

乃　以戸　己乃　以戸乃　乃止於与　女　於也尓末　宇　与己之　介良　之毛

拍子一三段　同

安女川知乃　加見　毛　加見毛　曽　宇之　太　戸　和礼波末　宇　与己之　末宇　左須

二四段同

須加乃　祢乃　須加　名　須加名　支　己　止　乎　和礼波支　久　和礼波　支久　加名

〈あの娘の葦垣真垣　真垣をかきわけ　とんと越すと　あの娘を負ぶって越すと　越すところで　誰か　誰か　この事を親に　告げ口をしたと　騒ぎが起きた「この家　この家の　弟嫁か　親に　告げ口したのは」「天地の　神も　神も証明します　我は告げ口などしていない　菅の根のように　すがな　すがなきことを（自分に関係のないことを）　我は聞いた　関係ないと確かに我は聞いたよ〉

この歌は、通婚の習俗の姿を残す歌である。男女の恋の劇をそのまま歌った歌に感じられる。藤裏葉巻での催馬楽「河口」は、関という親の障害が無くなったことを意味し、「葦垣」からは、嫁という明石の宮を示していると考える。また、弟嫁という表現から、近親関係の結婚がイメージされる。スティーブン・G・ネルソンは、昔から仲睦まじかった二人だったのに、なかなか結婚できなかった事への当てつけに、弁少将がこれを選んだのであろうかとしている。また、催馬楽の歌詞が違うことは歌い替えることによって場に相応しい歌にしたとしている。[*7] 催馬楽の各段の冒頭が独唱であったために歌い替えができたとしているがこの点については疑問が残る。独唱でなくとも催馬楽歌詞は諸本ごとに一部ないし変化があるため、歌う場ごとに歌詞を替えていたという視点は物語の創作なのか催馬楽でよく行われていたことなのかということから結論が出せないと考える。

催馬楽「浅緑」が、ここで引用されていると考えるのであるが、なぜ、ここで催馬楽「浅緑」が使われているかと考えたのかは、ここまでの催馬楽の登場の方法より、歌の引用が、催馬楽の歌詞を使い、その巻での出来事、特にその巻における最も重要な事件を書き出す表現をとっていたためである。

催馬楽「浅緑」は、次のとおり。

鍋島家本『催馬楽』

〈目録〉浅緑　拍子十二（妹之門同音　※朱書）〈本文〉浅緑　拍子十二

安左美止利　己以波奈太　曽女加介太利止毛　美留万天尓　太　万比可　留　之太比加留　新京朱左可乃

之多利也奈支　万太波　太　為止奈留

前栽安支波支　奈天之　己可良保比之太利也奈支

〈浅緑に　濃い縹　染め糸をかけたと　見えるほどに　玉のような新芽が光る　下も光る　新京朱雀大路の　しだれ柳もしくは、玉の沈んでいる井となる　前栽は、秋萩撫子　蜀葵としだれ柳が青々としているよ〉

この歌は、さわやかな新しい京の様子が歌われている。そこには、水の豊かさが多分に書かれ、この歌謡を歌うことにより土地の生命力を祝福していると考える。

この巻での重要な事象である、夕霧の昇進と朱雀院と冷泉帝の行幸を催馬楽「浅緑」の歌詞の「たまひかる」と「新京朱さか」で示していると考える。そのため、催馬楽「浅緑」がここで登場していると考える。

さらに若菜上・下巻と催馬楽の関係について考察する。若菜上・下巻では、若菜上・下巻における催馬楽の使われ方と使うことで物語の空間にどのような効果を与えているかを見ていきたい。ここには、四つの催馬楽が書かれており、催馬楽の使用が他の場面に比べて多い部分である。また、『源氏物語』全体の巻の中でも特に話が長い部分である。

先行研究では、女三宮が降嫁することで生まれる問題を中心に扱うものが多く。催馬楽についての研究があまりなされていない巻である。

若菜巻の前に源氏は、藤裏葉巻で准太上天皇になっており、並ぶもののない権力を得ている。そのため、若菜巻は、源氏にとっての人生における頂点《ピーク》に達していることから話が始まる。

若菜上巻の流れは、病気がちな朱雀院は、出家を希望しながらも母がいない女三宮のことを気にしていた。夕霧や柏木などの多くの男が婿候補に挙がったが、最も信頼されている源氏の元へ降嫁されることに決まる。朱雀院が出家し、源氏の四十賀があり、女三宮の六条院へ輿入れが始まる。六条院では、蹴鞠が催されたりし、猫によって御簾が上げられ、柏木に女三宮が目撃される展開となる。

若菜巻での催馬楽「青柳」の登場例

父おとゞは、琴の緒もいとゆるに張りて、いたう下して調べ、響き多く合はせてぞ掻き鳴らし給。これは、いとわらゝかに上る音の、なつかしくあい行づきたるを、いとかうしもは聞こえざりしを、と親王たちもおどろき給。琴は兵部卿宮弾き給ふ。この御琴は、宜陽殿の御物にて、代〳〵に第一の名ありし御琴を、故院の末つ方、一品宮の好み給ことにて、たまはり給へりけるを、このおりのきよらを尽くし給はんとするため、おとゞの申給はり給へる御伝へ〳〵をおぼすに、いとあはれに、むかしの事も恋しくおぼし出でらる。親王もえい泣きえとどめ給はず、御けしきとり給て、琴は御前に譲りきこえさせ給ふ。物のあはれにえ過ぐし給はで、めづらしき物一つばかり弾き給に、こと〳〵しからねど、限りなくおもしろき夜の御遊びなり。唱歌の人人御階に召して、すぐれたる声のかぎり出だして、返り声になる、夜のふけ行まゝに、物の調べどもなつかしく変はりて、青柳遊び給ほど、げにねぐらの鶯おどろきぬべく、いみじくおもしろし。わたくしごとのさまにしなし給て、禄などいときやうさくにまうけられたりけり。

（『源氏物語』三―二三八頁）

『源氏物語』の中で、若菜下巻において女三宮を青柳に見立て、紫の上を桜・女房を藤・明石の君を花橘に見立てて使用している。花をそれぞれの人物にあてて花のイメージから個々の人物達の性格付けを行い、花という語を使うことで人物達のその後の人生の展開にまで催馬楽から生み出された歌詞からの連想を使っている。ただ、若菜上巻では、柏木の歌や、若菜上の最後の歌である小侍従の歌に女三宮を花、特に桜に言い換えて歌を詠んでいる。「青柳」をうたっているのは、四十の賀の合奏の場面で、ここに出てくる返り声は、胡蝶の巻でも使われ人々の美声を喩えて使っている。胡蝶巻では兵部卿宮のうたであるが、ここでは唱歌の人々の遊びである。ここでの催馬楽が、若菜上巻の後半で、

「いかなれば花に木伝ふ鶯の桜をわきてねぐらとはせぬ

春の鳥の、桜ひとつにとまらぬ心よ。あやしとおぼゆる事ぞかし」と、口ずさびに言へば、いで、あなあぢきなの物あつかひや、さればよ、と思ふ。

「深山木にねぐらさだむるはこ鳥もいかでか花の色にあくべき

わりなきこと。ひたおもむきにのみやは」といらへて、わづらはしければ、ことに言はせずなりぬ

（『源氏物語』三―三〇〇頁）

という柏木が夕霧に女三宮の処遇に対しての主張を和歌にすることへと発展している。

催馬楽「我家」の登場例

内にまいり給人のさほうをまねびて、かの院よりも御調度など運ばる。渡り給儀式言へばさらなり。御をくりに、上達部などあまたまいり給。かの家司望み給し大納言も、やすからず思ながらさぶらひ給。御車寄せたる所に、院渡り給て、おろしたてまつり給なども、例にはたがひたる事ども也。たゞ人におはすれば、よろづの事限りありて、内まいりにも似ず、婿の大君と言はんにも事たがひて、めづらしき御仲のあはひどもになん。

(『源氏物語』三―二三九頁)

催馬楽「我家」の引用が登場するのは、女三宮の降嫁の場面であるが、催馬楽を使うことで昔あった事柄として催馬楽を登場させたのではなく、単に特別であることを強調するためというより、この事象がより読み手に対して伝説以上の事柄であるという印象を突きつけるという大きな効果を生みだすために引用され表現として使用していると考える。

この催馬楽からも歌がつくられ、尼君の明石に対する歌としてうたわれる。

「老の波かひある浦にたち出でてしほたるるあまをたれかとがめむ

むかしの世にも、かやうなる古人は罪ゆるされてなん侍ける」と聞こゆ。

(『源氏物語』三―二七二頁)

という右の歌が「我家」の歌詞からの連想として登場している。

催馬楽「席田」の登場例

夜に入りて、楽人どもまかり出づ。北の政所の別当ども、人〻ひきいて、緑の唐櫃に寄りて、一づつ取りて、次次たまふ。白き物どもを、品〲かづきて、山際より池の堤過ぐるほどのよそ目は、千歳をかねてあそぶ鶴の毛衣に思まがへらる。御遊びはじまりて、又いとおもしろし。御琴どもは、春宮よりぞとゝのへさせ給ける。朱雀院より渡りまいれる琵琶、琴、内よりたまはり給へる箏の御琴など、みなむかしおぼえたる物の音どもにて、めづらしく掻き合はせ給へるに、何のおりにも過ぎにし方の御ありさま、内わたりなどおぼし出でらる。

（『源氏物語』三―二六三頁）

催馬楽「席田」は、次のとおり。

鍋島家本『催馬楽』
〈目録〉席田　拍子十二　二段各〈本文〉席田　拍子十二　二段各
无之呂太乃　无之呂太乃　以　川奴支加波尓也　須无川　留乃
須无川留乃　春无川留乃　知止世乎可祢天曽　安曽比安戸留　千止世乎可祢天曽　安曽比安戸留
〈席田の　席田の　伊津《いっ》貫川に　や　住む鶴が（何）住む鶴が　や　（はい）住む鶴が　千歳を予想し祝って　遊びあっているね　千歳を予想し祝って　遊びあっている〉

この歌は、農耕における祝いの場での歌であると考える。

催馬楽「席田」が引用されているのは、紫の上の薬師仏供養の宴の場面であるが、この巻では、宴に出ていた楽人達が演奏を終え、夜路に録を貰って帰っていく様子をとてもめでたい様子として描きあげるために催馬楽の歌詞を使い幻想的に描きあげている。

次に若菜下巻を見ていきたい。若菜下巻の流れは、朱雀院の五十賀が催され、賀宴で源氏は、女三宮に琴を弾かせることをもくろむ。予行練習として女達だけで女楽が行われる。翌晩、紫の上が病になり賀が延期となる。紫の上は二条院へ移動する。女三宮と柏木が小従侍の手引きで密会。手紙から源氏に関係が発覚する。女三宮柏木の子供懐妊となっている。

若菜下巻に登場する催馬楽は、催馬楽「葛城」のみと、先行研究ではされており、催馬楽「大路」が引用されているとはされていないが、ここに催馬楽「大路」が引用されていると考える。

催馬楽「大路」の登場例

二月の中十日許の青柳の、わづかにしだりはじめたらむ心ちして、鶯の羽風にも乱れぬべく、あえかに見え給。桜の細長に、御髪は左右よりこぼれかゝりて、柳の糸のさましたり。（『源氏物語』三―三三八頁）

御なまめき姿の、いますこしにほひ加はりて、もてなしけはひ心にくゝ、よしあるさまし給て、よく咲きこぼれたる藤の花の、夏にかゝりて、かたはらに並ぶ花なき朝ぼらけの心ちぞし給へる。（『源氏物語』三―三三九頁）

こちたくゆるらかに、大きさなどよきほどに様体あらまほしく、あたりににほひみちたる心ちして、花と言

はば桜にたとへても、なをものよりすぐれたるけはひことに物し給。　　（『源氏物語』三―三三九頁）

琵琶をうちをきて、たゞけしき許弾きかけて、たをやかに使ひなしたる撥のもてなし、音を聞くよりも、又ありがたくなつかしくて、五月まつ花橘の、花も実も具してをしおれるかほりおぼゆ。
（『源氏物語』三―三四〇頁）

催馬楽「大路」は、次のとおり。

鍋島家本『催馬楽』
〈目録〉大路　拍子十四　二段各七〈本文〉大路　拍子十四　二段各七
於保々知尓　曽比　天乃　保礼留　安乎也支加　波名也　安乎也支加　波名也
安乎也支加　之名　比乎　美礼波　伊末左加利名利　也　伊末左加利　奈利也
〈都の大路に　沿って上って歩くと　青柳が華やかに　青柳が若々しく　青柳が　撓る様子をみると　今が春真っ盛り
今が春盛りになっている〉

この歌は、新しい都の様子を歌っている、都を賞めた歌であると考える。
若菜下巻の催馬楽登場部分を見ると、そこでの花を意識させた物語が催馬楽「青柳」からの連想と言うよりは、催馬楽「大路」からの連想であるように感じる。青柳を花として連想させるには、催馬楽「大路」の方が歌詞として良いのではないかと考える。『源氏物語』の中で、若菜下巻において女三宮を青柳に見立て、紫の上を桜・

女房を藤・明石の君を花橘に見立てて使用している部分である。花をそれぞれの人物にあてて花のイメージから個々の人物達の性格付けを行い、花という語を使うことで人物達のその後の人生の展開にまで連想を施している。そのため、催馬楽「大路」であるとした方が、物語上理解がしやすい。

催馬楽「葛城」の登場例

女御の君は、箏の御琴をば、上に譲りきこえて、寄り臥し給ひぬれば、あづまをおとゞの御前にまいりて、け近き御遊びになりぬ。葛城遊び給。はなやかにおもしろし。おとゞおり返しうたひ給御声、たとへん方なく愛敬づきめでたし。月やう〳〵さし上がるまゝに、花の色香ももてはやされて、げにいと心にくきほど也。
　箏の琴は、女御の御爪をとは、いとらうたげになつかしく、母君の御けはひ加はりて、ゆの音深くいみじく澄みて聞こえつるを、この御手づかひは、又さま変はりて、ゆるるかにおもしろく、聞く人たゞならず、すゞろはしきまで愛敬づきて、輪の手など、すべてさらにいとかどある御琴の音なり。

（『源氏物語』三―三四五頁）

催馬楽「葛城」のうたわれている場面は、女楽の合奏の場面であるが、ここは、催馬楽が源氏一門の栄華を讃えるために登場している。また、この場面では、繰り返しうたったとしており、繰り返しうたうことで呪術的な効果を狙っている様子が描かれていると読むことができる。歌詞を考えると新しい天皇の誕生を願っていると捉えられ、物語のさらなる展開を見越して登場させていると考える。催馬楽をうたっているのが源氏であるため、藤原道長が望月の歌を歌うイメージと重なるようにも思うが、准太上天皇であるため、この様な歌を歌うことへの違和感をなくし、物語上で歌わせているように思われる。この巻での催馬楽の引用として、賀の場面が中心の目出度い席でのうたわれ方や登場のさせ方を確認し、ここからわかる指摘として、場面に適したその場をただ華やかにするためだけに催馬楽を登場させたのではなく必ずその裏に催馬楽のもつ物語を背後に置いて物語に対してその後の登場人物達に向けてのメッセージとまでは言えないかもしれないが、登場人物たちの物語中のこの巻での位置を暗示させるために引用されていることが指摘できる。

また、この若菜下巻の女楽は、春と秋の優劣を競う場面となるが、ここにおいて、季節と楽と道具の選択というものに焦点が当てられる。この部分での優劣の結果を月とともに決めていることが挙げられているが、月と音楽の関係性を藤河家利昭は、「源氏物語の源泉受容の方法」[*8]で挙げられている。月夜と催馬楽がうたわれている空間もまた催馬楽をうたうという選択する上で共通の認識となるが、これは、恋愛の空間という時間が月夜を舞台にしているためであると考える。

さらに横笛巻と催馬楽の関係を見ていく。横笛巻の流れは、柏木の一周忌に始まり、源氏は薫の代わりに布施を贈る。柏木の父致仕太政大臣はそれに感謝し、悲しみを新たにする。女三宮の出家、落葉の宮の夫の死と次々と起きる姫宮たちの不幸を思う朱雀院から女三宮へ筍が贈られる。それを生えかけた歯でかじる薫を抱きながら、源氏は今までの人生を回想。薫の幼いながらも高貴な面差に注目。夕霧が落葉の宮を見舞った際、落葉の宮の母一条御息所が、柏木の形見の横笛を夕霧に贈る。その夜の夢枕に柏木が立ち、笛を伝えたい人は他にあると夕霧に語る。後日、夕霧は、明石の女御の御子たちと遊ぶ薫に柏木の面影を見る。そして源氏に柏木の遺言と夢の話を伝えるが、源氏は話をそらし横笛を預かるというものである。

横笛巻で登場する催馬楽「妹与我」の登場例

「妹と我といるさの山の」と、声はいとおかしうて、ひとりごち歌ひて、「こはなどかく鎖し固めたる。あな

埋もれや。こよひの月を見ぬ里も有けり」とうめき給ふ。（『源氏物語』四―五七頁）

横笛巻は、夕霧の歌唱の部分であるが、この催馬楽は、「妹与我」の後半部分の歌詞から面影という要素が導き出される。「すぐれたる」という顔からの連想が、ここで書かれていると考える。

以上より、催馬楽が物語中の内容の事象を示す役目を持っている所から、さらにそれ自体に内包する意味に対してても思いを込め、その記述部分が、さらに後の物語に対しての引用となるという役割が、加わることも確認が出来きた。この効果は、その後の物語へ歌による記憶の表出を物語中の登場人物たちに与える表現として記載されることとなる。

【注】

1 原岡文子『更級日記』角川ソフィア文庫、角川書店、二〇〇三年

2 武田宗俊「源氏物語最初の形態再論」『文学』、二〇巻、岩波書店、一九五二年

3 河添房江「梅枝巻の光源氏」『源氏物語の喩と王権』有精堂、一九九〇年

4 三田村雅子「梅花の美」『源氏物語感覚の論理』有精堂、一九九六年

5 木村紀子『催馬楽』東洋文庫、平凡社、二〇〇六年

6 小林祥次郎『梅と日本人』勉誠出版、二〇〇八年

7 スティーブン・G・ネルソン「『源氏物語』における催馬楽詞章の引用―エロスとユーモアの表現法として―」『源氏物語とポエジー』青簡社、二〇一四年

8 藤河家利昭「源氏物語の楽の音と自然―月を例として―」『源氏物語の源泉受容の方法』勉誠社、一九九五年

第四節　一族と歌謡

第四節では、匂宮三帖以降に登場する催馬楽を確認する。匂宮三帖は、光源氏亡き後の世界を書き始めた巻々であり、ここでの催馬楽が、他の巻とどう違うのか、はたまた、変わりなく使われているのかを見たい。

竹河の巻は、匂兵部卿巻・紅梅巻・竹河巻で構成される匂宮三帖の一つで、光源氏亡き後の物語である。この竹河巻は、いくつかの問題点が指摘されている。代表的な説をここで見て確認したい。

竹河巻他者作者説として武田宗俊は、「賀茂真淵の源氏物語新釈橋姫の巻から、官位上の矛盾と文章用語が前後の巻と違って拙いこと」[*1]を挙げている。そして、匂宮巻に薫についての紹介がなされているにもかかわらず竹河巻でも紹介されていることを問題とし、竹河巻の構想が他の巻の模倣だという理由から『源氏物語』の完成後すぐに他者によって付け加えられたとしている。他者作者説への反論として池田和臣は、官位の問題を『栄華物語』や『枕草子』『権記』『小右記』『紫式部日記』などの三位中将不歴である道長の描かれ方を例に前途有望な地位の代名詞として実際とは違う官位の呼称を付けられることを論じている。[*2]

竹河巻他者作者説と他者作者説への反論の二つの説をここで取り上げたが、竹河巻は、他の巻にくらべ催馬楽が多く登場する。

では、文章に「竹河」を入れることで物語がどのよう進むかを見たい。竹河巻における先行研究は次にあげる通りである。

山本ゆかりは、「『見える』空間のために、自らが創り出した『他者の目』に囚われ、翻弄されていく蔵人の少将の姿が巧妙に描かれている。」[*3]としている。梅野きみ子は、「片思いの恋に破れた傷心の薫のこの真面目さ、それは宇治十帖に登場する薫の人間像に繋がる。女房相手に『世は憂きものと思ひ知りにき』と唱和する薫には、早くも、宇治十帖において宇治の大君を恋慕して失意に沈む心情を胚胎していて、やがては、『匂や薫や』と騒がれるようになる薫の成長ぶりへの賞賛のまなざしを見せている。」[*4]と書く。

以上の二人の指摘から、竹河巻そのものが宇治十帖の導入となり、少将の像を作る為の巻であることが解る。では、催馬楽「竹河」を登場させることでの影響についてはどうであろうか。

木村紀子は、『源氏物語』では、斎宮という禁断の女の園につながるイメージとある種の解放への憧れが感じられるからか。」[*5]とし、植田恭代は、「成就しない恋を強調するために竹河を使用しているとしている。」また、「竹河の巻の男踏歌は、恋の演出として歌垣的要素を使っている」としている。「橋姫巻での宇治橋によせた恋を描き、総角巻の『へだて』…竹河巻では、そうした境界の恋の予兆が提示されていると見ることが出来る。」[*6]としている。小町谷照彦は、「男踏歌をめぐる催馬楽が大きな位置を占めており、特に玉鬘邸での宴や男踏歌の行事が、少将がかいま見した桜を賭物とした囲碁と供に、関連する和歌を伴って物語の展開を導く大きな軸となって、表現面の文脈を形成している。」[*7]と書く。

先行研究より、恋愛をする空間を設定するために歌を使い、人物達の関係を展開させる装置として催馬楽が使用されていることが解る。

では、物語には、どのように竹河巻と催馬楽の関係が成り立っているのかを見ていきたいが、梅枝巻の部分で催馬楽「梅枝」について論じたため、ここでは、「梅枝」以外の催馬楽について考察する。

竹河巻の催馬楽登場例

「常に見たてまつりむつびざりし親なれど、世におはせずなりにきと思ふに、いと心ぼそきに、はかなき事のついでにも思ひ出でたてまつるに、いとなむあはれなる。大方、この君は、あやしう故大納言の御ありさまにいとようおぼえ、琴の音など、たゞそれとこそおぼえつれ」とて泣き給も、古めい給しるしの涙もろさにや。

少将も、声いとおもしろうて、さき草歌ふ。さかしら心つきて、うち過ぐしたる人もまじらねば、をのづからかたみにもよをされて遊びたまふに、あるじの侍従は、故おとゞに似たてまつり給へるにや、かやうの方はをくれて、盃をのみすゝむれば、「寿詞をだにせむや」とはづかしめられて、竹河をおなじ声に出だして、まだ若けれど、おかしう歌ふ。簾のうちより土器さし出づ。「酔ひのすすみては、忍ぶる事もつゝまれず、ひが言するわざとこそ聞き侍れ。いかにもてなひ給ぞ」ととみにうけひかず。小袿重なりたる細長の、人香なつかしう染みたるを、取りあへたるまゝにかづけ給。「何ぞもぞ」などさうどきて、侍従は、あるじの君にうちかづけて去ぬ。引きとゞめてかづくれど、「水駅にて夜ふけにけり」とて逃げにけり。

少将は、この源侍従の君のかうほのめき寄るめれば、みな人これにこそ心寄せたまふらめ、わが身はいとゞ屈じいたく思ひよはりて、あぢきなうぞうらむる。

人はみな花に心をうつすらむひとりぞまどふ春の夜の闇

うち嘆きて立てば、うちの人の返し、

おりからやあはれも知らむ梅の花たゞかばかりに移りしもせじ

あしたに、四位の侍従のもとより、あるじの侍従のもとに、

夜部はいと乱りがはしかりしを、人々いかに見給けん。

と、見給へとおぼしう、仮名がちに書きて、

竹かはのはしうちいでし一ふしに深き心のそこはしりきや

と書きたり。寝殿に持てまいりて、これかれ見たまふ。「手なども、いとおかしうもあるかな。いかなる人、いまよりかくとゝのひたらむ。おさなくて院にもをくれたてまつり、母宮のしどけなう生ほし立てたまへれど、猶人にはまさるべきにこそはあめれ」とて、かんの君は、この君たちの手などあしきことをはづかしめ給。返事、げにいと若く、

夜部は、水駅をなん咎めきこゆめりし。

竹河に夜をふかさじといそぎしもいかなるふしを思ひをかまし

げにこのふしをはじめにて、この君の御曹司におはしてけしきばみ寄る。少将のおしはかりしもしるく、みな人心寄せたり。侍従の君も、若き心ちに、近きゆかりにて明け暮れむつびまほしう思ひけり。

（『源氏物語』四―二六三頁）

その年返りて、おとこたうかせられけり。殿上の若人どもの中に、ものの上手多かるころをひなり。その中にも、すぐれたるを選らせ給て、この四位侍従、右の歌頭なり。かの蔵人の少将、楽人の数のうちにありけり。十四日の月のはなやかに雲りなきに、御前より出でて、冷泉院にまいる。女御も、この御息所も、上に御局して見給ふ。上達部、親王たち引き連れてまいりたまふ。右の大殿、致仕の大殿の族を離れて、きらぐしうきよげなる人はなき世なりと見ゆ。内の御前よりも、この院をばいとはづかしうことに思ひきこえて、みな人用意を加ふる中にも、蔵人の少将は、見たまふらむかし、と思ひやりて静心なし。にほひもなく見ぐるしき綿花も、かざす人からに見分かれて、さまも声もいとおかしくぞありける。竹河歌ひて、御階のもとに踏み寄るほど、過ぎにし夜のはかなかりし遊びも思ひ出でられければ、ひが事もしつべくて涙ぐみけ

り。后の宮の御方にまいれば、上もそなたに渡らせ給て御覧ず。月は、夜深くなるまゝに、昼よりもはしたなう澄み上りて、いかに見たまふらむとのみおぼゆれば、踏む空もなうたゞよひありきて、盃も、さしてひとりをのみ咎めらるゝは面目なくなん。

（『源氏物語』四―二八〇頁）

渡殿の戸口にしばしゐて、声聞き知りたる人に物などのたまふ。「一夜の月影は、はしたなかりしわざかな。蔵人の少将の月の光にかゝやきたりしけしきも、桂の影にはづるにはあらずやありけん。雲の上近くては、さしも見えざりき」など語り給へば、人ゝあはれと聞くもあり。「闇はあやなきを、月ばえはいますこし心ことなり、とさだめきこえし」などすかして、うちより、

竹河のその夜のことは思出づやしのぶばかりのふしはなけれど

と言ふ。はかなきことなれど、涙ぐまるゝも、げにいと浅くはおぼえぬことなりけり、と身づから思知らる。

流れてのたのめむなしき竹河に世はうきものと思ひ知りにき

物あはれなるけしきを人ゝおかしがる。さるは、下り立ちて人のやうにもわび給はざりしかど、人ざまのさすがに心ぐるしう見ゆるなり。

（『源氏物語』四―二八一頁）

以上の四つの場面より、催馬楽「竹河」の物語への影響として、うたわれる場において、個々の登場人物の目線によって物語が展開し、うたわれる催馬楽「竹河」になぞらえた和歌の交換や竹河の歌詞に登場する情景を利用した場面の表現などが見られる。

催馬楽「竹河」の性格は、次にあげる先行研究より考えたい。

藤井貞和は、「歌垣出自の歌謡として、『竹河』は一見して野遊関係歌である。…伊勢地方の風俗歌であった…

男女が直接結びつこうと歌う、ある種の物語性を持つ。…『われおばはなてや』という表現は、歌垣関係歌にはほとんど固有な、といってよい類型的な表現なのではなかったかと思われる。[*8]」とし、木村紀子は、「こんなきつい労働をするくらいならいっそ、といった女の思いをうたったのではないか。」としている。さらに、鈴木日出男は、「男子禁制の伊勢斎宮の花園に、神に仕える清らかな若い女達が大勢集まっているのを、男が憧れ心から垣間見たという設定である。もともと斎宮に仕える少女との禁断の恋の話があって、それをもとに作られた歌ではないか。[*9]」と書く。

以上の先行研究より、催馬楽「竹河」が歌垣という恋愛の掛け合いを歌にしていること、つまり、竹河巻における催馬楽「竹河」が、男踏歌を下地とした空間でうたわれ、物語の展開に寄与していることがわかる。

男踏歌には、「竹河」以外にも催馬楽がうたわれる。催馬楽「竹河」と同じ場面でうたわれる催馬楽に「此殿」がある。これは、催馬楽「竹河」と同じく男踏歌でうたう催馬楽である。

『源氏物語』では、催馬楽「竹河」と催馬楽「此殿」とに、物語表現の違いがある。それは、「此殿」が公的な行事が主な登場場面であるのに対して、催馬楽「竹河」が、公的行事、私的な場両方で登場するという違いである。

『源氏物語』において男踏歌に関係する語が登場する巻はいくつかありそれは、次のとおり。

男踏歌　末摘花巻　初音巻　真木柱巻
踏歌　花宴巻　賢木巻　胡蝶巻　真木柱巻
「此殿」　初音巻　竹河巻
「竹河」　初音巻　真木柱巻　竹河巻

以上から、登場する巻に特徴があることが解る。それは、『源氏物語』における男踏歌の登場の仕方を見ていくと、花宴巻桐壺院・賢木巻朱雀院・初音巻光源氏・真木柱巻髭黒の大将・竹河巻薫という各巻の主人公もしくは、権力者の栄華もしくは転換期にこの行事が設定されていることである。

では、男踏歌とは、どのような行事かをあらためて確認をしたい。

上田正昭は、「踏歌」を日本では「安良礼走《あらればしり》」とよんだが、元来は隋・唐でも行われた正月上元の夜の観燈会行事の一つで、それが渡来人の人々によって日本へ伝わる。大勢の踊り手が大地を踏みつつ踊り歌う「踏歌」は、持統天皇七年（六九三）正月、同八年の正月の例をはじめとして天平年間に盛んに行われた[*10]としている。

小山利彦は、「男踏歌は、書かれていた当時、廃絶していた。『河海抄』に円融帝天元六年（九八三）に最後に廃絶した事が書かれている[*11]」ことを紹介している。また、植田は、男踏歌が歌垣と通じる性格を持つことを「踏歌禁止令が天平神護二年に出された」ことから述べている。

以上三名の先行研究より男踏歌が、実際に行われていた行事であり『源氏物語』の書かれた時代には、なじみが薄くなっていることが解る。では、『源氏物語』における男踏歌の影響とはなにか。

山本ゆかりは、「男踏歌が源氏物語に使われている理由を夜行われている行事であることを中心に記憶を呼び覚ましやすくするものとして催馬楽を使用している」という旨を述べている。

朝原一治は、「初音の巻の男踏歌は、六条院の私的行事としての性格が強く、真木柱の男踏歌が公的行事である点と対比して捉えることができよう。」、「初音巻の男踏歌の主題を、六条院の栄華を描く点にあったということを男踏歌の絵に人物を当てはめたことで私的行事を神々しいものにしている[*12]」ことから論じている。

右の先行研究より、男踏歌が公的な行事の時と私的な時とで性格が違うことが確認できる。そのため、この行事を物語に記録することが、催馬楽の使用空間による性格の違いを現した例のひとつであると考えることが出来るであろう。また、行事を私的空間で行うことで、その行事の意味合いを変えることが、記述表現として、この時代に書かれていることがわかる。

竹河巻では、男踏歌が、私的な場で使用されている。この場には、どのような意識が込められているのか。『源氏物語』全体から見る竹河巻は、どのような位置づけになるであろうか。

『源氏物語』の構成について、紫上系と玉鬘系という構成の分け方は、武田宗俊の説にあるが、竹河巻は、この両系統の人物が登場する。ここから、初音巻と竹河巻という紫上系と玉鬘系にとって両方の人物が登場し、二つの系統が融合している場面において、男踏歌が私的な場で行われていることがわかる。

また、藤井貞和が紫上系と玉鬘系の融合が行われていると注目する若菜上・下において、催馬楽が他の巻にくらべ多く登場することも興味深い。では、紫上系と玉鬘系の両方の人物が登場する竹河巻の主題はなにか。

先行研究では、様々な考えが語られている中、主流の説は、宇治十帖の序とする説である。

寺本美智枝は、「この巻が終止説明的で匂宮、薫の性格が他人の目を通して見られたもので、客観的な描かれ方であるとして、それは、匂宮、薫のイメージを強要することで作中世界になんの抵抗もなく入っていけるようにするため[*13]」としている。

森一郎は、「匂宮で女君に近づかぬ薫ではなく竹河では、女君に近づく薫を描いているとし、この表と裏の像を合体して一つの薫像とし、匂宮の色好みの風姿と薫の沈静な風姿を対照的に描いたことは、構想の暗示の方法から[*14]」としている。

梅野は、『源氏物語』正編の締め括りとして、源氏亡き後の六条院一族の、その後の様子に筆を描く竹河巻は、同時に、次の宇治十帖の主人公として活躍する薫を見据えるものでもあった。」と書く。

以上から竹河巻は、宇治十帖の序、つまり、導入として人物、特に薫の性格付けのために巻が設定されたことが解る。紫式部が、光源氏の後日談を書くにあたりスムーズに話を子孫に移行させるための苦肉の策として光源氏亡き後の物語を展開するために紫上系と玉鬘系の融合をさせ、その場として竹河巻が存在することが見えた。

改めて竹河巻を見ていくと、紫上系と玉鬘系両方の人物が登場していることが先ず挙げられる。そして他者説は、紫上系と玉鬘系の存在を考えた場合、両者の物語の流れを見たとき両者の融合点を見ることが出来ず、正編と宇治十帖との物語としての繋がりを失うことになるため、一連の物語とする場合、採用することは難しいと考える。また、匂宮、薫のイメージをあたえるため竹河巻があるとする論と宇治十帖の序とする説については、多くの論者が論じているとおりであると考える。

竹河巻では、催馬楽を使い、男踏歌になぞらえた場面のかかれ方と男踏歌の中の催馬楽の選択による場面展開にこめた意識を見てきた。源氏物語における催馬楽のうたわれ方と役割のなかで、竹河巻の存在理由は、『源氏物語』の正編の終了とその後続く宇治十帖への導入のための巻であることがわかる。

催馬楽「竹河」と催馬楽「此殿」との男踏歌の選択は、先行研究にある玉鬘もしくは、大君に『竹取物語』のイメージの同化が行われているとする見方も、物語の展開の仕方や、『竹取物語』を斎宮の物語と読み、斎宮のイメージの同化と言うことも楽しい視点であるが、玉鬘系に関わる催馬楽「竹河」と紫上系に関わる催馬楽「此殿」という対比から物語を読み進めていくことの方が理解が容易である。

男踏歌は、竹河より前の巻の登場を見ていくと、場面ごとの主人公や権力者の栄華期にこの行事が設定されているととれ、玉鬘と髭黒に関わる巻に「竹河」といううたが登場することから竹河巻は、光源氏という存在が繋げていたこの二つの系統を光源氏亡き後にどのように融合させるかという作者の苦心の結晶であることが想定される。また、この巻からは、公的な場と私的な場での催馬楽の性格の違いの一端も見ることが出来た。

竹河巻における催馬楽の存在理由は、匂宮三帖で、匂兵部卿巻・紅梅巻両方でまとめられた玉鬘系と紫上系の融合のためにそれぞれの人物を男踏歌の空間に入れ込むことであったと考える。

そのため、物語の役割として、場面説明をする存在として存在しているともいえる。そしてそこに行事を導く語としても記述されていることが確認できる。

つづいて、宇治十帖における催馬楽を見る。宇治十帖は、匂宮と薫という光源氏亡き後のその香りを残す人物達の巻である。ここは、女性の結婚や出家といった問題や欲など人物論を中心に研究されている巻である。

まず、椎本巻と催馬楽の関係を見たい。椎本巻の流れは、二月二十日ごろ、匂宮は初瀬詣の帰りに宇治の夕霧の別荘に立ち寄る。匂宮は薫や夕霧の子息たちと碁や双六をしたり琴を弾いたりして楽しむ。八の宮邸にもそのにぎやかな管弦の音が響き、八の宮は昔の宮中での栄華の日々を思い出す。翌日、八の宮から薫に贈歌があり、それを見た匂宮が代わりに返歌をする。匂宮は帰京後も歌を送るようになり、八の宮はその返歌を常に中君に書かせるようになる。今年が重い厄年にあたる八の宮は、薫に姫君たちの後見を托すが、一方で姫君たちに、戒めを残し宇治の山寺に参籠しに出かけ、八月二十日のころそこで亡くなる。訃報を知った姫君たちは、父の亡骸との対面を望むが、阿闍梨に厳しく断られる。薫や匂宮が弔問に八の宮邸を訪れるが、悲しみに沈む姫君たちはなかなか心を開かなかった。年の暮れの雪の日、宇治を訪れた薫は大君と対面し、匂宮と中君の縁談を持ち上げつつ、自分の恋心をも訴え京に迎えたいと申し出るが、大君は取り合わない。翌年の春、匂宮の中君への思いはますます募り、夕霧の六の君との縁談にも気が進まない。また、自邸の三条宮が焼失した後始末などで、薫も久しく宇治を訪ねない。夏、宇治を訪れた薫は、喪服姿の姫君たちを垣間見て、大君の美しさにますます惹かれてゆく展開となっている。

椎本巻で登場する催馬楽は「桜人」である。登場例は次の通りである。

いにしへの、音などいと二なき弾き物どもを、わざとまうけたるやうにはあらで、次〳〵弾き出で給て、一越調の心に、桜人遊び給ふ。あるじの宮、御琴をかゝるついでにと、人ゝ思給へれど、箏の琴をぞ、心にも入れずおりおり〳〵掻き合はせ給。耳なれぬけにやあらむ、いと物深くおもしろしと、若き人ゝ思しみたり。

（『源氏物語』四―三四三頁）

椎本巻での催馬楽の登場は、薫一行の合奏の場面でのうたいである。光源氏が口ずさんだように薫という主人公の物語の幕開けとも言うべき象徴として登場させているのである。

先行研究で宇治十帖の舞台が、宇治である必要性を説いているのが土方洋一である。土方洋一は、『伊勢物語』などの影響から、「多くの和歌がたぐり寄せられてその周囲に集合し、一つの文脈に結晶してゆく、そうした歌ことばの持つ結晶作用の結果」がここにあるとしている。[*15] 歌言葉の作用は、和歌よりも催馬楽の影響が強いように感じる。また、催馬楽の歌詞を引用したかのような和歌が宇治十帖にはいくつか存在している。この巻では、桜という語の春の訪れと花の比較という主人公達のそれぞれの人物像の比較をここで提示していると考える。

次に総角巻と催馬楽の関係を見ていく。総角巻の流れは、秋八月、八の宮の一周忌法要。夜、薫は大君のもとへ行くが拒まれ夜通し語り合って別れる。大君は独身を貫く決意をする。一方妹の中君と薫との結婚を考える。大君の衣服には薫の強い香が染み付いており、中君は薫との仲を疑う。宇治を訪れた薫は、大君の結婚を望む老女房の弁たちによって寝所に入るが、大君は中君を残して隠れる。薫は、残された中君に気付き二人で語り明かす。大君の意思を知った薫は中君を匂宮との結婚を考え、九月匂宮を宇治連れて行き中君と逢わせる。薫は結婚を迫るが失敗。匂宮は三日間中君の元に通うが、その後は訪問が途絶える。十月、匂宮は宇治川に舟遊びや紅葉狩りを催し中君に会おうと計画するが失敗。父帝は匂宮と夕霧の六の君との結婚を取り決める。大君は病に臥す。

十一月、豊明節会の日の吹雪の夜薫に看取られ息絶える。大君と結ばず薫は深い悲嘆に沈み、宇治に籠り喪に服す。匂宮は、中君を京の二条院に引き取る決意をするというものである。

総角巻での催馬楽「総角」の登場例

御願文作り、経、仏供養ぜらるべき心ばへなど書き出で給へる硯のついでに、客人、

あげまきに長き契をむすびこめおなじところによりもあはなむ

と書きて、見せたてまつり給へれば、例の、とうるさけれど、

ぬきもあへずもろき涙の玉の緒に長き契りをいかゞむすばん

とあれば、「あはずは何を」と、うらめしげにながめ給。

（『源氏物語』四―三八四頁）

右は、薫の和歌。

客人は、弁のおもと呼び出で給て、こまかに語らひをき、御消息すくくしく聞こえをきて出で給ぬ。総角を戯れにとりなししも、心もて尋ばかりの隔ても対面しつるとや、この君もおぼすらむ、といみじくはづかしければ、心ちあしとてなやみ暮らし給つ。

（『源氏物語』四―三九六頁）

右は、大君の心中。

催馬楽「総角」は、次のとおり。

鍋島家本『催馬楽』

〈目録〉角総　（同※朱書）拍子十〈本文〉角総　拍子十

安介万支也止宇止宇　比呂波可利　也止宇止宇　左可利天祢太礼止毛　万呂比　安比介利　止宇止宇　加与

利安比介利　止宇止宇

又説　左可利天祢太礼　止毛止宇止宇

〈総角髪の子供や　とうとう（はじめは）一ひろばかりに　とうとう　離れて寝たけれども（結局）転びあって　とう

とう　寄りそいあっていたな　とうとう〉

この歌は、少年と少女の性的な共寝を歌った歌か、少年との共寝か、少女との共寝かという解釈に揺れがある歌である。薫の和歌と大君の心中を述べる場面での登場であるが、この催馬楽「総角」からは、少年少女の関係を意味し、大君との結婚が行われないことへの暗示が行われている。肉体関係のない恋愛を描くためか。

藤村潔は、「ひとり静に生きることを許されない女の悲しさ」を宇治十帖の女性達から作者が書こうとしていた」[*16]としている。これらを踏まえると、ひとり静に生きることを許されない女の悲しさというよりは、肉体関係なき恋愛は無いことを物語に書き出したように感じる。

スティーブン・G・ネルソンは、この和歌に大君と一緒になりたい気持ちがあり、そこには、「総角結び」の縒りによせた和歌として伝えていることを書いている。催馬楽「総角」については、「性を意識し出した年齢の男女が、両手を広げた時の両手先の間の距離ほど離れていた状態から、いつの間にか転がりあって「寄り合った」というかなりエロチックな内容の歌[*17]」としている。この催馬楽「総角」を使うことで薫の真意を大君が誤解したとも考えられるとも考察を述べている。

以上の考察を含め、総角巻の催馬楽記述を考えた場合、そこにあるのは、登場させることでの不謹慎さとそれによる男女の掛け合いによる誤解が見えてくる。もしかしたら、この催馬楽「総角」自体が男女の誤解をうたっているのではないかとも考えられる。それは、男側と女側の思いの違いをうたっているとも考えられるからである。

さらに早蕨巻と催馬楽の関係を見たい。早蕨巻の流れは、春、父も姉も亡くした中君の元に、宇治山の阿闍梨から例年通り蕨や土筆が届けられる。中君は阿闍梨の心づくしに涙を落とす。匂宮は宇治通いが困難であるため、二月上旬に中君を京の二条院に迎える。後見人の薫は、中君のために上京の準備に心を配る。上京の前日、薫は宇治を訪れ、中君と大君の思い出を夜更けまで語り合う。中君に対し薫は後悔の念に駆られる。大君の死後尼になっていた老女房の弁は、このまま宇治に留まる決心をする。中君は二月七日に二条院に迎えられる。これを知り六の君と匂宮の婚儀を考えていた夕霧は二十日過ぎに六の君の裳着を決行し薫との縁組を打診する。中君に近付く薫に匂宮が警戒をするというものである。

早蕨巻に登場する催馬楽「此殿」の登場例

よひうち過ぎてぞおはし着きたる。見も知らぬさまに、目もかゝやくやうなる殿造りの、三つ葉四つ葉なる中に引き入れて、宮、いつしかと待ちおはしましければ、御車のもとに身づから寄らせ給て、下ろしたてまつり給。

（『源氏物語』五―一七頁）

早蕨巻は、二条院に対する賛美に催馬楽を使っている巻である。まさに催馬楽の歌詞通りに予祝の歌として催馬楽を記述している。また、中君の二条院入りを強調するためにあえて引用しているとも考えられる。そして、薫に対しての警戒が、三つ葉四つ葉として表現されているのか。中君の結婚には、「幸い人」の表現と共に原岡文子[*18]などが研究している。ここから、この催馬楽をうたわれた人物の栄華が物語上保証されていくという予言がおこなわれていると読み取ることが出来る。

次に宿木巻と催馬楽の関係を確認する。宿木巻の流れは、帝は薫に、母女御を亡くし後見人もいない女二宮を託す。これを知った夕霧は、娘の六の君を匂宮と縁組ませる。中の君の懐妊。後見人の薫に宇治に帰りたいことを伝える。夕霧の婿となった匂宮は六の君に思いを寄せ中君とは夜離れが増える。薫は、中君への思いを自制する。匂宮は、中君に薫の移り香がするのを怪しみ中君を問い詰める。これに困った中君は亡き大君に似た異母妹の浮舟を薫に伝える。翌年二月、中君は男児を出産、薫は権大納言兼右大将に昇進し女二宮と結婚。四月下旬、薫は、宇治の邸で浮舟一行と出会い、垣間見た浮舟が亡き大君に似ていることに驚くそして弁の尼に仲立ちを願い出るとなっている。

宿木巻に登場する催馬楽「伊勢海」の登場例を見たい。

> ゆるひたりければ、盤渉調に合はせ給。掻き合はせなど、爪をとけおかしげに聞こゆ。伊勢の海うたひ給ふ御声のあてにおかしきを、女房もものうしろに近づきまいりて、笑みひろごりてゐたり。
>
> （『源氏物語』五―九六頁）

宿木巻は、匂宮の歌唱の部分となるが、催馬楽「伊勢海」をうたっている。この催馬楽は、光源氏が明石巻で明石の君との出会いが書かれている部分でもうたっていることから、明石の君との出会場面のオマージュであると考える。京の外で女性との出会いを意識しているのか。垣間見からの出逢いを意識させる。

藤井貞和は、匂宮に明石の物語を引き継ぐ役どころがあるとしている[*19]。また、六条の御息所の思いが、明石一族の繁栄に関係していたことを挙げているが、柏木巻でその主題的意味が無くなったとして匂宮に引き継がれていないとしている。ここでは、男児の出産が描かれるため、出産に対しての意味付けであるとも考える。それは、この男児のその後を予祝するねらいがあったと読めるためである。

つづけて東屋巻と催馬楽の関係を見ていく。東屋巻は、薫が、浮舟に関心を持つが、受領の継娘であるためためらう。浮舟は、宇治八の宮と女房である中将の君との娘だったが、父に認知されていない。中将の君は、浮舟を連れて陸奥守と再婚し東国に長く下り、子ももうけていたが、高貴の血を引く浮舟の良縁を願う。受領であり、裕福で家柄も卑しくない常陸介へくる求婚者は多かった。浮舟は、左近少将と婚約したが、財産目当ての少将は、実の娘である妹に乗りかえ結婚。そのため、浮舟をを二条院の中君のもとに預けに行く。そこで、匂宮が浮舟を見つけ、強引に言い寄る。それを聞いた中将の君は三条の小家浮舟を隠す。秋九月、薫は弁の尼に仲立ちを頼み小家を訪れ、浮舟を車で宇治に連れだすという話である。

東屋巻に登場する催馬楽「東屋」の登場例

　さしとむるむぐらやしげき東屋のあまりほどふる雨そゝきかな
とうち払ひ給へる、をひ風いとかたはなるまで、あづまの里人もおどろきぬべし。

（『源氏物語』五―一七七頁）

　まいて、かやうのこともつきなからず教へなさばやとおぼして、「これはすこしほのめかい給たりや。あはれ、我つまといふ琴は、さりとも手ならし給けん」など問ひ給ふ。

（『源氏物語』五―一八三頁）

植田恭代は、情景が催馬楽にかかり、催馬楽を意識しつつ設定を変えていると書いている。[20] つまり、この巻は、常陸という地名や受領という地位から末摘花をイメージさせる。そのため、末摘花と同じ催馬楽を登場させているのが一つの視点としてあり、「東屋」にイメージされる情景が人物像を想像させる。東屋巻の催馬楽「東屋」から植田恭代は、「情景や人物、さらには場面全体にまで及んで、催馬楽の世界が物語を覆っている様相が見える」としている。

では、浮舟巻と催馬楽の関係を見たい。浮舟巻は、薫が浮舟を宇治の山荘に放置することから始まり、一方、匂宮は二条院で見かけた女を思う。正月、中君のもとに届いた文から女の居所を知り匂宮は、家臣に探らせ、女が薫の囲い人として宇治に住んでいることを知る。匂宮はひそかに宇治を訪れ薫を装い寝所に忍び入り浮舟と強引に契りを結ぶ。人違いに気づいた浮舟は重大な過失におののくが、次第に匂宮に惹かれる。二月、薫は浮舟の思い悩むさまを喜び、京へ迎える約束をする。宮中の詩宴の夜、浮舟を思って古歌を口ずさむ薫の様子に焦りを覚えた匂宮は、再び宇治に赴き、浮舟を宇治川対岸の隠れ家へ連れ出し、そこで二日間を過ごす。匂宮は薫に迎えられる前に浮舟を引き取ろうと言う。浮舟は宇治川の流れを耳にしながら物思う。薫に秘密が知られ、邸は警戒体制が敷かれる。薫に恨みの歌を送られ、進退窮まり浮舟は死を決意。浮舟は匂宮と母にのみ最後の文を書きのこすという展開が描かれる。

浮舟巻に登場する催馬楽「道口」の登場例

武生のこうに移ろひ給とも、忍びてはまいり来なむを、なを〳〵しき身のほどは、かゝる御ためこそいとおしく侍れ」など、うち泣きつゝの給。

（『源氏物語』五―一三六頁）

浮舟巻に登場する催馬楽「葦垣」の登場例

内記、案内よく知れるかの殿の人に問ひ聞きたりければ、殿ゐ人ある方には寄らで、葦垣しこめたる西をもてをやをらすこしこほちて入りぬ。

（『源氏物語』五―二〇〇頁）

催馬楽「道口」は、次のとおり。

鍋島家本『催馬楽』
〈目録〉道口〈本文〉道口
見知乃久知太介不乃己不尓和礼波安　利止於也尓万宇之太戸己々呂安　比乃加世也左支无太　知也
〈越前の道の口の　武生の国府に　我が元気でいることを　国にいる親に申しておくれ　気があうたよりのかぜよ　さきむだちや〉

この歌は、旅の歌であるが、浮舟巻では、浮舟との障害を越えてしまう匂宮との関係が書かれていると考える。植田恭代は、この巻からの浮舟の物語には、催馬楽が深く関わっているとし、あえて催馬楽の内容の通りにいかないことで緊迫感を与えているとしている。そして、催馬楽から物語が出来ているように説を展開している。

浮舟巻は、歌より物語が先にあり、その展開を改めて表層に出すために催馬楽が使われているに過ぎず催馬楽から浮舟の物語が出来ているとしたら、『源氏物語』の一物語と考えるときに全体像から離れたものになる。宇治十帖単体の物語であるならば植田恭代の意見に賛同したいが、『源氏物語』という一続きの物語とする視点において登場人物達の世代交代が行われていても物語の上での役割は変わらないと考える。ただし、『源氏物語』の正編とされる部分より、催馬楽の存在が宇治十帖では大きくなっていることは認められるため、催馬楽から物語を紡ぎ出していてもおかしくはない。

次に蜻蛉巻と催馬楽の関係を見る。蜻蛉巻の内容は、宇治の山荘は、浮舟の姿が見えず大騒ぎとなる。内情を知る女房は、宇治川に浮舟が身を投げたのではと思う。中将の君は真相を聞き悲しむ。遺骸もないまま夜のうちに葬儀を営む。石山寺に参籠していた薫は、野辺送りの後に初めてこの事を知る。匂宮が籠ることを耳にした薫は、浮舟が死んだのが匂宮との過ちからと確信するが、放置していたことを後悔する。宇治を訪れた薫は浮舟の入水を知り、中将の君を思いやって、浮舟の弟たちを庇護する約束をする。薫は浮舟の四十九日の法要営む。夏、匂宮は新しい恋をはじめる。薫は女一宮に憧れる。薫との縁談もあった故式部卿宮の姫君が女一宮に出仕し、宮の君と呼ばれる。薫は、大君と中君と浮舟を追想が書かれている。

蜻蛉巻に登場する催馬楽「高砂」の登場例

朝夕目馴れても、なをいま見む初花のさまし給へるに、大将の君は、いとさしも入り立ちなどし給はぬほどにて、はづかしう心ゆるひなきものにみな思ひたり。

（『源氏物語』五―二二一頁）

蜻蛉巻からは、催馬楽「高砂」の歌詞から、新しい女を求める匂宮を意識していることがわかる。また、愛した女性が、他の男のものとなることの暗示が提示される。

さらに、手習巻と催馬楽の関係を見ていきたい。手習巻の内容は、入水した浮舟が、宇治川沿いの大木の根元に昏睡状態で倒れていたところ横川の僧都一行に発見される。妹尼は、浮舟を初瀬観音からの授かりものと喜び、実の娘のように看護。夏の終わり比叡山の麓の小野の庵に移され浮舟は意識を回復。入水の失敗を知り「尼になしたまひてよ」と出家を懇願。妹尼たちに心を閉ざし、身の上も語らず、物思いに沈んでは手習にしたためて日を過ごす。妹尼の亡き娘の婿だった近衛中将が、妻を偲んで小野の庵を訪れる。妹尼は、中将と浮舟を娶わせたいと気を揉む。九月、浮舟は、妹尼が初瀬詣での留守中、僧都に懇願して出家。翌春、浮舟生存の知らせが明石の中宮を経て薫に伝わる。薫は事実を確かめに、浮舟の異父弟小君を伴い横川の僧都を訪ねるという話である。

手習巻に登場する催馬楽「道口」の登場例

取り寄せて、たゞ今の笛の音をもたづねず、たゞおのが心をやりて、あづまの調べを爪さはやかに調ぶ。みな異物は声をやめつるを、これをのみめでたると思て、「たけふ、ちゝりく、たりたんな」などかき返しはやりかに弾きたる、言葉ども、わりなく古めきたり。

（『源氏物語』五―三五三頁）

手習巻は、催馬楽「道口」の物語そのものを登場人物が演じた物語に感じる。親に自分のいる場所を伝えたいとする催馬楽の逆を薫が演じていることを示している。

最後に夢浮橋巻と催馬楽の関係を確認する。夢浮橋巻は、薫が比叡山の横川を訪れ、小野で出家した女について僧都に詳しく尋ねる。浮舟に違いないと確信した薫は涙を落とす。その様子を見て浮舟を出家させたことを後悔。薫は僧都に浮舟のいる小野への案内を頼むが僧都は来月案内しようと述べる。薫は浮舟への口添え文を僧都に懇願して書いてもらう。その夜、横川から下山する薫一行。妹尼たちが薫の噂をする中、浮舟は念仏を唱える。

翌日、小君が小野を訪れる。僧都から文が届き妹尼たちが浮舟の素性に驚く。僧都の文には、薫との復縁と還俗の勧めをほのめかしてあった。簾越しに異父弟の姿を見た浮舟は動揺するが心を崩さず小君との対面も拒み薫の文も受け取ろうとしない。むなしく帰京した小君から事の顛末を聞いた薫は他の誰かが浮舟を小野に隠していると思うという展開が書かれる。

夢浮橋巻に登場する催馬楽「道口」の登場例

「たゞかくおぼつかなき御ありさまを、聞こえさせ給べきなめり。雲の遙かに隔たらぬほどにも侍るめるを、山風吹くとも、又もかならず立ち寄らせ給なむかし」と言へば、すゞろにゐ暮らさんもあやしかるべければ、帰りなむとす。人知れずゆかしき御ありさまをも、え見ずなりぬるを、おぼつかなくくちおしくて、心ゆかずながらまいりぬ。

いつしかと待ちおはするに、かくたどく〳〵しくて帰り来たれば、すさまじく、中〳〵なりとおぼすことさまぐ〵にて、人の隠し据へたるにやあらむと、わが御心の、思ひ寄らぬくまなく、落としをきたまへりしならひにとぞ、本にはべめる。

（『源氏物語』五—四〇八頁）

夢浮橋巻もまた、催馬楽「道口」そのものの物語に感じる。親に自分のいる場所を伝えたいとする催馬楽の逆を登場人物が演じていることを示している。また、この巻というよりは、この物語全体の最後の場面では、香りという素材を使い、全てを過去の物語にしようとしていることが見える。以上からは、催馬楽の引用が、場面説明から予言、想い出を語る語となっていた表現方法にさらに歌のイメージを逆転させた表現方法を確認することができる。

【注】

1 武田宗俊「源氏物語竹河の巻について―その紫式部の作であり得ないことに就いて―」『国語と国文学』、八月号、至文堂、一九四九年

2 池田和臣「源氏物語竹河巻官位攷―竹河論のための序章として―」『国語と国文学』、五十七巻、四号、至文堂、一九八〇年

3 山本ゆかり「『源氏物語』における光表現と場面設定…男踏歌場面の比較から」『日本文学』、五七巻九号、二〇〇八年

4 梅野きみ子『『千年の春』を祝う六条院」『椙山女学園大学研究論集人文科学編』、三十八号、二〇〇七年

5 木村紀子『催馬楽』東洋文庫、平凡社、二〇〇六年

6 植田恭代『源氏物語の宮廷文化 後宮・雅楽・物語世界』笠間書院、二〇〇九年

7 小町谷照彦「玉鬘大君求婚譚と和歌―竹河巻前半をめぐって―」『文学史上の『源氏物語』』至文堂、一九九八年

8 藤井貞和「催馬楽の表現―源氏物語へ―」『「おもいまつがね」は歌う歌か 古日本文学発生論・続』新典社、一九九〇年

9 鈴木日出男『王の歌 古代歌謡論』「第十章儀礼と歌」筑摩書房、一九九九年

10 上田正昭『日本芸能史1 原始古代』芸能史研究会、法政大学出版局、一九八一年

11 小山利彦『源氏物語宮廷行事の展開』桜楓社、一九九一年

12 朝原一治「男踏歌考」『國學院雜誌』、八四巻八号、國學院大學、一九八三年

13 寺本美智枝「『匂宮・紅梅・竹河』私見」『国語国文』、二十七巻九号、京都大学、一九五八年

14 森一郎「源氏物語の構想の方法―匂宮・紅梅・竹河の三帖をめぐって―」『国語と国文学』、四十四巻十号、至文堂、一九六七年

15 土方洋一「宇治の物語の始動」『源氏物語のテクスト生成論』笠間書院、二〇〇〇年

16 藤村潔「宇治十帖の予告」『源氏物語の構造』桜楓社、一九六六年

17 スティーブン・G・ネルソン「『源氏物語』における催馬楽詞章の引用―エロスとユーモアの表現法として―」『源氏物語とポエジー』青簡社、二〇一四年

18　原岡文子「幸い人中の君」『源氏物語両義の糸』有精堂、一九九一年
19　藤井貞和『タブーと結婚「源氏物語と阿闍世王コンプレックス論」のほうへ』笠間書院、二〇〇七年
20　植田恭代『源氏物語の宮廷文化　後宮・雅楽・物語世界』笠間書院、二〇〇九年

第五節　『源氏物語』と催馬楽

以上四節を見ていくと、『源氏物語』にとって催馬楽とは、その歌詞に込められた物語を使い、物語における直接語ることが出来ない問題、タブーとなる事象を最も短い形で読者に示す道具として引用されているという結論が提示できると考える。

『源氏物語』からは、催馬楽が、歌垣で歌われたという出自から残る恋愛という空間を構成させる役割を持ち、催馬楽がうたわれ、その周辺で和歌による問答が行われるということで、新たな恋愛をする場を構成させるという役割を催馬楽が担っていることも確認が出来る。この役割は、他の歌謡や舞楽や古典引用では、引き起こせないことであり、ここに催馬楽の催馬楽たる存在が浮かび上がる。

催馬楽と舞楽とのちがいは、舞楽が巻の問題を提起するには、舞楽という形式の決まった媒体に残された新たに付与するための記憶容量の少なさにより、情報をイメージさせるには限界があったことが挙げられる。そのため、物語を持ち、形式が揺れて新たに意味が付与できた催馬楽を使い、巻ごとの物語中の問題を端的な形で表現したいという思いから催馬楽を登場させていたのであると考える。つまり、催馬楽がその場面でその場の風景にとけ込むようにただ登場しているのではなく。登場している巻の中での事件を催馬楽だけ見ることでも解るよう、催馬楽の歌詞を利用し、その巻での事件を掘り起こし、表面化させ、その巻での伝えたいことを改めて見せることで巻の中の空間を催馬楽という道具を使ってまとめていることであることが全体を通してみることで解る。また、登場する巻と出ない巻を巻の流れ事に区切りを私的にした結果、登場するタイミングにある規則性が見えることが分かる。それは、重要人物達の死との関係である。死の直後の内容が含まれる巻に催馬楽が登場し、催馬楽が登場している巻を経て新たな力を主人公達が得ているように読める。その読みに必要となる要素は、再生である。これは、農耕では、春を迎える事とも繋がる。そして、曲又は楽と共に存在することから、楽の持つ王者の証明という古代からの権力者の条件としても使うのに相応しかったのであろうと考える。催馬楽の持つ力は、その伝統が絶えていたとしても、楽として、昔語りとして、存在している。

以上から催馬楽と『源氏物語』との関係が解ったのであるが、まだ、催馬楽自身に対しては、疑問が残る。

催馬楽を見たときこれまでの資料からその出自を考えていても催馬楽という名称は、一定の説があるにしてもどこから来たのか解らない。出自が解らなくても、口承で伝わり、文字化されて残っているものから想像するとそこに残る歌のイメージは、宮廷行事的な整理された歌ではなく俗の性格が強い歌である姿である。

催馬楽がもともと何ものかという疑問に対し推論を述べると、催馬楽の字を解体したときに馬を催す楽というようになるのは、先にも書いたが、この馬を考えたとき、馬の字を使う氏族が居ることを思い浮かべる。それは蘇我氏であるが、蘇我氏が滅ぼされたのは皇極紀四年の条[*1]に記述がある。この時、蘇我氏が殺されたのは、三韓進調の儀式であったとされている。これは、大嘗祭と同じく周辺国から様々な特産物などを服属儀礼として持ってくる行事であったことが想定されるが、これについては未だ実態が掴めていない。ここでは、朝鮮半島の国々にも呼びかけていたことが『日本書紀』にも書かれている。この儀式の最中に蘇我氏は滅ぼされたとされるのであるが、ここでは、楽や歌もまた様々な地域から持ってこさせていたであろうことが想像される。そこにあった歌の一部が催馬楽としてあるのではないかとも考え、さらに鎮魂のような思想から歌が残されているとも考えるが、これらの地域は、催馬楽の地域に符合する所もあることからの推論である。ただし、あくまでも推論に過ぎない。ただ、催馬楽の歌詞からは、特産品のようなものをうたっているものが多く、資料が残されていない理由を考察しても限界があるため、ここまでの推測にとどめる。

催馬楽の出自が解らないながら、紫式部が、催馬楽の多くを採り入れて物語世界を表現していた事は、論じられたと思う。それは、物語中の事件を最も短い表現で知らせるという表現方法をとって物語世界を端的に示すということが中心にあったのであろう。

長編だからこそ生み出された表現方法であったとも考える。そしてそれは、短い物語であったならば、物語を象徴するものを入れ込む必要がないためである。

つまり、従来の研究で示された、物語の風景にとけ込んだ催馬楽がただうたわれたのではなく、『源氏物語』という長編を読む読み手が、巻ごとに読むにあたり期間が空いても内容を掴むためにという思いから設定された装置が催馬楽であり、そこには、恋愛空間を作り出す歌垣の影響と共に直接書けない事件を書き出すねらいがあったのではと考える。また、だからこそ、そこに予言という表現方法を採用するという側面があったのではないかと考える。

また、歌物語としての性格が催馬楽の使用の大きな動機となったのであろう。そこには、ただ歌を利用するのではなく逆転させせた意味やあえて展開をずらすなどの表現方法をとることで新たに催馬楽に物語をあたえ、さらにその物語を利用していたように感じられるが、新たに付随する物語自体、もともと催馬楽にあった物語であった可能性も残る。この『源氏物語』によって多くの催馬楽が登場することでこの作品の後に登場する作品は『源氏物語』が作った催馬楽の物語を利用することとなる。


【注】
1　鈴木靖民「皇極紀朝鮮関係記事の基礎的研究」『国史学』、八三号、國學院大學国史学会、一九七一年一月

第五章　記録された催馬楽

第一節　催馬楽を書く『枕草子』、書かない『枕草子』——『枕草子』と催馬楽、諸本比較

現在、『枕草子』には、四系統の異本の流れがあると先行研究において整理されている。『枕草子』における四系統とは、伝能因所持本系統・安貞二年奥書本系統・堺本系統・前田家系統の以上四つの系統のことを指す。この中で現在多くのテクストとして採用され高い評価を与えられているのが安貞二年奥書本系統である通称三巻本と呼ばれる系統のテクストである。異本の多い状況に対し先人達は、『枕草子』の校本作成を目指す研究に目を向けた。校本作成を目指す研究が多くの時間を占めていた中、三巻本が良本であるという位置づけが、現在なされるに至る。良本とする基準は、テクストの同一ヶ所の量の違いである。校本が作られた後の研究は、三巻本、または、校本とされる統一テクストを使用した研究で、特に作者の嗜好に対する指摘が研究成果として提示されるようになる。また、各四系統の整理における成果は、編纂態度の違いや各諸本の複合型のテクストを持つテクストの発見など、そこに見えるのは類似点の集積であった。

以上のような先行研究において、視点として放置されている相違点に視点を向けると、そこには、単純な情報の脱落ではなく、『枕草子』から表出する情報に明確な違いが見られる。同じ章段があるテキストにおいても書かれる地名や物の名などが違えば、編纂態度以上の全く違う視点が書かれており、テクストから伝わる情報が全く違うものとなる。同じ章段で違う記述に視点を置くとテクストが提示している時代、流行がそこにあらわれる。そこからは、編纂、もしくは記載の時期が指摘できなくとも、テクストの中心となる受容時期が類推できよう。編纂は、記載後の移動、整理であり、テクストの記載の違いまで視野を広げなくてはならない。そのため、各テ

クストの解釈を比較することで、各『枕草子』の記述態度を確認する。

記述態度は、諸本比較をすることで諸本の性格を再度確認し、そこからテクストの持つ問題を見直すことで確認ができる。そこに新たな視点が『枕草子』に対し与えられるのではないかとも考える。

本書では、枕草子における諸本のテクストを比較することで各テクストの性格を確認し、そこに従来とは異なる価値付けをおこなう。対象箇所は、テクストの量的問題からテクストの中で時代的流行の変化が見られる歌謡関連記事部分に注目することで各本の採る立場および背景を考える。

歌謡記述を選択する理由は、歌謡が流行を纏うメディアとしての性格が強く、詞章および音楽が複合された時代を共有していないと理解されにくい素材であるため、テクストの性格が他の要素に比べ、より違いに特徴が表れると考えるためである。

比較に際し、以下の四系統のテクストを使用する。

三巻本　…杉山重行編著『三巻本枕草子本文集成』(笠間書院、一九九九年)に拠る。底本は、陽明文庫本(甲本)、初段〜七六段は岸上慎二氏蔵室町末期書写本(中邨本)。小学館新全集は、この本による。

能因本　…田中重太郎編著『校本枕草子』(古典文庫、一九五三年(上巻)・一九五六年(下巻))に拠る。底本は、学習院大学蔵三条西家旧蔵本。小学館全集は、この本による。

堺本　…速水博司『堺本枕草子評釈―本文・校異・評釈・現代語訳・語彙索引』有朋堂、一九九〇年。林和比古編著『堺本枕草子本文集成』(私家版、一九八八年)の吉田本本文に拠る。影印版(吉田幸一編『堺本枕草子　斑山文庫本』古典文庫、一九九六年)も参照。

前田家本…田中重太郎校注『前田家本枕草子新註』(古典文庫、一九五一年)に拠る。

では、『枕草子』と歌謡の関係を確認したい。『枕草子』には、次のような歌についての評価が書かれる。

歌の評価についての章段

歌は風俗。中にも、杉立てる門。神楽歌もをかし。今様歌は長うてくせづいたり。

（三巻本『枕草子』二六二段）

歌は杉立てる門。神楽歌もをかし。今様は長くてくせづきたる。風俗よくうたひたる。

（能因本『枕草子』二五八段）

記載なし

（堺本『枕草子』）

歌は風俗。なかにも、杉立てる門。神楽歌もをかし。今様は、長くてくせつきたる。

（前田家本『枕草子』八十段）

右の諸本より、歌に対して、和歌でなく歌謡という認識のもと『枕草子』が書かれていることが確認できる。『枕草子』において、歌謡に目が注がれていることは、直接、歌謡を扱った章段が約十一段ほどあることからも確認ができる。そのため、書き手が、和歌以上に歌謡に対して親しみを持つという立場を取っていることが確認出来よう。

ここで登場する風俗歌「杉立てる門」は、伝承が途切れている歌であるが、どのような内容の歌であるかを類推するにあたり、同じ詞を持つ和歌である「我庵は　三輪の山もと　恋しくはとぶらひ来ませ　杉立てる門」読人知らず『古今和歌集』巻一八（九八二）[*1]が参考になろう。この『古今和歌集』の歌は、三輪の神の作という伝説があると新全集が指摘している。そのため、「杉立てる門」もまた、山の神に関係のある歌謡か。風俗歌としていることから、作者とされる清少納言の周辺で歌われた歌であるにちがいない。ここから、『枕草子』の書き手としての人物像を考えた場合、ただ風俗歌や神楽歌を嗜好し、今様の長さに良い印象を持っていない点に、現代流行歌でなく、比較的古い歌を好む人物が想定される。記述は、同一の内容を持ちながら、三巻本、前田家本では、自己の感性を伝えているように書かれ、能因本は、どこか事務的報告のような書きぶりで整理した文章のように感じられる書きぶりである。『枕草子』の四系統の内、三系統で歌についての章段があるため、『枕草子』においての歌謡に対する姿勢は、系統による大きな違いは無いであろうと考える。しかし、その中でもやはり諸本によってテクストから読み取れる系統の違いは確認できるであろう。

『枕草子』において先行研究では、歌謡引用の指摘として『催馬楽』が報告されている。[*2]先述の歌について書かれた記述には、『催馬楽』に対しての言及が無く、『風俗歌』と『神楽』と『今様』に対しての言及で終わるが、『枕草子』にはいくつか『催馬楽』が引用されている。そして、その引用箇所には、各諸本によって違う記述が施されていることが確認できる。そのため、記載の差の分析によって、各諸本のテクストに対する新たな価値づけが可能となる。

『催馬楽』は、一条天皇の時代、『源氏物語』に多く採用され宮中の中で歌われ、演奏され、貴族の中で共通認識として歌または、曲として存在していたと考える。記録上では、宮中行事や貴族の私的宴会の記録上でのみ確認でき、『催馬楽』が実際どの程度演奏され、貴族の耳に入っていたのかは記録上の創造の域を出ない。その中にあって、『枕草子』には、『催馬楽』が六ヶ所（松田豊子説）[*3]、三ヶ所（岸上慎二説）[*4]記載されていると先に二者が論文に示している。二つの先行研究には、引用・典拠を何処までそうであると立証するのかという結論が無い。そのため、ここでは、諸本比較を行い、そこに現れる『催馬楽』引用記述を確認し、『催馬楽』または、『催馬楽』の歌詞との関係が窺われる部分について分析ないし、選択された詞の分析をおこない、そこから諸本の性格を確認したい。

では、『枕草子』に見られる『催馬楽』登場例を先に上げた四系統のテクストを比較することで確認したい。

催馬楽「高砂」場面での比較。

一条の院をば今内裏とぞいふ。おはします殿は清涼殿にて、その北なる殿におはします。西東は渡殿にて、わたらせ給ひまうのぼらせ給ふみちにて、まへは壷なれば、前栽うへ、笆ゆひていとをかし。二月廿日ばかりの、うらうらとのどかに照りたるに、渡殿の西の廂にて、上の御笛吹かせ給ふ。高遠の兵部卿、御笛の師にてものし給を、御笛二つして高砂をおりかへしてふかせ給は、猶いみじうめでたしといふも世のつねなり。御笛の事どもなど奏し給、いとめでたし。御簾のもとに集まり出でて、見たてまつるおりは、「芹摘みし」などおぼゆる事こそなけれ。

（三巻本『枕草子』二二七段）

一条の院をば今内裏とぞいふ。おはします殿を清涼殿にて、その北なる殿には、東の渡殿にてわたらせたまふ道にて、御前は壷なれば、前栽など植ゑ、ませ籬結ひて、いとをかし。二月十余日の、日うらうらとのどかにてわたるに、その渡殿の西の廂にて御笛吹かせたまふ。高遠の、大弐にて物したまふ、琴、笛二つして高砂を折り返し吹かせたまへるは、なほいみじうめでたしと言ふも、世の常なり。御笛の師にて、その事どもなど申したまふ、いとめでたし。御簾のもとにあつまり出でて、見たてまつるをりなどは、「芹摘みし」などおぼゆる事こそなけれ。

（能因本『枕草子』二四一段）

記述無し　　　　　　　　　　　　　　　　　　（堺本『枕草子』）
記述無し　　　　　　　　　　　　　　　　（前田家本『枕草子』）

右の章段は、藤原道長の館である一条院で、一条天皇とその笛の師匠である藤原高遠との笛の合唱場面に対して、作者が回想している場面であり、内容は、長保元年（九九九）六月内裏焼亡のため、一条院が仮の内裏、今内裏としてあったため、作者が、定子を思って不安や不満がかきたてられていたなか、催馬楽「高砂」を聴いている瞬間だけその思いを忘れていたことが書かれる。

天治本『催馬楽抄』「高砂」[*5]
〈目録〉高砂　拍子卅五　七段〈本文〉高砂　拍子卅五　七段各五
太可左古　乃　左伊左々古　乃太加左　己乃乎乃戸　尒　太天　留　之良多末太万　川波支太万也
名支曽礼　毛加　止　左　牟末之毛　加止末之毛　加止祢利乎　左　美乎　乃　見曽加介　尓
世牟太万也　名支　名尒　之加毛　左名尒之　加毛名尒之　加毛　古々呂　毛　万太以介牟　由利
波　名　乃沙由利波　名乃介左　左伊太留波川波名尒　安　波万之毛　乃乎左由利波　名乃
又説　安波　万之无乃乎
〈高砂の　新しく積もった砂の　高砂の　岡の尾の上に立てる　白玉　玉椿　玉柳　それも欲しい　さむ　あなたが欲しい　あなたがほしい　練緒や染緒の　御衣架にしてあげよう　玉柳　何でしょう　さ　何でしょう　何でしょうと　心もまた急いている　百合花の　さ百合花の　今朝咲いたばかりの　初花に　逢いたかったよ　さゆり花の〉

右に提示した催馬楽「高砂」の曲は、本来、唐楽であるが、笛の曲は天皇の作とされているため、天皇の笛の音を描くのに相応しい描写として書かれる。ここでの諸本の違いは、二人の笛の演奏か、琴と笛の演奏かという違いがある。本来『催馬楽』は、琴を使用することが多く、笛の曲は、後から作成された経緯を考えると、能因本の琴と笛の合奏の描写が古い形を残す記述であると考える。『枕草子』では、演奏としての催馬楽「高砂」だが、『源氏物語』では、歌で若い殿上人の良い声の表現している。そのため、『枕草子』では、笛の演奏風景を描くことで、天皇の笛の賛美としていることが解る。また、これを書くことで一条天皇のすばらしさ、天皇としての正当性を藤原道長に取り込まれている中でも表現し、お仕えしていた定子の相手としてのすばらしさを表現したかったと考える。そのため、三巻本では、笛を強調するため両者共に笛を演奏させているのであろう。中田幸司は、この「高砂」について「和歌を基盤にその歌詞をかなり自由に創作することが可能だったのではないか」とする催馬楽の一つとし、「古来から存在した歌を基盤に詞章を歌い替える営為〈知的な遊び〉として存在したものと考え」、この「高砂」にもその背景を持つとしている。[*6] もし、中田の指摘の性格を持つ歌謡であるならば、この『枕草子』では、演奏風景としてではなく、歌いあげていないと違和感がのこる。

この章段には、もう一つ歌謡の歌詞が登場している。「芹摘みし」という歌詞があるが、これは、古歌らしく、『俊頼髄脳』[*7]や『袖中抄』[*8]などに「芹摘みし　昔の人も　わがことや　心に物は　叶はざりけむ」という歌がある。この故事の内容を要約すると次の通りになる。「九重の内に、朝ぎよめする者、俄に風のみす吹き上げたるに、后の芹と見ゆる物めしけるを見て、人知れず物思ひになりけれど、すべきようなくて、食したる芹を摘みて、御簾の風にふきあげたりしあたりにおきけれど、しるしもなかりければ、終に病になりて亡せなんとしける程に、われをいとほし思はゞ、芹をつみて功徳につくれと、息の下にいひおきて亡せはてにけり…」以上の伝説から出来た歌であるらしい。芹を摘み献上することで后の慰めをするという鎮魂の話と思われる。この章段は、催馬楽の演奏から天皇のすばらしさ、「芹つみし」という古歌が導く鎮魂を描いている。

では、諸本による違いが確認できる章段を取り上げ、催馬楽の歌詞に登場する地名について確認する。まず、一部の諸本に「催馬楽」という語が記載される章段を確認したい。河について言及される章段において三巻本・前田本に「催馬楽」という語句が記載される。能因本・堺本には章段はあるが、記載がない。また、登場する河の名はほぼ同じであるが順番や表現に諸本による差違が見られる章段である。

河についての章段

河は　飛鳥川、淵瀬も定めなく、いかならんとあはれ也。大井河。音無川。水無瀬川。みみと川、又も何事を、さくじり聞きけんとをかし。たまほし川。細谷川。五貫川・沢田川などは、催馬楽などの思はするなるべし。名取川、いかなる名を取りたるならんと聞かまほし。吉野河。天の川原、「たなばたつめに宿からん」と、業平がよみたるもをかし。

（三巻本『枕草子』五九段）

河は飛鳥川。淵瀬さだめなく、はかなからむと、いとあはれなり。耳敏川、また、何事をさしもさしがりけむと、をかし。音無川、思はずなる名と、をかしきなめり。大堰川。泉川。水無瀬川。名のりそ川。名取川も、いかなる名を取りたるにかと、聞かまほし。細谷川。七瀬川。玉星川。天の川、この下にもあなり。「七夕つめに宿借らむ」と、業平よみけむ、ましてをかし。

（能因本『枕草子』二二二段）

河は　大堰川。音無川。水無瀬川。飛鳥川、瀬もさだめざなるこそおかしけれ。みみとり川、なに事をさしもさくじり聞きけむと、思ふに、をかし。泉川。ほそたに川。

（堺本『枕草子』二九段）

川は　飛鳥川。淵瀬もさだめなくかはるらむ、いとあはれなり。耳敏川、また何事をさしもさかしがり聞きけむとをかし。音なし川、いとおぼつかなくをかし。いつぬき川。沢田川。催馬楽の思はするなどがをかしきなめり。なのりそ川。おほゐ川。名とり川は、いかなる名をとりたるにかと聞かまほし。ほそ谷川。七瀬川。天の川。この下にもあなり。「たなばたつ女に宿借らむ」と業平が詠みけむ、ましてをかし。玉星川。泉川。水無瀬川。

（前田家『枕草子』二十段）

ここでは、三巻本・前田家本に「五貫河」[*9]、「沢田川」[*10]の二つが催馬楽歌詞の河として登場している。能因本・堺本にはこの二つの催馬楽歌詞の河の表記はない。河の名として「名のりそ川」があり、一般的に催馬楽とされる歌の題にはないが、催馬楽「伊勢海」[*11]の歌詞に「なのりそ」という海藻が登場している。ただし、『枕草子』の諸本の中で前田本・能因本の系統に登場しているこの語は、『万葉集』の巻三雑歌の頭注[*12]などが中心であり、催馬楽歌詞の登場例としている頭注は少ない。

「五貫川」の出典であるが、催馬楽には、「貫河」・「席田」[*13]の二つのどちらにも「貫河」がある。一般的な注には、「貫河」を出典としてあげているが、『枕草子』の記述における風俗歌嗜好を考えると風俗歌的な歌である「席田」である可能性も残る。

文末の表1から各本の河の名の違いを確認すると前田家本に諸本に見られる河の名が多く登場することが確認できる。そこには、諸本を複合したテクストとしての姿が見えてくる。歌謡に視点を置く三巻本と和歌に視点を向ける能因本と地名の羅列の形式を取る堺本、諸本を複合した前田家本というテクストの性格が確認できる。

次は、催馬楽の歌詞からの表現と思われる部分を見ていきたい。

橋についての章段

橋は　あさむづの橋。ながらの橋。あまびこの橋。浜名の橋。ひとつ橋。うたたねの橋。佐野の舟橋。ほり江の橋。かささぎの橋。山すげの橋。をつの浮橋。一すぢわたしたる棚橋、心せばけれど、名を聞くにをかしき也。

（三巻本『枕草子』六一段）

橋は　あさむつの橋。長柄の橋。あまひこの橋。浜名の橋。ひとつ橋。佐野の船橋。うたしめの橋。轟の橋。を川の橋。かけ橋。瀬田の橋。木曾路の橋。堀江の橋。かささぎの橋。ゆきあひの橋。小野の浮橋。山菅の橋。名を聞きたるをかし。うたたねの橋。

（能因本『枕草子』六五段）

はしは　あさむつのはし　なからのはし　あまひこのはしはまなのはし　をかはのはし　かけはし　うたゝねのはし　とゝろきのはし　さのゝ舟橋　（みつのうき橋　かさゝきの橋）　山すけのはし　行あひのはし

人は　みぬ　物なれと

名を　きくに　をかしきなり　一すしわたしたる　たなはし

心　せはけれと（をかし）　名をきくに　をかしきなり

（堺本『枕草子』二四段）

橋は　あさむつの橋。長柄の橋。あまひこの橋。浜名の橋。ひとすじわたしたる棚橋、心せばけれど、をかし。

轟の橋。をがはの橋。かけはし。瀬田の橋。佐野の舟橋。木曾路の橋。堀江の橋。はこなの橋。かさゝぎの橋。ゆきあひの橋。人は見ぬものなれど、名を聞くがをかしきなり。

おつの浮橋。やますげの橋。名を聞きたる、をかし。うたゝねの橋。

（前田家『枕草子』三四段）

ここでは、橋に対しての評価が書かれているが、最初に好きな名として「あさむづの橋」があげられている。これは、催馬楽「沢田川」の歌詞の浅水橋であると考えられるが、[*14]平安時代、この催馬楽は、『狭衣物語』巻三[*15]や『古今著聞集』巻六[*16]などでも登場するため、広く貴族の中で歌われている。

この橋は、現在失われているが、地名として福井県一乗谷のふもとに残る。現在の川よりは少し離れた位置に地名があるため、地殻変動や治水工事の影響で川が移動した可能性が考えられる。催馬楽の諸本には、題として「浅水」と「浅水橋」との表記の揺れが見られる。

長柄の橋は、『古今集』巻十九雑歌「なにはなる　ながらのはしもつくるなり　今は我が身を　なににたとへむ」[*17]と掛けられていることが解るが、ここの橋は、掛け替え後のものかどうかは解らない。

橋についての諸本の態度を表2より確認すると、これまで確認した章段において多くの情報が提示されてきた三巻本より他の諸本の方が地名の掲載が多い。また、他の諸本を比べると能因本と三巻本のテクストを複合したものが、前田家本のテクストであるように見ることができる。この章段においては、能因本が地名の羅列のような態度を取り、堺本は、三巻本のように地名の語感に対する評価を行っている。

井についての章段

井は　ほりかねの井。たまの井。はしり井は、逢坂なるがをかしき也。山の井、などさしもあさきためしになりはじめけん。

飛鳥井は、「みもひもさむし」とほめたるこそをかしけれ。千貫の井。少将井。さくら井。きさきまちの井。

（三巻本『枕草子』一六一段）

井は　ほりかねの井。走り井は、逢坂なるがをかしき。山の井、さしも浅きためしになりはじめけむ。

飛鳥井、「みもひも寒し」とほめたるこそをかしけれ。玉の井。少将ノ井。桜井。后町の井。千女尺井。

（能因本『枕草子』一七二段）

井は　はしり井　あふさかなるか　をかしきなり　山の井なと　さしも　あさき　ためしになりはしめけん

あすか井は　みまくさも　よしと　ほめられたるこそ　をかしけれ　ほりかねの井　玉の井　将の井　さくら井　きさいまちの井

（堺本『枕草子』三四段）

井は　ほりかねの井。走井は逢坂なるがをかしきなり。山の井、などさしも浅き例になりはじめけむ。

飛鳥井は「みもひもさむし」とほめたるこそをかしけれ。千貫の井。少将井。櫻井。きさきまちの井。

（前田家本『枕草子』二四段）

ここでは「飛鳥井」[18]の催馬楽の歌詞があるため催馬楽の歌詞利用であろう。
この飛鳥井の場所には、京都左京説と大和飛鳥寺説の二つがあり、催馬楽研究[19]においては、大和説の方が多く採られている。京都左京説にも可能性が残るが、この作者の傾向を考えると昔の伝承話又は、歌を嗜好しているため、大和説を採った方が良いか。『枕草子』の注の多くは、京都近郊の走井を採用する。京都近郊の走井は、寺の中にあり、現在予約を取ることで一般公開がおこなわれている。
「はしり井」も催馬楽「走井」として、歌詞にもある地名である。
表3を確認することで、諸本による地名の大きな違いは見られなかった。しかし、記載順に違いがあり、特に堺本に「みもひもさむし」という他の諸本がとる歌詞ではなく、「みまくさもよし」と催馬楽歌詞に近い記載をおこなっている。

催馬楽「此殿」[20]の登場例は次のとおり。

楠の木は、木立おほかる所にも、ことにまじらひたてらず、おどろおどろしき思ひやりなどうとましきを、千枝にわかれて恋する人のためしにいはれたるこそ、たれかは数を知りていひはじめけんと思ふにをかしけれ。桧の木、またけぢかからぬものなれど、三葉四葉の殿づくりもをかし。五月に雨の聲をまなぶらんもあはれなり。

（三巻本『枕草子』三七段）

楠の木は、木立おほかる所にも、ことにまじらひ立てらず。おどろおどろしき思ひやりうとましきを、千枝にわかれて、恋する人のためしに言はれたるぞ、たれかは数を知りて言ひはじめけむと思ふにをかし。檜の木、人近からぬ物なれど、「みつばよつばの殿づくり」もをかし。五月に雨の声まねぶらむも、いとをかし。
（能因本『枕草子』四七段）

くすの木は、こだちおほかるところにも、ことにまじらひいでたたず、おどろおどろしきをもひやりなどぞうとましけれど、ちゑにわかれて、こひする人のためしにいはれたるこそ、たれかはかずをしりて、いひはじめけんとおもふに、をかし。

ひの木、けぢかからねど、「みつば、よつばにとのつくり」にも、これこそすれとおもふにも、をかし。五月のあめのこゑをまねぶらんも、あはれなり。
（堺本『枕草子』八段）

くすの木は、木立おほかる所にも、ことにまじらひ立てらずおどろ〳〵しき思ひやりなどうとましきを、千枝にわかれて、恋する人のためしにいはれたるぞ誰かは数を知りていひはじめけむと思ふぞをかしき。

檜、人のけぢかからぬものなれど、「三つば四つばの殿つくり」もをかし。五月に、雨のこゑをまねぶらむもいとをかし。
（前田家本『枕草子』四五段）

右の記述によれば、檜は、大御殿を作るのに良いと檜の良さの説明に「此殿」の歌詞を利用している。歌詞から連想される盛大な御殿の言い換えに対して「をかし」としており、さらに、近くにない檜のことをうたっている催馬楽がおもしろいと評価している。木、自身よりも、それを採用した歌に対して評価をくだしている。ここからは、檜が平安時代、京から離れた地域で植林されていることがわかる歴史事実の記載であるとわかるが、諸本による違いは、能因本において「人近からぬ」と京ではなく人との距離に視点が向けられ、檜の植林の変遷により奈良周辺から郊外へ植林が移動した歴史を知らない、もしくは、時代に添う形に書き換えられた表現として記載されている。同一作者による記載の変化であれば、檜の増産過渡期の時代による周辺環境の変化が見てとれる資料ともなる。能因本以外は、ほぼ同じテクストとなっている。また、「をかし」という評価に対して、能因本は、「あはれ」と評価の変化が確認できる。

以上を見てゆくと、『枕草子』の作者の視点が、個々の素材の名に興味がある一方、そこにある物語や形態や状態などに視点が向いていることが解る。催馬楽に対しての視点に注目をすると、催馬楽の知識が有ることはまず確認できる。しかし、風俗歌や神楽ほどの興味はないが、そこでの歌詞に見られる地名や表現には興味が注がれている。

また、催馬楽「高砂」の場面では、宮中での催馬楽の演奏の実態が伺われ、天皇と催馬楽の関係も書かれている。記載からこの『枕草子』の作者である清少納言の背景を確認すると、清原家の当時の様子から、歌謡との関係性が見えてくる。それは、源雅信と弟である源重信が、一条朝で藤原道長が栄華を極める以前に歌謡の担い手として存在し、この兄弟が左大臣、右大臣として政治の中心にいたことで同時代をすごした清少納言の父である清原元輔の周囲で見聞きする歌が歌謡となる、そのことが、作者である清少納言の歌に対する評価に結びついているのであると考える。そこからさらに類推すると、諸本における歌謡記述の変化が歌謡から和歌、もしくは、記述の減少が同一作者によるものであるとしたら、歌謡記載が多いものが、先に記述された『枕草子』であり、歌謡記述が減少した『枕草子』は、後年同一作者による書き換えがおこなわれたものであると考える。そして、栄華を極める人物の変化により流行が変化したか、もしくは記載内容が時の政治により変化をもとめられたかということも考えられる。

『枕草子』というほぼ同じ内容をつたえる諸本がありながら、そこに掻かれる情報の違いは、やはり、作者の書き換えによる変化が第一にあり、そして、その書き換えにより『枕草子』に違うテクストが存在することが、写本を通し統一テクストを作成させたことで、さらに異本を登場させるに至ったと考える。そして、四つの系統を存在させるのは、その違いに対してどうにか原形本を探ろうとする先人達の努力であったのであろう。

伝本を初めて四系統に整理分類した池田亀鑑は、『枕草子』の原型は、前田本に近い類纂形態であったが、後に何かの事情で解体され、能因本、三巻本、堺本等の粗本が成立したとしている。類聚的諸章段は長徳二年夏、日記的な章段は長保二年以後数年間、随想的諸章段は、老年になってから書いたものとしている。[*21] 楠道隆は、前田本は、能因本と堺本の両本を集成して後人が改修したとし、原形本は雑纂形態の能因本または、三巻本の二系統であるとし、三巻本に対し初稿的であるとは言えないとしている。[*22] また、この二者以外に田中重太郎、[*23] 小沢正夫、[*24] 岡一男、[*25] 岸上慎二[*26] などがこの『枕草子』の原形本について考察するが、それぞれが各四系統の初稿的要素を指摘しているため、現在も決定的な指摘がなされていない。以上から見える視点は、原形本を探り清少納言の記載を追及することは四系統を複合した姿から想像することしかできないということである。一つの系統のみが原形を残すとは考えられないし、伝承過程での変化は、どの系統も起きていることは想像に難くない。結局各章段レベルでの検討からしか類推できないであろう。そのため、原形本を追及するのであれば、章段ごとに原形を探るしかないと考える。

では、『枕草子』の主題は何であったのであろうかという構想に対する態度が疑問に思うが、この疑問に対し、古注『清少納言枕草紙抄』[*27] では、「全実義の教諭なりと見るべき事肝要なるべし」、岡西惟中『枕草紙旁注』[*28] では、「一部大意者一翫詞華言葉一弁有職之故実也」とし、岩崎美隆『杠園抄』[*29] で、岡西惟中の指摘に対し「古来注者の僻也」として反対している。古注などでは以上のような指摘がおこなわれていたが、昭和以降、池田亀鑑が、「崩れゆく権威への挽歌として、その賛美と追憶を書き綴った。」[*30] としている。また、石田穣二は、「中宮定子を中心とする、定子の後宮そのものの記録を意図したものであることがわかる」[*31]としている。林和比古は、「三条の著作精神(1)恣意的・雑集的(2)感動的・逸興的(3)独自的・個性的)が見られるのは、即ち彼女の性格そのものであると解されるのである。[*32]」としている。以上の指摘からもこの『枕草子』の意図を見出すことは難しい。おそらく章段ごとにその意図は変わり、全体を通しての主題はあるとしてもおそらくそれは後から他者につけられたものになるに違いない。

諸本を章段ごとに比較し、そこに諸本によっての記載態度の違いや情報の違いなどを確認した。ここからは、現在、良本とされ主流の三巻本の記載が、他の諸本に比べ原本の姿を残すという研究成果には、やはり疑問が残る結果となった。例えば、「一条院をば」の章段を見ると、笛の合奏として描かれているが、能因本の琴と笛の合奏が当時の合奏風景としてふさわしいように感じられ、まして、催馬楽を演奏しているのであれば琴の存在は必要であると考える。書き換えの順番で考えると後年笛の曲として伝承されるため、この形で記載を改めることは考えられる。また、川についての章段であるが、ここでは、『催馬楽』の語が記載されているテクストと無いテクストが存在するが、ここでは、作者の記載方針の変化が疑われる。『催馬楽』の伝承は、広井女王の記事[*33]に記載されるように当時すでに語として存在していたはずであるが、この歌謡の継承者に変化が起き、整理されている時期もまたこの『枕草子』と時代を同じくする。そのため、『枕草子』の諸本により記載に差が存在するのであろうと考える。

『枕草子』に記載される地名は、語感による嗜好での選択のように考えられるが、そこには地名に込められた伝承や物語などが込められたものが選択されているように感じられる。特に、歌謡の歌詞にも登場する地名を使用している場合、その歌に込められたイメージもまた、記載による伝承のような効果が『枕草子』に含まれる。その効果を堺本は、排除した形で記載しているようにも読むことができる。対して、三巻本と能因本は、地名の選択理由などを記載することでその地名にある面白さを纏わせた伝承を記す。本節では催馬楽と『枕草子』の関係から諸本による文章に違いがある部分を指摘し、そこに催馬楽表現がどのように受容されているかも確認した。『催馬楽』の影響は、どの諸本を採用するかで違いが生まれる結果となったが、これらの諸本の違いが作者の書いた時期や伝承段階の違いなどを表出させている。そこには、解釈に揺れが生じるが、催馬楽を登場させたテクストは、登場させていないテクストよりは、時期が古く、歌謡記述が多いほど、先に書かれたテクストであると考えるのが単純な指摘になるが、清少納言が書いたと考えるにあたり、宮中出仕時期、もしくは、出仕後、引退時期に書かれたと考える場合、時代の変化における書き換えが何度かおこなわれているとも考える。ただ、「催馬楽」という表記は、『尊卑分脈』[*34]において伝承者の部分に書かれた表記を確認すると、「郢曲」と記載されていたものが時代を下ると「催馬楽」と記載されるようになる。そのため、「催馬楽」という語が書かれているものは時代が新しいのではと考えることもできる。そのため、以上からは、従来の指摘以上の情報はあまり提示できないが、諸本を見比べない統一テクストの使用による研究は、『枕草子』にはそぐわないことが本研究において確認できた。また、従来、編纂態度として処理された『枕草子』における異本に対する評価は、各章段ごとの調査の妨げになると考える。おおまかな編纂態度の違いは納得がいくが、諸本ごとに原本から継承した内容を持つため、今回取りあげた四系統の諸本を同時に確認する必要があるであろう。

表一

川	三巻本	能因本	堺本	前田家本
	飛鳥川	飛鳥川	飛鳥川	飛鳥川
	大井川	大堰川	大堰川	大堰川
	音無川	音無川	音無川	音無川
	水無瀬川	水無瀬川	水無瀬川	水無瀬川
	みみと川	耳敏川	みみとり川	耳敏川
	たまほし川	玉星川		たまほし川
	細谷川	細谷川	ほそたに川	細谷川
	五貫川			いつぬき
	沢田川			沢田川
	名取川	名取川		名取川
	吉野河			
	天の川原	天の川		天の川
		泉川	泉川	泉川
		名のりそ川		名のりそ川
		七瀬川		七瀬川

表二

橋	三巻本	能因本	堺本	前田家本
	あさむづ	あさむづ	あさむづ	あさむづ
	ながら	ながら	ながら	ながら
	あまびこ	あまびこ	あまびこ	あまびこ
	浜名	浜名	浜名	浜名
	佐野の舟	佐野の舟	佐野の舟	佐野の船
	うたたね	うたたね	うたたね	うたたね
	山ずけ	山菅	山すけ	山菅
	棚		棚	棚
	ひとつ	ひとつ		
	ほり江	堀江		堀江
	かささぎ	かささぎ		かささぎ
	をつの浮	小野の舟		おつのうき
		かけ	かけ	かけ
		轟	とどろき	とどろき
		を川	をかは	小川
		ゆきあひ	行きあひ	ゆきあひ
		瀬田		瀬田
		木曾路		木曾路
		うたしめ		
				はこな

表三

井	三巻本	能因本	堺本	前田家本
	ほりかね	ほりかね	ほりかね	ほりかね
	たま	玉	玉	玉
	はしり	走り	はしり	走
	山	山	山	山
	飛鳥	飛鳥	あすか	飛鳥
	千貫	千女尺		千貫
	少将	少将	将	少将
	さくら	櫻	さくら	櫻
	きさきまち	后町	きさいまち	きさきまち

【注】

1　小沢正夫　松田成穂校注『古今和歌集』新編日本古典文学全集11、小学館、一九九四年

2　田中重太郎『枕草子全注釈　一～五』角川書店、一九八三年。をはじめとした小学館新全集や岩波新大系など。

3　松田豊子「枕草子と催馬楽：典拠立脚の独創表現」『光華研究紀要』、十四号、一九七六年十二月、松田豊子は、先に此殿の登場例があることを書いている。そして、催馬楽が人口に膾炙する表現であったことの反映が見てとれるとしている。

4　池田亀鑑　岸上槇二　秋山虔『枕草子　日本古典文学全集』小学館、一九七四年

5　小松茂美監修『日本名跡叢刊　第十九回配本　平安　天治本催馬楽抄』二玄社、一九七八年、原本　東京国立博物館蔵。併せて、藤原茂樹『催馬楽研究』笠間書院、二〇一一年も参照。

6　中田幸司『平安宮廷文学と歌謡』笠間書院、二〇一二年

7　源俊頼『俊頼髄脳』『日本歌学大系　第一巻』風間書房、一九五八年

8　橋本不美男　後藤祥子『袖中抄の校本と研究』、笠間書院、一九八五年

9　前掲5。天治本に記載なし。鍋島家本『催馬楽』〈目録〉貫河　拍子廾七　三段　各九〈本文〉貫河　拍子廾七　三段
各九
　奴支可波乃　世　乃也波　良多　末　久良　也波良加　尓　奴留与　波　名久天於也左久留　川末　於也左久留　川
末波末之天留　波之　之加沙良波　也波支　乃　伊知尓久川　加比　尓　加牟　久川加波々　千加伊乃保曽之支　乎
可戸　左之波支天　宇波毛止　利支天　美也知加与　波牟

10　前掲5。〈目録〉沢田川　拍子十三　三段　一段九　二段四
左波多可波　曽天川久波加利　也　安左介礼度　波礼　安左介礼止　久尓乃見也比止　也　太可波之和多須　安波礼
曽古与之也　太加波之和多須
一説　安波礼止々也之也

11　前掲5。〈目録〉伊勢海　十〈本文〉伊勢海　十　二切
伊世乃　宇美乃　支　与支　名　支左　尓之保加　比介　名乃利　曽也　川　末　牟　加比也比　呂　波　牟也　太

万也　比　呂　波牟也
12　佐竹昭広　山田英雄　工藤力男　大谷雅夫　山崎福之校注『万葉集三』新日本古典文学大系3、岩波書店、二〇〇二年
13　前掲5。天治本『催馬楽抄』〈目録〉席田　十二　二段〈本文〉席田　十二　二段各六　牟　之呂太乃　也牟之　呂太乃　伊奴支加波尓也須无川留乃　伊　奴支加波尓也須牟川留乃　須　牟川留乃　也須牟　川留乃　知止世乎加祢天曽安曽比安戸留千止世乎加祢天曽安曽比安戸留」傍線部分に「いつぬきかわ」がある。
14　前掲10。
15　吉田幸一編『狭衣物語諸本集成　第2巻　伝為家筆本』笠間書院、一九九四年。『狭衣物語』三巻部分より。
16　永積安明、島田勇雄『古今著聞集』日本古典文学大系、岩波書店、一九六六年。巻六を参照。
17　前掲1。
18　前掲5。天治本『催馬楽抄』〈目録〉飛鳥井　九〈本文〉飛鳥井　九　二切
「安須加井尓　也止利波　須戸之　也　於介　加介毛与於之　美毛比　毛　左牟之　美　末久左　毛　与之」傍線部分に「飛鳥井」がある。
19　前掲5。〈目録〉走井　拍子八
「波之利為乃　己加也可利乎左女加介　曽礼尓己曽　末由川久良世天　伊止　安須　加　為尓　也止利波春戸之　也於介　可介毛与之　美毛比毛左牟之　比支名左女」傍線部分に「走井」がある。
20　前掲5。〈目録〉此殿　十六　二段　此殿西　此殿奥　鷹山〈本文〉此殿　十六　二段各八
己乃止乃波　牟戸毛　无戸毛止　美介利　左支久　左乃　安波礼　左支久　左乃　波礼　美川波　与川波乃　名加尓　左　支久左乃　止乃川　久利　世利也　止乃川　久利　世利　也
　此殿西同音　此殿奥同音　鷹山同音　已上三首強不歌仍不注其詞也
21　前掲4。
22　楠道隆『枕草子異本の研究』笠間書院、一九七〇年
23　田中重太郎『校本枕草子』古典文庫、一九六九年

24 小沢正夫『枕草子必携』学燈社、一九六七年
25 岡一男『古典の再評価：文芸科学の樹立へ』有精堂、一九六八年
26 岸上慎二『枕草子研究』大原新生社、一九七〇年
27 加藤盤斎『清少納言枕草紙抄』日本文学古註釈大成（枕草子古註釈大成）日本図書センター、一九七八年
28 岡西惟仲『枕草紙旁注』日本文学古註釈大成（枕草子古註釈大成）日本図書センター、一九七八年
29 『枕草子春曙抄杠園抄』日本文学古註釈大成（枕草子古註釈大成）日本図書センター、一九七八年。岩崎美隆『杠園抄』部分参照。
30 池田亀鑑『全講枕草子』至文堂、一九五六年。解説部分。
31 石田穣二『枕草子』角川文庫、角川書店、一九六五年
32 林和比古『枕草子の研究』右文書院、一九六四年
33 『新訂増補国史大系4　日本三代実録』吉川弘文館、一九六六年。広井女王記事参照。
34 黒板勝美　国史大系編修会『尊卑分脈』第一編、吉川弘文館、一九六六年

第二節　和様化した歌の言葉――平安朝文学と総角

日本において漢字表記の伝来は、口承による伝承から記載による記録を可能にし、日本列島内で話されていた古代日本語は記載による固定化がなされることになった。そして漢字の受容は、漢字での表記に音だけでなく日本の解釈を重ねることで日本語表記として確立させた。

語によっては、受容した後、独自の意味を獲得する。平安朝で展開される物語文学では、口承での継承であった物語が記述されることで、話が固定化し、そこで書かれた語に物語の中での意味が付加されることで、語に意味上の変化をもたらすことや、歌が物語に引き歌として用いられることで、歌の中の歌語が物語を背負った語となるなど語に付与される意味が変化することが予想される。この物語を巡る語の流動が特定の語に従来無かった意味を与える。

平安朝に登場した物語作品の中において、意味が新たに付与されたと考えられる語に「総角」がある。この「総角」は、「あげまき」という読みが付されているが、伝来時点では、「そうかく」であった。

では、この「総角」という語は、どのような意味を持つ語であろうか。『大漢和辞典』では、次のように記載されている。

「総角」　ソウカク

①　あげまき。髪をすべ聚めて頭の両側に角の形に結ぶ子兒の髪型。轉じて、男女の未

だ冠笄しない者、即ち、小児をいふ。②源氏物語の巻の名。

「総角之好」ソウカクノヨシミ

幼時のまじはり。竹馬の友。[*1]

『大漢和辞典』では、男女に限定せずに「総角」を幼時を指す語として説明する。現在多くの辞書が「総角」を解説する際に『大漢和辞典』同様の意味を持つ語として解説している。物語作品を確認すると、「総角」が指す意味としてここで書かれる解説にない意味を持つ語として用いる作品が確認できる。それは、『夜の寝覚』である。『夜の寝覚』では、「総角」が性的な男女の交わりを意味する語として登場する。「総角」という語は、成人前の子供の髪型の意味であったはずであるが、ここでは、男女の交わり・性的関係を意味する語として表現されている。これは、語に含まれる意味が時代によって変化し、書き手が認識していた語の意味が現在と違う、もしくは、新たな意味を語に与えている可能性がある。

以上のように考える場合、まず、平安朝において文学作品の中で「語」がどのように受容され、当時の日本列島内で意味づけされ、表現として引用されているのかを確認する必要がある。そのため本論文では、「総角」という語を視座に置くことで語がどのように認識され、時代を経ることでどのような意味を獲得し、どのような変遷を遂げたかを確認していきたいと考える。変遷を考えるにあたり、漢字の伝来以前の古代中国での「総角」の確認と、平安朝での「総角」が登場する作品の確認をすることで「総角」の意味の変化を考察する。

「総角」という語を考えるにあたり、まず「総角」の語が、伝来以前の古代中国で何を指しているかを確認したい。「総角」は、『詩経』の詩の中で確認ができる。

『詩経』における「総角」の登場例として衛風の「氓」がある。

及爾偕老　老使我怨
淇則有岸　隰則有泮
總角之宴　言笑晏晏
信誓旦旦　不思其反
反是不思　亦已焉哉

（『詩経』衛風　氓　第六章[*2]）

「氓」で、「総角」は、詩の第六章で「総角之宴」として歌われ、嫁ぐ前の時間を意味している。この「氓」は、『詩序』では、「氓は時を刺るなり。宣公の時礼義消亡し淫風大いに行はる。男女別無く遂に相奔背誘す。華落ち色衰ふれば復た相棄背す。或いは乃ち困して自ら其の妃耦を喪ふを悔ゆ。故に其の事を序して以て風す。正に反るを美し、淫泆を刺るなり。」とされ、『集伝』では、「此れ淫婦人の棄つる所と為りて、自ら其の事を叙べて以てその悔恨の意を道ふなり。[*3]」としている。

以上二つの指摘で「氓」が棄婦の情を述べた詩であることがわかる。赤塚忠は、この詩を廻国の吟遊詩人が公衆的教訓を諷じた詩であると述べている。[*4]

『詩経』における「総角」例として斉風の「甫田」を確認する。

婉兮孌兮　總角丱兮
未幾見兮　突而弁兮

（『詩経』甫田　第三章[*5]）

「甫田」では、「総角」という語は、詩の第三章で「総角丱兮」と歌われ、「あげまきを角のようにしている」と髪型の指摘とともに、若くて美しく可憐なさまを強調するために「総角」の語を使う。「甫田」は、『詩序』では、「甫田は、大夫襄公を刺るなり。礼儀無くして、大功を求む。其の徳を修めずして侯を求む。志大にして心労するも、求むる所以の者、其の道に非ざるなり。」とされ、『集伝』では、「時人の小を厭ひて大を務め、近きを忽にして遠きを図り、将に徒らに労して功無きを戒しむるなり。」と書かれる。『詩序』の指摘は、大夫が襄公を刺る詩として、徳が無くて上に立つことを求めるのは、心を労するのみで実を挙げることはできないとし、『集伝』は、その時の人が物事の順序を大切にせず、速さを求めるため実がないことを戒める詩とする。この二つの解釈以外に以下に上げる解釈が指摘される。屈万里の「遠人が帰ってきたのを喜ぶ詩」、中井履軒の男女相思うの情を述べた「淫詩なり」という解釈、帆足万里「両男子が相悦ぶの詩」、日加田誠は、詩序・集伝を退けて「これは恐らく遠く離れている人を思う、恋の歌であろう」とし、境武男「遠人に思いをかけても、ただ人知れず心をくだくだけのことと言う。遠くに住んでいるので、しばらく見ないでいたら、あの若く美しかった童型の人が、りっぱに成人して居た。末章は囃歌である。そして、遠人はかならずしも『幼童』であったわけではないであろう」とする解釈。また、白川静の「遠人を思うことは、醜草のはびこる荒野を耕すに似ている。しばらく見ぬうちに、遠くにあるあげまきの若い女ははや髪をあげて人妻になったとさ、というほどの意である。これも思う人が他に嫁して、それをいつまでも諦めかねている男を嘲笑した詩である」[*6]とする解釈がある。

以上のように先行研究を挙げてみても「甫田」についての解釈は、異説が多い。異説が多い中、特に重要な点として、「総角」の対象が男なのか女なのかという点がある。詩の解釈で男女どちらであるかは読み手に依存するとすることもできるが、日本への「総角」の語の受容を考える際、この「総角」に対する性別意識が物語解釈にとって重要となる。『新漢文大系』の解説には、「一見すると恋愛詩の形式を取ってはいるが、本来の詩意は、

「宗廟においてそこに神霊が降臨して来るのを希求する舞曲を伴う宗教詩」ということになる。そうなると、「遠人」は神霊・祖霊ということになろう。」と書かれる。この指摘は、赤塚忠による三章反復という形が舞楽的要素として見ることができるという指摘から『新漢文大系』がとった視点である。

以上の二つの詩での「総角」がこの語を考察するうえで日本列島に渡来した「総角」の語の渡来段階での解釈の中心になる。ここでの解釈が、その後日本列島内での「総角」という語の意味の変化する前の姿、つまり元の意味として確認ができる。しかし、詩における「総角」には、性の区別なき童の意味が中心の意味としてあることはわかるが、男女どちらの性であるのかという確定には依然解決を見ない。

『詩経』で書かれる「総角」という語が日本に伝来し、何を指して「あげまき」としているのかを確認したい。『日本書紀』には、「あげまき」が三か所で記載される。『日本書紀』「あげまき」登場例を確認する。

『日本書紀』巻第七　景行天皇（四十年是歳）[*7]

天皇聞之、寝不安席。食不甘味。昼夜喉咽、泣悲挙笛。因以、大歎之曰、我子小碓王、昔熊襲叛之日、未及総角、久煩征伐、既而恒在左右、補朕不及。

【訓読】

天皇聞しめして、寝席安からず、食味甘からず、昼夜に喉咽びて、泣悲しび摽擗ちたまふ。因りて大きに歎きて曰はく、「我が子小碓王、昔熊襲の叛きし日に、未だ総角にも及らぬに、久しく征伐に煩み、既にして恒に左右に在りて、朕が不及を補ひき。

『日本書紀』巻第十三　允恭天皇（即位前紀）

雄朝津間稚子宿祢天皇、瑞歯別天皇同母弟也。天皇自岐嶷至於総角、仁恵倹下。及壮篤病、容止不便。

【訓読】

雄朝津間稚子宿祢天皇は、瑞歯別天皇の同母弟なり。天皇、岐嶷より総角に至りますまでに、仁恵にして倹下なり。壮に及りて篤病ありて、容止便あらず。

『日本書紀』巻第二十一　崇峻天皇（即位前紀）

是時、厩戸皇子、束髪於額、古俗、年少児年、十五六間、束髪於額。十七八間、分為角子。

【訓読】

是の時に、厩戸皇子、束髪於額にして、古俗、年少児の、年十五六の間は、束髪於額にし、十七八の間は、分けて角子にす。

『日本書紀』において以上三か所で「あげまき」の用例が確認できるが、『日本書紀』では、男子の幼少時代、つまり成人前を指して用いている。『日本書紀』で用いられている意味は、『詩経』で確認した童という時期を指す語であり、同じ意味を持った語として用いられていることが確認できる。

では、古代日本列島では、「総角」は、男子の成人前だけを指した語であったのであろうか。

平安朝で使用されていた語の意味をまずは、平安時代に書かれた辞書から確認したい。最初に『新撰字鏡』を確認する。この辞書は、平安前期の漢和辞書で、全一二巻。昌住著であり、昌泰年間（八九八〜九〇一）頃の成立とされる。現存する日本最古の漢和辞書とされるため、まずはこの辞書を確認したい。『新撰字鏡』では、「鬆髪同哉従久上角丱　束髪阿介万支」[*8]となっている。次に『和名類聚抄』（『倭名類聚鈔』）を確認する。この辞書は、平安中期の漢和辞書で、源順編であり、承平四年（九三四）頃成立したとされる。『和名類聚抄』では、「総角（アゲマキ）　毛詩注云総角（和名阿介萬岐）結髪也」[*9]と記されている。

以上二点の辞書では、記載時点で「総角」という漢字で表現される語が、「あげまき」と当時の日本において呼ばれるものを指していること、「あげまき」と日本で呼ぶ語が既にあり、その「あげまき」が「総角」と伝来した語に置き換え可能な語であったことが確認できる。また、語がさしている意味が、髪型であることも確認でき、この語が平安朝では『毛詩』つまり『詩経』に書かれた語と同じであると認識されていたことが確認できる。辞書によって「総角」という語が、当時の日本において認識されていたことは解ったが、実際どのような用いられ方をしていたのかを確認したい。まずは、和歌から「総角」がどのように詠まれているのかを確認する。平安以前の和歌で「あげまき」を確認すると、次の和歌一首だけ確認ができる。

平安朝の和歌の中で「総角」を詠んだ『実方集』の一首

『国歌大観』第三巻　書陵部蔵150・560　実方集[*10]

ある女にふみやる、返事はせで、あげまきをむすびておこせたれば

一四五　ひろばかりさかりてまろとまろねせむそのあげまきのしるしありやと

『国歌大観』第七巻　書陵部蔵501・183　実方集

いとしてあげまきをむすびて、女のがりやりて、すなはちいひにやりける

一六 ひろばかりさかりてまろとまろねせよそのあげまきのしるしありやと

以上二つの歌は、詞書が違うが同じ歌である。

右の歌の解釈は、「一尋ばかり離れて私と丸寝をしましょうよ。（あの催馬楽では、離れて寝ても「まろびあひにけり」とうたっているのですもの、あなたが下さったこの）総角の意味はその歌通りではないかと。」となる。ここでの解釈は、「総角」は、紐の結び方の一つ、総角結び。「尋ばかり」は、一尋は両手を広げた長さ。「丸寝」は、帯も解かず着衣のまま寝ること。「その総角」は、「あげまきや、ひろばかりや、離りて寝たれども、まろびあひけり、か寄りあひけり」催馬楽・「総角」を引き歌的に使う表現となる。

竹鼻績『実方集注釈』では、「左右に別れている輪を結び合わせた総角によって、離れていても寄り会おうとしていることを伝えようとして女は総角を送ってきた。これに対して男は女の送ってきた総角結びのききめで寄り会うことができるか試してみようと詠んでいる。[*11]」と解説し、この歌が催馬楽「総角」によっているとしている。藤原実方は、平安時代の官人、歌人であり、舞や和歌に優れた風流人で、藤原公任や清少納言らと交遊があったとされる。『小右記』や『権記』に記されるほど、儀式の言動には先例にこだわらない奔放な性格であるとされ、辺地で客死という数奇な晩年であるため、多くのエピソードを生む人物である。『実方集』でのみ「総角」が詠まれるのは、先例にこだわらない実方の性格によるものかもしれない。

平安以降、和歌で「総角」が詠まれる際は、この実方の引き歌か『源氏物語』を意識したものとなり、「総角」は、総角結びを意味する語として用いられるようになる。

次に平安朝での歌謡を確認したい。『神楽』・『催馬楽』で「総角」の題を持つ歌が確認できる。

『神楽』「総角」[*12]

安介万支平　和左多仁夜利天　也　曾平毛不止　曾平毛不止　曽平毛不止　曾平毛不止　曾平毛不止　曾平

毛不止　曾乎毛不止　名仁毛世須志天　也　波留比須良　波留比須良　春日須良　春日須良　波留比須良

和佐太耳也利天　也　曾乎毛不止 曾遠毛不止　曾遠毛不止　所乎毛不止 所乎毛不止　奈耳毛世須志天　也

春日須良　春日須良 春日須良 春日須良 春日須良　安以佐　々々々　安以佐　々々々

〈一人前になっていない者を、早稲田に仕事しにやって、それが気がかりで、……何にも手がつかないで、長い春の日さえ……早稲田に仕事しにやって、それが気がかりで、……何にも手がつかないで、長い春の日さえ……あいさ……〉

『神楽』は、男色の歌としての解釈が多く、男色以外での解釈でも女性が歌っているのか男性が歌っているのか特定がなされない。臼田甚五郎は、美少年を歌ったものとし、主題を都会の男色とみている。この解釈は、『神楽』「大宮」を農村の男色と採ることでの解釈である。

催馬楽「総角」では、次のとおりの歌となる。天治本『催馬楽抄』での「総角」をあげる。

〈目録〉角総　十　〈本文〉角総　十　(三)[*13]

安介万支也止宇止宇比呂波加利也止宇止宇左加利天祢太礼止　毛万呂比安比介利止　宇止宇加与利安比介利止宇止宇

〈総角髪の子供や　とうとう　(はじめは)　一ひろばかりに　とうとう　離れて寝たけれども　(結局)　転びあって　とうとう　寄りそいあっていたな　とうとう〉

催馬楽「総角」について一条兼良は、車に掛ける糸の結び方とし[*14]、賀茂真淵は、「をのわらは」として男の子であるとしている[*15]。池田弥三郎は、能の翁にも採り入れられているもので、饗宴の席で来訪したまれびとを歓待する少女をイメージする歌[*16]としている。小西甚一は、少年と少女が最初は自重していたがいつしか意馬心猿が絆をきったおもむき[*17]としている。恋愛の子供の成長を歌っているのか、寝ているときの寂しさに寄り添って寝ているほほえましい歌とするかでかなり解釈が変わる。おそらく小西甚一のように恋愛の歌として読むのが正しいのであろう。このことからこの歌は、若い女性もしくは少女と添い寝もしくは男女の関係を意識したうたとしても読むことが出来る。催馬楽は、男色とも男女の関係とも限定していない解釈が多い。

以上の二つの「総角」の題を持つ歌は、先行研究において対の関係であるように指摘されることがある。

ここで確認できることは、『神楽』では、男色のイメージで解釈されることが多い点と催馬楽もまた男色の歌という解釈がなされることがありつつも断定されることがあまりない点であるが、催馬楽「総角」は、「かよりあひけり」となっており、より行動を意識した歌謡となっている。そのため、二つの歌謡は、心配を中心とした愛を歌うか、行動を共にした想い出、または、想像での行動を中心とした歌であるかという違いがあり時間または空間としての距離感が表現される。『神楽』・『催馬楽』両歌は、『詩経』での「総角」を用いた詩の影響が一部見られるが、やはりどちらの性を意識しているのかという判断は依然決定を見ないであろう。

『枕草子』では「総角」という語が、「総角結び」として三巻本に記載される。『枕草子』の他のテクストでは記載が無く諸本によりテクスト上の違いがある。これらは、編集態度の違いで異なるテクストを持つとされているが、この「総角」の語の有無で違いの一端が確認できる。

御帳の紐などの、つややかにうち見えたる、いとめでたし。御簾の帽額、総角などに上げたる鉤の、きはやかなるも、けざやかに見ゆ。よく調じたる火桶の、灰のきは清げにて、おこしたる火に、内に描きたる絵などの見えたる、いとをかし。

（三巻本『枕草子』[*18]）

御簾の帽額のあげたる鉤のきはやかなるもけざやかに見ゆ。よく調じたる火桶の灰、清げにおこしたる火に、よくかきたる絵の見えたる、をかし。
（前田家本『枕草子』）

右に挙げた三巻本では、「総角」が有るテクスト、前田家本では、「総角」が無いテクストとなっている。三巻本での研究には、中田幸司のもの[*19]があるが、諸本比較をおこなっていないため、「総角」記載について結論を得ていない。

では、物語では、「総角」はどのように登場し物語へ効果を与えているのであろうか。

『源氏物語』において「総角」という語は、蓬生巻で登場する。蓬生巻の流れは、末摘花が、光源氏が須磨へ退去した後、庇護を失い困窮し、女房達に逃げられ、老女房が残るに過ぎない状態になる。叔母に自分の娘の女房になるようにしようとされたり、九州に下向を勧められるがかたくなに拒否をし光源氏を待つ末摘花。帰郷した光源氏がたまたま通りかかり、思い出し、援助が復活し生活が安定し、後に二条東院に引き取られるという話となっている。

葎は西東の御門を閉ぢ籠めたるぞ頼もしけれど、崩れがちなるめぐりの垣を馬牛などの踏みならしたる道にて、春夏になれば、放ち飼ふ総角の心さへぞめざましき。
（『源氏物語』二―一三五[*20]）

蓬生巻では、「総角」は、牧童を表現した語として使われる。

次に総角巻の例を確認したい。総角巻の内容は、秋八月、八の宮の一周忌法要。夜、薫は大君のもとへ行くが拒まれ夜通し語り合って別れる。大君は独身を貫く決意をする。一方、妹の中君と薫との結婚を考える。大君の衣服には薫の強い香が染み付いており、中君は薫との仲を疑う。宇治を訪れた薫は、大君の結婚を望む老女房の弁たちによって寝所に入るが、大君は中君を残して隠れる。薫は、残された中君に気付き二人で語り明かす。大君の意思を知った薫は中君を匂宮との結婚を考え、九月匂宮を宇治連れて行き中君と逢わせる。薫は結婚を迫るが失敗。匂宮は三日間中君の元に通うが、その後は訪問が途絶える。十月、匂宮は宇治川に舟遊びや紅葉狩りを催し中君に会おうと計画するが失敗。父帝は匂宮と夕霧の六の君との結婚を取り決める。大君は病に臥す。十一月、豊明節会の日の吹雪の夜薫に看取られ息絶える。大君と結ばず薫は深い悲嘆に沈み、宇治に籠り喪に服す。匂宮は、中君を京の二条院に引き取る決意をするという展開がおこなわれる。

御願文作り、経、仏供養ぜらるべき心ばへなど書き出で給へる硯のついでに、客人、
　あげまきに長き契をむすびこめおなじところによりもあはなむ
と書きて、見せたてまつり給へれば、例の、とうるさけれど、
　ぬきもあへずもろき涙の玉の緒に長き契りをいかゞむすばん
とあれば、「あはずは何を」と、うらめしげにながめ給。

（『源氏物語』四―三八四頁）[*21]

右は、薫の和歌に「あげまき」という語が取り入れられている。

　客人は、弁のおもと呼び出で給て、こまかに語らひをき、御消息すく〳〵しく聞こえをきて出で給ぬ。総角を戯れにとりなししも、心もて尋ばかりの隔ても対面しつるとや、この君もおぼすらむ、といみじくは

づかしければ、心ちあしとてなやみ暮らし給つ。

（『源氏物語』四―三九六頁）

右は、大君の心中を描く所に「あげまき」が採用されている。

以上二か所の「総角」は、総角結びを意識させた語として使い、恋の和歌の贈答をしている。この解釈については、『催馬楽』を引き歌とした表現であると指摘する注もあるが、確定はできない。薫の和歌と大君の心中を述べる場面で登場するが、催馬楽「総角」の引き歌とすると、少年少女の関係が示唆され、大君との結婚が行われないことへの暗示が行われていると読み取ることが出来る。そしてそこには、肉体関係のない恋愛を描くための方法があると考える。藤村潔は、「ひとり静に生きることを許されない女の悲しさ」を宇治十帖の女性達から作者が書こうとしていた」[*22]としている。ひとり静に生きることを許されない女の悲しさというよりは、肉体関係なき恋愛は無いことをここに書き出したように感じる。

スティーブン・G・ネルソンは、この和歌に大君と一緒になりたい気持ちがあり、そこには、「総角結び」の縒りによせた和歌として伝えていることを書いている。催馬楽「総角」については、「性を意識し出した年齢の男女が、両手を広げた時の両手先の間の距離ほど離れていた状態から、いつの間にか転がりあって「寄り合った」というかなりエロチックな内容の歌」[*23]としている。この催馬楽「総角」を使うことで薫の真意を大君が誤解したとも考えられるとも考察を述べている。

『栄花物語』にも「総角」が登場している。

袴、二藍の表着。平少納言、菊のうつろひたるに、二藍の表着冊子のかたにて、村濃の糸して玉を総角に結びて、後撰・古今と織れり。黒き糸して、左も右もその色の花どもを造りて、上に押したり。右は綿入れず。

紅葉の人たち、瑠璃をのべたる扇どもをさし隠したり。

（『栄花物語』皇后宮春秋歌合）[*24]

『栄花物語』では、秋を意識している場面において「総角結び」として記載されている。

次に『狭衣物語』における「総角」の記載例を確認したい。

「奥の方には三宮の臥したまへるなるべし」と、御髪の手にあたりていぎたなげに見たまふもうらやましきに、今ぞうちみじろきたまふ。「ありしながらのわれならば、総角もいかがあらまし」、うつくしかりし御顔はふと思ひ出でられたまひけり。

（『狭衣物語』）[*25]

『狭衣物語』では、「総角」を用い、子供のいる空間で共寝を意識した場面描写において若かったころの自分だったらという心理を表出した語として使用している。

では、『夜の寝覚』と「総角」の関係を見たい。

先に述べているが、『夜の寝覚』には、「総角」という語が他の文学作品と違い、男女の関係・性的関係を意味する語として「総角」が採用されている。

胸ふとふたがりて、顔の色かはりぬらんとおぼゆれど、「なぞの御対面ぞ。もし、あげまきか」と問ひ給へば、「さらなり。そのほどは宣旨の君ぞ、くはしうは、道芝に知り給つれ。女の御さまの、すゝみざまなりける」といふに、とばかりものもいはれず。

（『夜の寝覚』巻三）[*26]

右は、内大臣が帝に奏上しなければならない用務があり訪ねている場面であるが、ここでは、師君から帝と寝覚の上が夜通し逢っていたことが伝えられ、それに対しその夜通しあっている理由が男女の契りのためであるかと確認するため、「総角」と男女の契りのことを言い換えて表現している。

そは、道芝要るべきことにも侍らざりつる物を」と、「うたて、あげまきまでは」と、おいらかに言ひなすを、「さのみはあらじ」と、から声にとひ給ふも、「さぞかし」と心得たれば、

（『夜の寝覚』巻三）

先述の場面で内大臣は、師君からの情報で混乱していたが、宣旨の君により真相を聞く場面となっている。右の場面では、帝と寝覚の上に男女の契りが行われていないことが説明され、逢っていた事情も知らされている。そして「総角」を用い男女の契りということを解説している。

『夜の寝覚』では、男女の仲、性的関係を示唆する語として説明していることが確認できる。これは、『源氏物語』および『催馬楽』の影響が考えられる。そのため、『夜の寝覚』での「総角」は、男女の関係に加え、夜の幼い女と年上の男との関係を含めた『源氏物語』をも視野に入れた表現として描ていることが推測される。

以上の作品では、男色の要素が見られないが、男色を意識した「総角」が登場する文学作品に『なぐさめ草』がある。ここでは、次の通りの話に「総角」が登場する。

しん殿の南をもてをかいま見すれば、このほどはみもならはぬぞく人四、五人、わらはすがたのきよげに、あげまきのほどもたゞならぬ二人ばかりみえ侍るに、みやこ思ひいでゝゆかしきに、

（『なぐさめ草』美しい童形[27]）

『なぐさめ草』では、「総角」は、男色を暗示する物語の中で登場する。内容は、『源氏物語』若紫巻をイメージした構成であるため、『源氏物語』と『神楽』の「総角」のイメージを使用した物語であることがわかる。

平安朝以降の「総角」の語は、『太平記』・『義経記』・『仮名草子』・『好色一代女』・『武家義理物語』・『雨月物語』・『近世説美少年録』など確認が出来るが、以上に挙げた作品での「総角」は、幼少時代を意味する語として用いられている。

では、あらためて『夜の寝覚』がなぜ「総角」という語を使い性的交わりを書き表したのかを考えたい。物語では、快々として性的交わりを積極的には書かない。例えば、性的交わりを物語では、『うつほ物語』では、翌日の場面で「道祖神」を登場させることで書き表すことはあるが、「総角」を用いるのは、『夜の寝覚』だけである。なぜ『夜の寝覚』で「総角」が選択されているのであろうか。

「総角」には、「総角結び」、『源氏物語』、『神楽』、『催馬楽』が引用の際、意識される。特に「総角」には、「結ぶ」という行為に伴うイメージが含まれる。『万葉集』には、草木を「結ぶ」、紐を「結ぶ」ことを歌って俗信的観念を示した例があり、紐だけでも二十二例を数える。例をあげれば、柿本人麻呂の「羈旅歌八首」の一首の「淡路の野島の崎の浜風に妹が結びし紐吹き返す（巻三・二五一）」や、巻十二「正述心緒」の一首「二人して結びし紐をひとりして我は解き見じ直に逢ふまでは（巻十二・二九一九）」などがあり、どちらも男女の別れと再会などを意識した歌であることがわかる。そこから、『万葉集』での「結び」は、男女の別れと再会の約束が込められた歌語として詠われていることがわかる。この結びの性格について折口信夫を初めとした先行研究には結び目に魂合いの信仰を認める解釈が行われている。[*28] また、沖縄の民俗事例として旅の守りとして男兄弟に「生御魂」を毛髪に託して送るという女性から男性へ別れと再会を意識した習俗があることが確認できる。[*29] 以上からは、髪と結ぶという点に魂を込めることが確認できる。

以上をまとめて考えると、「総角」には、ただ性的関係を意識させているのではなく、男女としての繋がりもまたそこに投影されていることが考えられる。それゆえ『夜の寝覚』では、「総角」が男女の性的関係を指す語として選択されているのであろう。

「総角」という語は、元来、古代中国において成人前の子供の髪型を意味する語として用いられた。その語の意味が日本へ伝来し、『神楽』・『催馬楽』による新たな意味づけ、『源氏物語』によるイメージの付加などを経て『夜の寝覚』での男女の関係・性的関係を意味する語へと意味の重層化が行われていることが本論から確認できる。『夜の寝覚』が登場する頃には、物語において『源氏物語』などの過去の作品の再生産ともいうべき物語の流れが出来てくる。これは、『源氏物語』の作品としての一種の到達を迎えた影響による事象であるとしてもそこに表現として、新たな方法として意味づけがなされた語が登場していると考える。それは、過去の物語や歌の記憶を引き継ぐ語として、何重にも意味を獲得した語として、物語に引用し、その語を使うことで物語への無粋な説明や意識を省く洗練された表現として確立していると考える。

一語で物語の問題性や背景を語れる語を持つことは、その物語に多重な解釈を生むことができる。それは、語を使用するだけで、語が語られる場にいくつかの背景を含めた物語を表出させる。そこに物語が獲得した歴史的重層を持つ表現技法があると考える。

以上のような表現を獲得した「総角」であるが、『夜の寝覚』以降、「総角」の語は「幼少期」を指す語としての使用が主となり、「総角」という語に男女の性的交わりをイメージさせる表現は表舞台から消えている。

【注】

1 諸橋轍次著『大漢和辞典』大修館書店 二〇〇〇年

2 石川忠久『新釈漢文大系一一〇巻 詩経 上』明治書院、一九九七年

3 前掲2

4 前掲2

5 前掲2

6 前掲2。白川静 訳注『詩経国風』、平凡社、一九九〇年五月。『詩経雅頌1』、平凡社、一九九八年六月参照。

7 小島憲之ほか『日本書紀』新編日本古典文学全集、小学館、一九九四年

8 塙保己一『群書類従 巻四九七』亀田文庫(国会図書館参照)

9 源順『和名類聚抄 二〇巻』村上勘兵衛、一六六七年(国会図書館参照)

10 『新編国歌大観 第一巻勅撰集編歌集』角川書店、一九八三年。『新編国歌大観 第二巻私撰集編歌集』角川書店、一九八四。犬養廉ほか『平安私歌集』岩波書店、一九九四年。参照。

11 竹鼻 績『実方集注釈』日本古典文学会貴重本刊行会、一九九三年

12 臼田甚五郎 他校注『神楽歌、催馬楽、梁塵秘抄、閑吟集』新編日本古典文学全集42、小学館、二〇〇〇年。土橋寛、小西甚一『古代歌謡集』日本古典文学大系3、岩波書店、一九五七年も参照。

13 藤原茂樹『催馬楽研究』笠間書院、二〇一一年

14 一条兼良『梁塵愚案抄 二巻』小兵衛、寛文八年(国会図書館参照)

15 賀茂真淵『催馬楽考』『賀茂真淵全集 第二』弘文館、一九〇三年

16 池田弥三郎『鑑賞日本文学 第四巻 歌謡1』角川書店、一九七五年

17 前掲12

18 田中重太郎『枕草子全注釈 一~五』角川書店、一九八三年

19 中田幸司『平安宮廷文学と歌謡』笠間書院、二〇一二年

20 柳井滋ほか『源氏物語』新日本古典文学大系、岩波書店、一九九三~一九九七年(飛鳥井雅康等筆本五十三冊・東海大

学附属図書館蔵明融本）
21 前掲20
22 藤村潔「宇治十帖の予告」『源氏物語の構造』桜楓社、一九六六年
23 スティーブン・G・ネルソン『源氏物語』における催馬楽詞章の引用―エロスとユーモアの表現法として―」『源氏物語とポエジー』青簡社、二〇一四年
24 松村博司『栄花物語全注釈（七）』角川書店、一九七八年
25 狭衣物語研究会『狭衣物語全注釈Ⅳ　巻二（下）』おうふう、二〇〇八年
26 阪倉篤義『夜の寝覚』日本古典文学大系78、岩波書店、一九六四年　底本　長崎県島原市公民館松平文庫所蔵（小学館新編全集も同じ底本を使用。）
27 伊藤敬ほか『中世日記紀行文学全評釈集成　第六巻』勉誠出版、二〇〇四年
28 小川直之「折口用語と述語形成―『ひも』を中心として―」、折口信夫述語研究会『折口学における述語形成と理論2』二〇〇七年十二月
29 折口信夫「小栗外傳」、『民族』第二巻第一号、一九二六年十一月。『古代研究（民俗學篇1）』（『折口信夫全集』第二巻）中央公論社、一九七五年

結び　物語において音楽（歌謡）が導く表現とは

平安物語文学における古代歌謡表現を論じることは、先にも書いているが、平安物語文学を指標にして、そこから逸脱する（前後の時代を視野に入れる）ことも許容しながら、物語という在り方自体を考えること。そして、物語が、時代を越えて、人々の心に、あくまで言語的経験として生き続ける動態や、それらの作品を成り立たせる諸条件を歌謡表現もしくは、音楽表現（歌謡表現には、うたう行為および曲および舞が付随し、音楽表現としての側面もある）の中から把握できないか、とする試みである。本書の中心となる対象は、物語に書かれた歌謡表現である。その歌謡の中で、古代歌謡とされる催馬楽をとりあげるが、催馬楽は、先行研究のなかでさまざまな指摘はなされているが、依然としてその歌の性格および名称について謎が多く残されている。そのため、催馬楽を研究することにより、従来の解釈が正しかったのか、そこに時代を経た意味付けがあると考えた場合、どのような解釈が可能か、そして、催馬楽が登場している場面の読みはどう変わるのかなどを考察したい。そして、語り手、あるいは、書き手たちを物語の作られる過程に従属する存在、つまり、書き手という存在の奥に時代性や権力構造などの多くの要素を含んだ存在として捉え、その存在が書いた資料の表現から何が見えるのかを本書では、見る。

第一章では、物語における音楽表現として、物語と音楽の関係を考察するため、音楽が古代日本でどのような状況下で文化の中に位置づけられているのか、という物語作品が書かれる前の環境的背景を追い、そこから唐楽から雅楽へという、古代中国から日本への音楽伝来の流れと音楽受容の様子、および受容後の雅楽の国内での歴史を確認する。また、雅楽が物語においてどのように記述表現として物語に影響を与えているのかを『源氏物語』

の舞楽場面に焦点を当て確認をおこない、そこからこの舞楽が記述されることで、表現として物語に対し登場人物の立場を解説しているのではないかという可能性を提示する。

第二章では、各物語の中で催馬楽記述が何を表現しているのかを確認する。『とりかへばや』の催馬楽記載表現からは、引用する催馬楽の選択が、物語文学史の中で固定化している様子が確認でき、催馬楽が、物語の解説的な役割を強くになっていることを確認する。『とりかへばや』は、男が女になり、女が男になるという男女が交互に入れ替わり物語を進めていくため、場面の主体の立場が男としてか女として描写されているのかという理解が難しいことから、状況説明をする歌として催馬楽が選択され、記載されていると結論づける。

第二節では、『狭衣物語』の記載例を確認する。『狭衣物語』で確認される催馬楽の引用表現は、催馬楽の歌名を使い、飛鳥井の女君という名を人物に当てはめることである。人物像を名の由来となる催馬楽の歌詞から連想させ、さらに物語上に浮かび上がらせることで催馬楽の歌詞や語から連想することができる物語を展開させ、ここで展開された物語を名付けられる人物に背負わせることが『狭衣物語』の表現の新しさであり独自性である。また、歌詞から連想される「出逢い」と「一時の宿」という二つのイメージを導き出し、同じ催馬楽からの連想であっても違う二つの物語が導き出されるという効果がさらに表現されていることを考察する。

第三節では、『うつほ物語』における催馬楽記載表現例を確認する。『うつほ物語』には、「こはふり」という和歌を催馬楽のリズムでうたう表現が確認でき、ここから、個人個人の声を誰の声か特定し、そこに込められている情報を意識的に強調したい場面で催馬楽が使われていること、さらに催馬楽の選択が情景内で、うたう人物の立ち位置を暗に示していた様子を確認する。

第四節では、『浜松中納言物語』と『夜の寝覚』での催馬楽記載例を確認する。『浜松中納言物語』では、物語展開を想像させる予言歌としての新たな解釈を提示し、あらためて催馬楽という日本の歌詞を持ちつつ唐楽の曲を持つという性格が物語の登場人物達の立場を説明するという従来の解釈を確認する。『夜の寝覚』では、催馬楽の歌詞が記載表現として歌から離れ、殿《やかた・との》賞《ほ》めの語として変化していく様子を確認し、「あげまき」という語から、催馬楽歌名に歌詞から連想される新たな意味付けがなされている様子と催馬楽歌名を付した『源氏物語』の物語展開を想起させる語としての姿を確認する。ここから、物語に登場人物達が受け取る物語上の意味と同時に読み手に対して与えられる情報、予告や予言のような意味があるという解釈が提示でき、この予言として催馬楽がうたわれているという結論を得る。

第三章では、恋愛と歌として第一節　宴と歌謡で、催馬楽と場の意識として、催馬楽がどのような歌謡なのかをまず、催馬楽のたどった歴史から確認し、そこから歌垣という歌謡のもつ文化的背景および踏歌という舞踏が催馬楽に関係のある行事であることを確認する。催馬楽と場の意識を考察すべく催馬楽という歌謡の儀式ないし行事での在り方や、宴会での歌謡の存在の意義を考察する。第二節　繁栄をたたえる歌―催馬楽「此殿」では、具体的に催馬楽という歌謡がどのように物語に登場し、表現として利用されているのかを見るため、複数の物語に登場している催馬楽「此殿」の記述表現から各物語作品での書かれ方を比較し、そこから歌詞を利用することで場面情景を強調し、登場人物達の立場、場面空間における建築物との距離感を実際以上に描くことに催馬楽の歌詞が寄与していることを提示する。第三節　予言する歌・童謡《わざうた》―催馬楽の原型歌では、勅撰史書である『続日本紀』において催馬楽「葛城」と同じ歌が童謡として記載されていることから催馬楽「葛城」のうたの性格を確認する。『続日本紀』と催馬楽「葛城」、さらに『日本霊異記』の歌謡の比較をおこない、『続日本紀』の歌は人物を意識しての歌であると解釈し、『日本霊異記』の歌は、天皇が天の下を治めることの表相として囃子言葉を意識的に歌った歌であると解釈する。そして、催馬楽「葛城」の歌詞からは、事件を予言する歌として何かを暗示するための語の変化が見られないため、意識せずに歌うことができる歌であると考える。そのため、催馬楽の歌がより原型の歌に近いことが予想されることを提示し、催馬楽「葛城」が催馬楽として伝承される歌として存続することから考えると、歴史事件をその当時の民衆が如何に評価していたかを記録するために歌として催馬楽にまとめて採録させているのではないかという指摘をおこない、三つの歌謡の解釈の違いはそれぞれの歌の採る立場による違いから来る性格であると結論づける。

第四章では、具体的に『源氏物語』において、どのように催馬楽が引用され登場しているかを確認し、そこで引用されることでの効果として、物語空間において、どのような形でその影響を確認が出来るかを検証する。『源氏物語』は、催馬楽自体が登場場面で演奏されるもしくは歌われる場の風景にとけ込むようにただ登場しているのではなく、登場している巻の中での事件について催馬楽を確認することでわかるよう催馬楽の歌詞を利用し、その巻での事件を掘り起こし、表面化させ、その巻の物語の中で問題化する事件として伝えたいことを改めて見せることで巻の中の物語を催馬楽という道具を使ってまとめていることがわかる。また、死の直後の内容が含まれる巻に催馬楽が登場し、催馬楽が登場している巻を経て、新たな力を主人公達が得ている可能性も提示する。『源氏物語』にとって催馬楽とは、その歌詞に込められた物語を使い、物語における直接語ることが出来ない問題、つまりタブーとなる事象を最も短い形で読者に示す道具としてあるという結論と恋愛という空間を構成させるという歌垣のような場を展開させる役割を持っていることを確認する。そして、催馬楽をうたうことで、和歌による問答が行われるということから確認をし、新たな恋愛をする場を構成させるという役割があるという結論を得る。

第五章では、記録された催馬楽として、『枕草子』と催馬楽を諸本比較をとおして各『枕草子』の諸本の内、催馬楽記載がどのように書かれ、記載がある諸本とない諸本での情報の違いを確認し、催馬楽がどのような認識の元、記載されるに至ったのかを考察する。第二節　和様化した歌の言葉―平安朝文学と総角では、歌謡の歌詞で書かれる、もしくは歌われる「総角」という語に対しどのような意味で伝来し、どのような意味を獲得したのかを物語などの記載の変化を追うことで語の和様化（国風化）の様子を確認する。

本書で催馬楽を古代歌謡とあえて書いているのは、その歌詞から歌われる場や歌の歴史から男女の関係においての歌、歌垣で歌われていたであろうことを意識させる歌としての性格が強いことから古代歌謡としての性格を強く持っていると考えるためである。これは、どの歌謡も本来的に持っている性格なのであるが、催馬楽は特にこの歌垣にある男女の出会いを呼び起こす性格を強く残していると考える。歌垣には、行事としての祭りのような性格だけでなく、社会を構成する権力に対しての抵抗的な性格もあったことが予想されるが、共同体という形態を権力構造の中だけでなく外に求めたとき、この歌謡という媒体が必要であったことが考えられる。このような歌謡がある時代に収集され統制されていくという歴史的流れには、律令体制の中、歌垣のような恋愛から結婚という自由で開放的な共同体から離れた行為を統制することに視点を持つ権力者側は、その行為を容認することはできないため規制へという流れを生む。しかし、歌謡は、禁止するか、その行事を規制することで統制下に置くことはできるが、この名残を持つ歌は、この行為の記憶を持ち、無意識的にもその意識ないしイメージのようなものを醸し出す。それは、歌のもつ呪術的な力と言えば論証できないが、歌という音声表現であり舞踊という身体表現が伴えばそのメディアとしての影響力は強いと考える。そのため、歌謡は、形式として固定化せずに今様や早歌として宮中でも民間でも伝承され新たな歌が紡ぎ出されていったのであろう。

そのため、催馬楽のもつ意味は、歌垣由来の歌詞を持ち、舞踊をもち、その意識を薄める唐の曲が付けられ、宮中を中心に演奏された中で、物語に表現として利用されると、演奏描写においては、行事の一風景のような形で描かれるが、それ以外の場面では、男女の出逢いもしくはコミュニケーションを呼び起こし、そこで男女の駆け引きを呼び起こす歌垣の持っている場を支配する空間創造装置のような力がそこに表現されている。これは、和歌の掛け合いと重なる点はあれど、男女という集団の中で個々が相手を合意のもと恋愛関係となるという個と個の関係でなく、集団と集団の関係から個と個を作り出し、それが集団へ還元されるという流れを無意識に表現していることとして表出していると考える。そして、この歌謡が、貴族社会において受容され、そして、消えていくことになっていく歴史的流れは、貴族社会の隆盛と関係があると書いたが、更に書けば、家による伝承つまり一子相伝のような形式での継承により、歌として特殊化し、集団の場で歌われ演奏される機会がなくなることで、催馬楽の役割は無くなることとなる。それは、早歌や踊り念仏という新たな歌垣的な性格を持つ新しい媒体の誕生によって引き起こされていると考える。貴族とともに隆盛を極めるのは、催馬楽に求められる役割があるためであり、それは、歌に込められた意識、これは、歌の持つ物語を利用した場の祝福であろうし、そこにある歴史の確認でもあったと考える。歌に意味付けされた物語は、権力者側の強制力から固定化されていたと考える。しかし、権力者によって剥奪された歌垣のような意識は、新たに創造されることとなる。それは、中世の武士階級になっても変わらず生き続けていると考える。諸注釈書で催馬楽に歴史的な解釈の変化あると解釈されていないのは、催馬楽に変わる歌謡が身近にあり、時代のなかで役割を変える催馬楽という歌謡の歴史的流れを追わないためであると考える。

そのため、本書では、催馬楽という歌謡の意識もしくは性格を物語利用の中から考察を行うが、歌謡に対する社会的影響は、前述の通り権力構造の中で把握すべきであると考える。歌詞からは、農耕社会のもつおおらかさや地域意識や恋愛意識のようなものが歌われている。歌われている情景を国家が統制し、国家の監視の下歌われることが社会の流れとして律令社会が求める姿であろう。しかし、国家として記録としてこの催馬楽を残すことが同時に統制できない歌垣的空間意識を表出することとなる。それを確認できるのが物語であり、物語から社会の流れを見ることができるのである。催馬楽は、物語で繰り返し引用されることで歴史性を身に付け、そこから物語を裏から解説する歌として、さらには、物語の流れにおいて予言をおこなう童謡としての役割を担っていく歌として引用されている。

以上から催馬楽が、歴史を経て男女の関係においてうたわれた経験より、恋愛の場を創造する機能や恋愛の場を創る歌垣でうたわれた行事歌としての側面、また、歌だけでなく舞踊を伴って歌われたことによる演劇性、芸能として、歌詞、曲、舞、時期、物語などただの音楽という枠を超え歌い継がれ、演奏されてきたことにより、歌詞の中に多重に意味を重ならせ、物語に記載され、さらに新たな物語を重ねるという歌謡の記録性と物語性ともいうべき機能を見ることができる。平安物語文学における古代歌謡表現の引用とは何かを催馬楽記載用例から考察した結果、催馬楽は、物語で繰り返し引用されることで歴史性を身に付け、そこから物語を裏から解説する歌として、さらには、物語の流れにおいて予言をおこなう童謡としての役割を担っている歌であることが指摘でき、物語における催馬楽引用は、従来その歌詞から連想される意味だけで考察がなされてきたが、そこに本書で指摘している童謡のような物語の解説や予言という要素を組み込むことで、物語に新たな解釈をすることが可能であると本書では位置づける。この視点をさらに他の歌謡の物語引用へ向けることで、新たな物語の読み、および解釈が指摘でき、歌謡と物語の関係をさらに考察することが可能であると考える。そのためには、歌謡だけでなく曲による律と呂の音楽論を平安時代の音楽実態に則した研究から考察が求められるが、本書では、あくまで物語の中でなぜ、催馬楽という歌謡が選択され表現としてそこに記載されるのか、そこに何を求めているのか、さらにその行為の裏にはどのような外的影響があり、そして催馬楽がどのような影響を与えたのであるかまでを視座として据える。この視座によって催馬楽という歌謡の時代ごとの意味、存在価値などの評価、そこにどのような社会的影響があるのか、文学に対して社会がどのように作用し、文学がどのように時代を経て変容するのかを平安時代という日本文学の変化が行われていた時代を中心に据え、その時代の変化をみていくことでその全容の一部が解明できたと考える。

あとがき

本書で論じる物語と歌謡の関係、特に催馬楽については、山田孝雄の『源氏物語と音楽』により登場箇所が指摘されることで研究が始まったと言って良いであろう。この物語と催馬楽の表現に注目する先行研究として松田豊子や植田恭代などがあげられるが、物語研究において他の舞や楽の描写に比べ催馬楽は、素材として中心とはいえない位置づけがなされてきた。

物語には、音楽という記載されている内容の背景に流れる音が表現として登場する。多くの読み手にとって物語を読む際、無音の世界の中で読む自分を設置し物語世界を認識していると考えるかもしれない。しかし、物語世界には音が存在し、それは読み手の世界と結びつき読み手の経験より表出する。現代でも映画、テレビドラマ、ラジオドラマなど物語が演じられ読まれる背後には音楽、特に歌が挿入される。この挿入歌には場面に意味を与える効果が望まれていると考えられる。この挿入歌と同じ意識のもと、歌謡である催馬楽が物語中に挿入され、記載されている。そして歌謡が記載される理由は、曲だけでなく歌詞が付随することで物語により強調された意味を与えるためである。物語が時代を経て獲得した表現は今、現在の我々が享受している表現技法と密接に関わっている。物語と音楽、特に歌謡の関係を考えることは、人間の表現方法、特に演劇や語りや記載など様々な表現の成立を考える課題として大きくかつ広く存在する。

本書の各初出

はじめに　物語に引用される音楽　本書初出。

第一章　物語における音楽表現

第一節　物語と歌謡　本書初出。

第二節　唐楽から雅楽へ　本書初出。

第三節　物語と音楽（「源氏物語 公と私との空間」『立正大学国語国文』四十九号、平成二十三年三月）

第二章　物語に現れる歌

第一節　人生の転換――『とりかへばや』と催馬楽

（「『とりかへばや』に見る催馬楽表現」『立正大学国語国文』五十三号、平成二十七年三月）

第二節　歌の題を名付けられた女の人生――『狭衣物語』と催馬楽

（「『狭衣物語』飛鳥井女君と催馬楽」『立正大学大学院日本語・日本文学研究』十五号、平成二十七年二月）

第三節　人間関係を表出――『うつほ物語』と催馬楽

（「『うつほ物語』に見る声振――催馬楽にのせる和歌――」『立正大学大学院日本語・日本文学研究』十四号、平成二十六年二月）

第四節　像を与える歌と祝福の歌――『浜松中納言物語』、『夜の寝覚』と催馬楽　本書初出。

第三章　恋愛と歌

第一節　宴と歌謡　本書初出。

第二節　繁栄をたたえる歌――催馬楽「此殿」

（「催馬楽此殿考」『立正大学大学院文学研究科年報』三十号、平成二十五年三年）

第三節　予言する歌・童謡――催馬楽の原型歌　本書初出。

第四章　歌で示す物語の主題と記憶――『源氏物語』と催馬楽

第一節　タブーを抱える歌　本書初出。

第二節　記憶を呼び戻す

（「詠による物語表現――源氏物語と催馬楽――」『立正大学国語国文』五十号、平成二十四年三月）

第三節　場に意味を与える　本書初出。

第四節　一族と歌謡

（「『源氏物語』と催馬楽竹河」『立正大学国語国文』五十二号、平成二十六年三月）

第五節　『源氏物語』と催馬楽　本書初出。

第五章　記録された催馬楽

第一節　催馬楽を書く『枕草子』、書かない『枕草子』――『枕草子』と催馬楽、諸本比較

（「『枕草子』諸本比較――催馬楽記述を中心に――」『立正大学文学部論叢』一四〇号、平成二十九年三月）

第二節　和様化した歌の言葉――平安朝文学と総角
（「平安朝文学と総角」『立正大学国語国文』55号、平成二十九年三月）

結び　物語において音楽（歌謡）が導く表現とは　本書初出。

謝辞

本書は、平成二十七年度に立正大学文学研究科へ提出した『古代歌謡引用論――物語における催馬楽表現史――』をもとに、大幅に加筆、修正を加えて成った。審査を担当された三浦佑之先生（主査）、藤井貞和先生、岡田袈裟男先生には特に謝辞を申し上げる。多年にわたり指導たまわった立正大学の先生方に対して、お礼の言葉を尽くしきれない。特に、大学から大学院と長い間ご指導いただいた藤井貞和先生においては、本書の出版についても仲介の労をとってくださり深く感謝を申し上げる。研究者としては駆け出しに過ぎない未熟な者の論文をこのような形で上梓することが出来たのもいつも励ましの言葉をかけてくださった先生方やお世話になった先輩方のおかげである。本来であるならばお世話になった方すべてのお名前を記させていただきたいのであるが、書ききれないため、直接関与していただいた方のお名前を記させていただく。大学を通し研究会でもお世話になった近藤信義先生、博士課程及び主査を引き受けてくださった三浦佑之先生、副査として審査していただいた岡田袈裟男先生、出版について仲介の労をとっていただいた島村幸一先生と、あわせて物語研究会をはじめとした各種研究会でお世話になった先生方や立正大学の先輩方にも感謝申し上げたい。

本書の出版にあたっては、「立正大学大学院文学研究科研究叢書」として助成をいただいた。この助成は平成二十四年度より始まった試みである。本書の出版が、今後も同大学で学ぶ後輩たちの研究の一助となるようにつよく願い、謝辞に代えたい。

最後に、本書の出版にあたりご配慮を戴いた笠間書院の池田圭子社長、橋本孝編集長や、ご迷惑をおかけしたであろう社員の皆様へ心より感謝の意を捧げます。特に直接担当をしていただいた橋本編集長には、御定年というタイミングで大変な中、本書の出版に際しお付き合いしていただけたこと感謝いたします。

【参考文献リスト】

朝原一治「男踏歌考」『國學院雑誌』八四巻八号、一九八三年

阿部秋生「光源氏の容姿」『光源氏論　発心と出家』東京大学出版会、一九八九年

青柳隆志『日本朗詠史』研究編、年表篇索引、笠間書院、一九九九〜二〇〇一年

秋山虔『源氏物語辞典』學燈社、一九八九年

秋山虔　小町谷照彦編『源氏物語図典』小学館、一九九七年

秋本吉郎『風土記』日本古典文学大系、岩波書店、一九五八年安倍季昌『雅楽篳篥千年の秘伝』たちばな出版、二〇〇八年

青木和夫　ほか校注『続日本紀　四』新日本古典文学大系15、岩波書店、一九九五年

伊藤博「源典侍挿話の周辺―紅葉賀・花宴巻断想―」『源氏物語の原点』明治書院、一九八〇年

磯水絵『源氏物語』時代の音楽研究―中世の楽書から―』笠間書院、二〇〇八年

磯水絵『院政期音楽説話の研究』和泉書院、二〇〇三年

磯水絵　編『論集文学と音楽史―詩歌管絃の世界―』和泉書院、二〇一三年稲賀敬二編著『源氏物語の内と外』風間書房、一九八七年

飯島一彦「歌謡と王朝物語との連関―『うつほ物語』の神楽歌―」『王朝文学と音楽』竹林舎、二〇〇九年

池田亀鑑　他『枕草子　紫式部日記』岩波書店、一九五八年

池田亀鑑　岸上槙二　秋山虔『枕草子　日本古典文学全集』小学館、一九七四年

池田勉「源氏物語「紅葉の賀」の巻における異質的なものについて」『源氏物語試論』古川書房、一九七四年

上田正昭　著「雅楽と古代朝鮮」『上田正昭著作集6人権文化の創造』角川書店、一九九九年

池田弥三郎『鑑賞日本文学　第四巻　歌謡1』角川書店、一九七五年

池田和臣「源氏物語竹河巻官位攷―竹河論のための序章として―」『国語と国文学』至文堂、五十七巻、四号、一九八〇年

伊藤博　ほか校注『土佐日記　蜻蛉日記　紫式部日記　更級日記』新日本古典文学大系24、岩波書店、一九八九

年
今井源衛・森下純昭・辛島正雄校注『堤中納言物語　とりかへばや物語』新日本古典文学大系、岩波書店　一九九二年
井上新子「「飛鳥井の君物語」の悲劇の諸相」『論叢狭衣物語1本文と表現』王朝物語研究会編、新典社、二〇〇〇年
石田穣二「源氏物語における四つの死―歌言葉のことなど―」『源氏物語論集』桜楓社、一九七一年
出雲路修校注『日本霊異記』新日本古典文学大系30、岩波書店、一九九六年
上田正昭『日本芸能史1　原始古代』芸能史研究会、法政大学出版局、一九八一年
内田泉之助　網裕次著『新釈漢文大系　第一五巻　文選　下』明治書院、一九六四年
植木朝子「催馬楽と和歌」『国語国文』中央図書出版社、七四巻一号、二〇〇五年一月
植木朝子「「縹の帯」小考―催馬楽から小歌へ―」『日本歌謡研究』四二巻、二〇〇二年
植木朝子「歌語「さゆりば」小考―催馬楽「高砂」と『源氏物語』にふれて」『十文字学園女子大学短期大学部研究紀要』、三六巻、二〇〇五年二月
植木朝子「催馬楽「石川」小考―源典侍・朧月夜をめぐって―」『国文学　解釈と鑑賞　別冊　源氏物語の鑑賞と基礎知識22紅葉賀・花宴』至文堂、二〇〇二年
植田恭代『源氏物語の宮廷文化　後宮・雅楽・物語世界』笠間書院、二〇〇九年
植田恭代「『源氏物語』と催馬楽「道の口」―浮舟と遊女」『跡見学園女子大学紀要』二〇〇二年三月、三五巻
植田恭代「催馬楽「竹河」と薫の恋」『日本文学』三九巻九号、日本文学協会、一九九〇年九月
植田恭代「後期物語と雅楽―『狭衣物語』『夜の寝覚』『浜松中納言物語』の楽描写―」『平安文学と隣接諸学8　王朝文学と音楽』竹林舎、二〇〇九年
臼田甚五郎　監修『日本歌謡辞典』桜楓社、一九八五年
臼田甚五郎　他校注『神楽歌、催馬楽、梁塵秘抄、閑吟集』新編日本古典文学全集42、小学館、二〇〇〇年
臼田甚五郎「日本に於ける踏歌の展開」『國學院雑誌』第四六巻四号、一九四〇年四月
上田設夫『梁塵秘抄全注釈』新典社、二〇〇一年
梅野きみ子「『千年の春』を祝う六条院」『椙山女学園大学研究論集人文科学編』二〇〇七年、三十八号

遠藤嘉基　ほか『篁・平中・濱松中納言物語』岩波書店、一九六四年
遠藤徹『雅楽を知る辞典』東京堂出版、二〇一三年
遠藤徹　構成『別冊太陽　雅楽』平凡社、二〇〇四年
遠藤徹『平安朝の雅楽　古楽譜による唐楽曲の楽理的研究』東京堂出版、二〇〇五年
荻美津夫『日本古代音楽史論』吉川弘文館、一九七七年
荻美津夫『平安朝音楽制度史』吉川弘文館、一九九四年
小山利彦『源氏物語宮廷行事の展開』桜楓社、一九九一年
小山利彦『源氏物語宮廷行事の展開』桜楓社、一九九一年
小沢正夫　松田成穂校注『古今和歌集』新編日本古典文学全集11、小学館、一九九四年
音楽之友社編『日本音楽基本用語辞典』音楽之友社、二〇〇七年
押田良久『雅楽鑑賞』文憲堂、一九六九年
大木桃子「瓜の歌―催馬楽「山城」と和歌」『語文研究』一〇五巻、九州大学国語国文学会、二〇〇八年六月
大津武久「催馬楽「葦垣」・「河口」の周辺」『日本歌謡研究』日本歌謡学会、一九七四年三月、一三巻
折口信夫『日本芸能史六講』講談社、一九九一年
折口信夫『折口信夫全集　第九巻』中央公論社、一九七六年
折口信夫『折口信夫全集　第十四巻　国文学篇8』中央公論社、一九七六年
折口信夫『折口信夫全集ノート編　第一八集』中央公論社、一九七二年
折口信夫「万葉集の恋歌」『折口信夫全集　第九巻』中央公論社、一九六六年
賀茂真淵『催馬楽考』『賀茂真淵全集　第二』弘文館、一九〇三年
神野藤昭夫『知られざる王朝物語の発見　物語山脈を眺望する』笠間書院、二〇〇八年
神野藤昭夫・多忠輝監修『越境する雅楽文化』書肆フローラ、二〇〇九年
河添房江『源氏物語表現史』翰林書房、一九九八年
河添房江「梅枝巻の光源氏」『源氏物語の喩と王権』有精堂、一九九〇年
河野多麻『日本古典文学大系　10　宇津保物語1〜3』岩波書店、一九五九年十二月
蒲生美津子「催馬楽の音階」『国文學解釈と鑑賞』至文堂、一九九〇年、第五五巻五号

川口久雄・志田延義『和漢朗詠集　梁塵秘抄』日本古典文学大系、岩波書店、一九六五年
岸辺成雄『唐代音楽の歴史的研究』和泉書院、二〇〇五年
木村紀子「催馬楽ことばの原像」『奈良大学紀要』三一巻、奈良大学、二〇〇三年三月
木村紀子　訳注『催馬楽』東洋文庫、平凡社、二〇〇六年
桑原博史『無名草子』新潮日本古典集成、新潮社、一九七六年
久保木哲夫「新出断簡 催馬楽「なにそもそ」考―「源氏物語」竹河巻にも関連して」『都留文科大学研究紀要』五八巻、二〇〇三年
小西甚一「新羅・高麗文化と日本古典文学―漢詩と和歌の問題」『文学』五二巻、一九八四年四月
小林祥次郎『梅と日本人』勉誠出版、二〇〇八年
黒板勝美　国史大系編修会『尊卑分脈』第一編、吉川弘文館、一九六六年
黒板勝美『延喜式』国史大系、吉川弘文館、一九七四年
倉林正次「饗宴と催馬楽」『国語と国文学』三五巻四号、至文堂、一九五八年四月
芸能史研究会『日本芸能史一～九』法政大学出版局、一九八一年～二〇〇一年
国立歴史民俗博物館『歴博フォーラム・日本楽器の源流―コト・フエ・ツヅミ・銅鐸―』第一書房、一九九五年
国民図書株式会社『校註　国歌大系　第一巻　古歌謡集　全』講談社、一九七六年
小嶋菜温子『源氏物語批評』有精堂、一九九五年
小島美子『日本音楽と芸能の源流』日本放送出版協会、一九八五年
小島憲之　荒井栄蔵『古今和歌集』新日本古典文学大系5、岩波書店、一九八九年
小町谷照彦「玉鬘大君求婚譚と和歌―竹河巻前半をめぐって―」『文学史上の『源氏物語』』至文堂、一九九八年
小町谷照彦・後藤祥子『狭衣物語1』新編日本文学全集29、新潮社、一九九九年
後藤康文『狭衣物語論考　本文・和歌・物語史』笠間書院、二〇一一年
小松茂美　監修『日本名跡叢刊　第十九回配本　平安　天治本催馬楽抄』二玄社、一九七八年、原本　東京国立博物館蔵
阪倉篤義『夜の寝覚』日本古典文学大系78、岩波書店、一九六四年　底本　長崎県島原市公民館松平文庫所蔵（小学館新編全集も同じ底本を使用。）

佐佐木信綱『梁塵秘抄　新訂』岩波文庫、岩波書店、一九四一年
佐竹昭広　ほか『万葉集　三』新日本古典文学大系、岩波書店、二〇〇二年
狭衣物語研究会『狭衣物語全注釈1　巻一（上）』おうふう、一九九九年
西郷信綱「市と歌垣」『文学』四八巻四号、岩波書店、一九八〇年四月
佐藤忠彦「催馬楽に於ける囃し詞を持つ歌の問題」『北海道駒澤大學研究紀要』一巻、一九六七年一月
佐藤忠彦「催馬楽の成立過程における女楽の意味」『国語国文学研究』北海道大学国語国文学会、一九六五年十二月、三十二巻
三品彰英「古代祭政と穀霊信仰」平凡社、一九七三年十二月
白川静　訳注『詩経雅頌1』平凡社、一九九八年
白川静　訳注『詩経雅頌2』平凡社、一九九八年
白川静　訳注『詩経国風』平凡社、一九九〇年
白川静『詩経　中国の古代歌謡』中央公論社、一九七〇年
芝祐靖　監修『図説雅楽入門辞典』柏書房、平成十八年
清水好子「花の宴」『源氏物語論』塙書房、一九六六年
清水好子「若菜上・下巻の主題と方法」『源氏物語の文体と方法』東京大学出版会、一九八〇年
清水好子「藤壺宮」『源氏の女君』塙書房、一九六七年
清水好子『源氏物語論』塙書房、一九六六年
鈴木日出男「催馬楽における恋―饗宴の歌の本性をめぐって―」『国語と国文学』一九九五年五月
鈴木日出男『古代和歌史論』東京大学出版会、一九九〇年
鈴木日出男『王の歌　古代歌謡論』「第十章儀礼と歌」筑摩書房、一九九九年
鈴木日出男「源典侍と光源氏」『國語と國文學』、一九九二年四月
杉田真菜美「恭仁京と催馬楽：《沢田川》と《安名尊》グループの成立と解釈」『日本文学誌要』九〇巻、法政大学国文学会、二〇一四年七月
鈴木弘道『とりかへばやの研究』笠間書院　一九七三年
鈴木弘道『とりかへはや物語　本文と校異』大学堂書店、一九七八年

鈴木弘道『とりかへばや物語の研究　校注編解題編』笠間書院、一九七三年
鈴木弘道『とりかへばや物語総索引』笠間書院、一九七七年
鈴木一雄　校注『狭衣物語　上』新潮日本古典集成、新潮社、一九八五年
鈴木靖民「皇極紀朝鮮関係記事の基礎的研究」『国史学』八三号、國學院大學国史学会、一九七一年一月
スティーブン・G・ネルソン「『源氏物語』における催馬楽詞章の引用―エロスとユーモアの表現法として―」『源氏物語とポエジー』青簡社、二〇一五年
関晃・熊谷公男　校注『神道大系　古典編十類聚三代格』神道大系編纂会、一九九三年
関根由佳「『源氏物語』と催馬楽《我家》―「来ざらましかば」の解釈をめぐって」『日本文学誌要』八三巻、法政大学国文学会、二〇一一年三月
武田宗俊「源氏物語竹河の巻について―その紫式部の作であり得ないことに就いて―」『国語と国文学』八月号、至文堂、一九四九年
武田宗俊「源氏物語最初の形態再論」『文学』二〇巻、岩波書店、一九五二年
高田祐彦「源氏物語と唐代伝奇―空蝉の物語をめぐって―」『源氏物語と漢文学』第十二巻、和漢比較文学会、和漢比較文学叢書、汲古書店、一九九三年
田中初恵「催馬楽と和歌―定家に至るまでの諸相―」『古典論叢』一九八八年九月
橘守部『催馬楽入文』橘純一編輯『橘守部全集　第七』国書刊行会、一九二〇年
田中貴子『日本〈聖女〉論序説　斎宮・女神・中将姫』講談社、二〇一〇年
田中重太郎『校本枕草子　上巻』古典文庫、昭和二八年
田中重太郎『枕草子全注釈　一～五』角川書店、一九八三年
田中大秀『まつちやま』中田武司編『田中大秀　第六巻歌謡・和歌』勉誠出版、二〇〇二年
田中新一　他『新釈とりかへばや』風間書房、一九八八年
田中健次『図解　日本音楽史』東京堂出版、二〇〇八年
玉上琢彌『源氏物語評釈』巻一～十二、角川書店、一九六四年
高野辰之『日本歌謡集成　巻二　中古編』東京堂出版、一九六〇年
高橋和夫「紅葉賀・葵の両巻のある部分について」『源氏物語の主題と構想』桜楓社、一九六六年

高野義夫　発行『源氏物語古注釈大成・第六巻　河海抄』日本図書センター、一九七八年
多屋頼俊『源氏物語の思想』法蔵館、一九五二年
角田文衛「後宮の歴史」『国文学』一九八〇年、一〇月
角田文衛『日本の後宮』學燈社、一九八〇年
土田直鎮　所功校注『神道大系　朝儀祭祀編二　西宮記』神道大系編纂会、一九九三年
寺本美智枝「『匂宮・紅梅・竹河』私見」『国語国文』二十七巻九号、京都大学、一九五八年
寺内直子『雅楽のリズム構造―平安時代末における唐楽曲について―』第一書房、一九九六年
東儀俊美『雅楽への招待』小学館、一九九九年
東儀兼彦「宮内庁楽部の活動」『別冊太陽　雅楽』平凡社、二〇〇四年
友久武文・西本寮子校訂『中世王朝物語全集十二　とりかへばや』笠間書院、一九九八年
土井達子「飛鳥井女君〈巫女〉〈遊女〉考―『狭衣物語』巻一・飛鳥井物語をめぐって―」『愛文』三五号、二〇〇〇年三月
遠山美都男『大化改新』中央公論社、一九九三年
東洋音楽学会編『雅楽　古楽譜の解読』東洋音楽選書、音楽之友社、一九六九年
鳥居本幸代『雅楽時空を超えた遥かな調べ』春秋社、二〇〇七年
豊永聡美「平安時代の宮廷音楽―御遊の成立について」日向一雅編『源氏物語と音楽』青簡社、二〇一一年
仲井幸二郎「源氏物語と催馬楽」池田弥三郎『鑑賞日本文学　第四巻　歌謡1』角川書店、一九七五年
中川正美『源氏物語と音楽』和泉書院、二〇〇七年
中田幸司『平安宮廷文学と歌謡』笠間書院、二〇一二年
中田幸司「『催馬楽』「力なき蝦」攷―歌人の行為とその象徴―」『玉川大学リベラルアーツ学部研究紀要』二〇一四年三月、七号
中田武司『踏歌節会研究と資料』おうふう、一九九六年
中村昭「催馬楽「道口」考」『国語国文研究と教育』熊本大学、一九八九年六月、二三巻
中山太郎『日本巫女史』国書刊行会、二〇一二年
中村璋八『五行大義全釈』明治書院、一九八六年

西本寮子「『とりかへばや』と催馬楽」『叢書想像する平安文学　第8巻　音声と書くこと』勉誠出版、二〇〇一年五月
西本寮子「『今とりかへばや』における音の効果―楽器にこめられた意味―」『論集　源氏物語とその前後3』新典社、一九九二年
野口元大『うつほ物語の研究』笠間書院、一九七六年
野村精一「物語批評の歴史・序説―源氏物語蛍巻の文体批評―」『源氏物語の創造』桜楓社、一九七五年
野村倫子「飛鳥井をめぐる「底」表現」『論叢狭衣物語3引用と想像力』王朝物語研究会編、新典社、二〇〇二年
橋本不美男・後藤祥子『袖中抄の校本と研究』笠間書院、一九八五年
萩原広道『源氏物語評釈』一八一五年～一八六三年の江戸時代の国学者
林田孝和　ほか編『源氏物語辞典』大和書房、二〇〇二年
林田孝和「明石」秋山虔編『新・源氏物語必携』學燈社、一九九七年
林屋辰三郎『古代中世芸術論』日本思想大系23、岩波書店、一九七三年
林謙三『正倉院楽器の研究』風間書房、一九六四年
早川康夫「古代馬牧―河内、信濃16牧の立地と馬産供用限定地への発展」『日本草地学会誌』四一巻二号、一九九五年
馬場光子『梁塵秘抄口伝集』講談社、二〇一〇年
原岡文子『更級日記』角川ソフィア文庫、角川書店、二〇〇三年
原岡文子「幸い人中の君」『源氏物語両義の糸』有精堂、一九九一年
原岡文子『『源氏物語』の桜考」『源氏物語の人物と表現』翰林書房、二〇〇三年
廣田収『『源氏物語』系譜と構造』笠間書院、二〇〇七年
土方洋一「宇治の物語の始動」『源氏物語のテクスト生成論』笠間書院、二〇〇〇年
平野健次　ほか監修『日本音楽大事典』平凡社、一九八九年
樋口芳麻呂・久保木哲夫『新編日本古典文学全集　松浦物語・無名草子』小学館、一九九九年
古橋信孝「催馬楽の世界」『国文學解釈と鑑賞』第五五巻五号、至文堂、一九九〇年
福井昭史『よくわかる日本音楽基礎講座―雅楽から民謡まで―』音楽之友社、二〇〇六年

藤村潔「宇治十帖の予告」『源氏物語の構造』桜楓社、一九六六年
藤井貞和『平安物語叙述論』東京大学出版会、二〇〇一年
藤井貞和『物語成立史』東京大学出版会、一九八七年
藤井貞和「催馬楽の表現―源氏物語へ―」『「おもいまつがね」は歌う歌か　古日本文学発生論・続』新典社、一九九〇年
藤井貞和「歌垣から女歌へ」『国文学　解釈と教材の研究』三四巻一三号一九八九年
藤井貞和『タブーと結婚「源氏物語と阿闍世王コンプレックス論」のほうへ』笠間書院、二〇〇七年
藤河家利昭「源氏物語の楽の音と自然―月を例として―」『源氏物語の源泉受容の方法』勉誠社、平成七年
藤原克己「源氏物語と白氏文集―末積花巻の「重賦」の引用を手掛かりに―」『源氏物語と漢文学』和漢比較文学会、一九九三年九月
藤原茂樹『催馬楽研究』笠間書院、二〇一一年
服藤早苗「舞う童たちの登場」『平安王朝の子どもたち―王権と家・童―』吉川弘文館、二〇〇四年
堀惇一「青海波選曲の理由―紅葉賀での上演に至るまで―」『中古文学』一九九七年三月
堀部麻衣子「催馬楽《葛城》考」『日本文学誌要』八三巻法政大学国文学会、二〇一一年三月
正宗敦夫『日本古典全集　教訓抄　上　下』日本古典全集刊行會、一九二八年
正宗敦夫『日本古典全集　信西古楽圖』日本古典全集刊行會、一九二七年
正宗敦夫『日本古典全集　続教訓抄　上下』日本古典全集刊行會、一九三九年
正宗敦夫『日本古典全集　歌舞品目　上・下』日本古典全集刊行會、一九三〇年
正宗敦夫『日本古典全集　歌謡集　上・中・下』、日本古典全集刊行會、一九三一年
松田豊子「宇津保物語と催馬楽」『研究紀要』十一号京都光華女子大学、一九七四年十二月
松田豊子「枕草子と催馬楽：典拠立脚の独創表現」『光華研究紀要』、十四号、一九七六年十二月
益田勝実『火山列島の思想』筑摩書房、一九六八年
増田繁夫『源氏物語と貴族社会』吉川弘文館、二〇〇二年
増本伎共子『雅楽入門』音楽之友社、二〇〇〇年
松井健児『源氏物語の生活世界』翰林書房、二〇〇〇年

松沢佳菜「催馬楽「婦与我」小考―「やまあらゝぎ」の解釈を中心に」『日本文学』、六二巻九号、日本文学協会、二〇一三年九月
松沢佳菜「催馬楽「大路」小考―「青柳が花」の解釈を中心に」『日本歌謡研究』日本歌謡学会、二〇〇八年十二月
松本宏司「催馬楽「浅緑」考」『成城国文学』一〇巻、一九九四年三月
松本宏司「催馬楽「山城」考」『日本歌謡研究』、三三巻、日本歌謡学会、一九九三年一二月
三浦佑之『古代叙述伝承の研究』勉誠社、一九九二年
三浦佑之「吉利吉利考」『成城文芸』、七五号、一九七五年十一月
三浦佑之『古事記講義』文藝春秋、二〇〇七年
三田村雅子「青海波再演―「記憶」の中の源氏物語」『源氏研究』翰林書房、二〇〇〇年
三田村雅子「梅花の美」『源氏物語感覚の論理』有精堂、一九九六年
三谷榮一・關根慶子『狭衣物語』日本古典文学大系79、岩波書店、一九六五年
三谷榮一『狭衣物語の研究［異本文学論編］』笠間書院、二〇〇二年
三谷邦明「『とりかへばや』の文学史的位置づけ―マニエリスムあるいは〈もののまぎれ〉論余滴―」『物語研究4』物語研究会、二〇〇四年三月
三谷邦明「源典侍物語の構造―織物性あるいは藤壺事件と朧月夜事件―」『物語文学の方法Ⅱ』有精堂出版、一九八九年
三谷榮一・關根慶子『狭衣物語』日本古典文学大系79、岩波書店、一九六五年
宮田和一郎　校注　日本古典全書『うつほ物語一～五』朝日新聞社、一九五五年
三上敏視　原章構成『別冊太陽　お神楽』平凡社、二〇〇一年
宮崎まゆみ『平安時代の箏曲―復元の試み―』同成社、二〇一二年
宮崎めぐみ「催馬楽《鷹山》・《此殿》グループと唐楽《西王楽》の成立について：二重の同音性が物語ること」『日本文学誌要』八五巻、法政大学国文学会、二〇一二年三月
宮丸直子　監修『図説　雅楽入門辞典』柏書房株式会社、二〇〇六年
宮岡　薫「「続日本紀」童謡の表現：「白壁・好壁」と「白壁・好壁」説の展開」（宮岡薫教授退職記念論文集）（日本語日本文学特集）『甲南大学紀要　文学編』一二八号、二〇〇二年

宮岡薫「白壁王の即位と童謡の表現（特集 上代の和歌・歌謡）」『国語と国文学』七五巻五号、一九九八年五月
源俊頼『俊頼髄脳』『日本歌学大系 第一巻』風間書房、一九五八年
村井康彦『平安貴族の世界』徳間書店、一九六八年
室城秀之『うつほ物語 全』おうふう、一九九五年
森一郎「源氏物語の構想の方法―匂宮・紅梅・竹河の三帖をめぐって―」『国語と国文学』四十四巻十号、至文堂、一九六七年
本塚亘「催馬楽諸楽譜における曲の配列について：同音「《更衣》グループ」の検討による文・史・音研究合流の試み」『日本歌謡研究』五二巻、日本歌謡学会、二〇一二年一二月
本塚亘「催馬楽《貫河》考―詞章解釈の視点を定める」『日本文学誌要』、七〇巻、法政大学国文学会、二〇一三年、七月
本塚亘「『源氏物語』催馬楽引用再考」を受けて―夕霧の笛を、どう聞くか」『日本文学誌要』七一巻、法政大学国文学会、二〇一三年、三月
本塚亘「催馬楽成立研究の可能性―「二重の同音性」を手がかりに」『日本文学誌要』八八巻、法政大学国文学会、二〇一三年、七月
本塚亘「催馬楽における「同音」の実感―催馬楽曲と唐楽・高麗楽曲との距離感を探る―」『日本文学誌要』九一巻、法政大学国文学会、二〇一五年、三月
本居宣長「源氏物語玉の小櫛」『本居宣長全集第四巻』筑摩書房、一九六九年
森野正弘『源氏物語の表現構造の研究』國學院大學大学院、一九九九年
山田孝雄『源氏物語の音楽』寳文館、一九三四年
山本ゆかり「『源氏物語』における光表現と場面設定…男踏歌場面の比較から」『日本文学』五七巻九号、二〇〇八年
山崎薫「『源氏物語』における唐楽・催馬楽の演奏場面―「呂」「律」の分類との関わり―」『早稲田大学大学院文学研究科紀要』六〇巻、早稲田大学大学院文学研究科、二〇一五年二月
山上彩「源典侍が歌う催馬楽をめぐって」『日本文学』日本文学協会、二〇〇八年七月、七八巻
山田光洋『ものが語る歴史シリーズ①楽器の考古学』同成社、一九九八年

山本利達「賀宴と花宴」『講座　源氏物語の世界　第三集』有斐閣、一九八〇年
柳井滋　ほか『源氏物語　一～五』新日本古典文学大系19～23、岩波書店、一九九三～一九九七年　底本　古代学協会蔵、飛鳥井雅康等筆本五三冊（浮舟巻　東海大学付属図書館蔵明融本）
幼学の会編『口遊注解』勉誠社、一九九七年
吉田幸一　編『狭衣物語諸本集成　第1巻　伝為明筆本』笠間書院、一九九三年
吉田幸一　編『狭衣物語諸本集成　第2巻　伝為家筆本』笠間書院、一九九四年
若山滋『文学の中の都市と建築』丸善株式会社、一九九一年
渡辺実『新日本古典文学大系二五　枕草子』岩波書店、一九九一年
渡邊昭五『歌垣の研究』三弥井研究叢書、一九八一年
李知亘「『御遊抄』に見られる催馬楽の演唱―律呂の成立・発展過程などをめぐって」『人間文化研究年報』お茶の水女子大学大学院人間文化研究科、二〇〇〇年、二四巻
『新訂増補国史大系4　日本三代実録』吉川弘文館、一九六六年
『新編国歌大観　第一巻勅撰集編歌集』角川書店、一九八三年
『新編国歌大観　第二巻私撰集編歌集』角川書店、一九八四年
『新註皇學叢書』五巻、廣文庫刊行会、一九二七年、大学情報メディアセンター所蔵
塙保己一　編『続群書類従　第十九輯　管絃部、蹴鞠部、鷹部、遊戯部』続群書類従完成会、一九二三年から一九二六年、国会図書館近代デジタルライブラリにより公開されたものを参照。
内外書籍編『群書類従　新校　第十五巻』内外書籍株式会社、一九三一～一九三七年、近代デジタルライブラリにより公開されたものを参照。

書名・人名・事項索引

【凡例】

1 原則として、この索引は、本書に登場する人名、書名、事項を現代仮名遣いによって五十音順に配列し、そのページ数を示したものである（人名、書名の読みは通行に従った）。
2 注は論文、注釈の作者名を中心として取り上げ、書名は省略した。
3 掲出の煩雑さを避けるため、書名では『催馬楽』『源氏物語』という頻出項目は除外した。また、除外に伴い『催馬楽』については曲名、『源氏物語』については巻名を事項として索引配列した。
4 索引として重要と思われる物語登場人物名については、事項へ配列した。
5 索引には、本文における語を配列し、注における人名、及び書名は配列せず。

書名索引

人名索引

事項索引

著者プロフィール
山　田　貴　文（やまだ　たかふみ）

1985年生まれ。立正大学文学部文学科日本語日本文学専攻コース　卒業。

2016年　立正大学大学院文学研究科国文学専攻博士後期課程　修了。

同年、博士（文学）号取得。都内私立高校非常勤講師を経て、立正大学文学部文学科に勤務。現在助教。

専門は、古代文学および物語文学と歌謡文学。

監修協力として『朝日ビジュアルシリーズ　週刊古事記』01～05（朝日新聞出版　2014年11月～12月）など。

立正大学大学院文学研究科研究叢書

催馬楽表現史——童歌《わざうた》として物語る歌

2018年2月24日　初版第1刷発行

著者　山　田　貴　文

装幀　笠間書院装幀室

発行者　池　田　圭　子

発行所　有限会社 **笠間書院**
東京都千代田区猿楽町2-2-3［〒101-0064］
電話　03-3295-1331　Fax　03-3294-0996

NDC分類：913.63

ISBN978-4-305-70856-4　C0092　組版：ステラ　印刷／製本：モリモト印刷

出版目録は上記住所または http://www.kasamashoin.co.jp まで。